中山先生的一天

One day of Sun Yat-sen

龚铭 张道有 主编

中国国际广播出版社

图书在版编目（CIP）数据

中山先生的一天 / 龚铭，张道有主编. —北京：中国国际广播出版社，2017.7（2020.7重印）
ISBN 978-7-5078-4035-3

Ⅰ.① 中… Ⅱ.① 龚… ② 张… Ⅲ.① 散文集－中国－当代 ② 杂文集－中国－当代 ③ 游记－作品集－中国－当代 Ⅳ.① I267

中国版本图书馆CIP数据核字（2017）第136528号

中山先生的一天

主　　编	龚　铭　张道有
策　　划	张娟平
责任编辑	孙兴冉
版式设计	国广设计室
责任校对	徐秀英

出版发行	中国国际广播出版社　[010-83139469　010-83139489（传真）]
社　　址	北京市西城区天宁寺前街2号北院A座一层 邮编：100055
网　　址	www.chirp.com.cn
经　　销	新华书店
印　　刷	临沂圣贤印刷有限公司
开　　本	787×1092　1/16
字　　数	350千字
印　　张	21.5
版　　次	2017 年 7 月　北京第一版
印　　次	2020 年 7 月　第二次印刷
定　　价	58.00 元

欢迎关注本社新浪官方微博
官方网站 www.chirp.cn

版权所有
盗版必究

序

把《中山先生的一天》结集成一本书，是项目进行了一段日子才有的想法。

2016年11月12日是伟大的民族英雄、伟大的爱国主义者、中国民主革命的伟大先驱孙中山先生诞辰150周年纪念日。2015年11月，全国政协发布消息，届时将举行隆重的纪念活动。作为从事两岸报道的媒体人，我萌生了一个想法，关于孙中山先生，海峡两岸有着共同的认同和记忆，我们可以策划一个媒体产品，采用"历史上的今天"的方式，一天讲一个和中山先生有关的故事，就从1月1日他就任临时大总统开始说起，做一整年，直到12月31日，名字就叫作"中山先生的一天"。

无知者无畏，做这件事的决心很快下了，但我个人，以及团队的小伙伴们对孙中山先生，对近代史的认知几乎仅限于历史课本和日常阅读所了解的那些，单凭热情和决心是远远不够的，我们需要寻求一个专业的团队合作。

广东省中山市是孙中山先生的故乡，1866年11月12日，他出生在翠亨村一户普通的农民家庭，1956年在此建立了孙中山故居纪念馆。我曾多次到中山市采访，结识了不少当地的朋友，也不止一次地参访过孙中山故居纪念馆，寻着这条线索找合作，也许会有收获。

我是在2015年即将过去的时候来到中山市寻求支持的，要特别感谢中山市的老朋友卢艳红、龙敏前期的牵线，以及中山市宣传部的徐剑、曾毅峰、高明国等人的协助。虽然是抱着势在必得的信念去的，但说实话，对于能否达成合作，当时自己并没有十足把握。

12月30日一早，我来到翠亨村，见到了孙中山故居纪念馆的张道有。

交流不过半个小时，我介绍了策划思路和基本构想，提出希望与故居纪念馆联手，合作推出纪念孙中山先生诞辰150周年的新媒体产品"中山先生的一天"。张道有听得认真，问得直接，了解清楚之后，他很爽快地答应了下来。那时，2016年即将到来，我们相约各自回去加紧做合作前的各项准备，我庆幸在最后的时刻顺利地找到了合作团队。后来，随着项目的推进，我越发意识到当初的选择是正确的，为这个项目我找到一支最适合、最优秀的合作团队。

我想，最初我们都低估了做"中山先生的一天"的难度，以为不过是一天一个五六百字关于中山先生的小故事，配上图发布就好。孙中山故居纪念馆起初安排了两三个人兼职参与创作，很快就发现并不那么简单，确定选题、选取角度、查阅资料、提笔成文，一篇一千多字的文章得来不易，于是创作团队扩充到了十人。最初的一段日子，我们北京这边经常是夜里11点左右还在修订稿件、调整版式，要赶在新一天到来之前把当日的"中山先生的一天"发布出去。

每隔一段时间，我们会去翠亨村的孙中山故居纪念馆和创作团队面对面地开一次选题策划会，小结前一段时间的运行，梳理未来两三个月的选题。中山市的创作团队是一个年轻的队伍，他们大都是学历史出身，有几位踏上工作岗位还没有几年，大家热情而敬业。记得在一次策划会上，有人说道：像今年这样隆重的纪念孙中山先生，也许下一次就是200周年了，而到那个时候我们在座的各位如果在世，也已经是耄耋老人了，所以，这次一起做"中山先生的一天"是此生一个难得的机会，我们必须尽力做到最好。

2016年是个闰年，所以全年有366天，在这366天里，无论雨雪风霜，"中山先生的一天"一天也没有停歇，中山——北京的团队合作也从未停歇。在这个过程中，我常和同事说这样一句话：全年366篇，少一篇也不算完成；即使一篇不差，也不能说是成功。

要特别感谢《台湾导报》的林文雄社长，因为他的支持，"中山先生的一天"从2016年5月开始在《台湾导报》上一共连载了200多期，让台湾读者通过纸媒了解到中山先生及那段历史，这正是我们的初衷。

有出版界的朋友看到我们每日发布的"中山先生的一天"，他建议我们可以结集成书。也是，全年的内容覆盖到中山先生的一生的关键节点，讲述了他的人生故事，收录了他的语录言行，外延还涉及他的亲人战友，以及近代史上的风云人物，影响深远的历史事件，全年366篇总计60多万字，1000多张图片，很多篇章专业严谨、视角独特、可读性强，如果有机会出版，会是一件有意义的事情，并且增加了一个和受众见面的方式，最终我们选定中国国际广播出版社合作出版《中山先生的一天》。

在此，要感谢在筹备出版的过程中，参与文稿审定的专家和编辑人员，是他们的推敲把关、字斟句酌，让我们的作品能从容面世，不至于贻笑大方。还要感谢那些助力这本书最终能和大家见面的各位前辈挚友，是他们的鼓励和帮助让我们能一往无前、愈挫愈奋。

考虑到篇幅，以及一些选题的重复，对全年的篇目我们做了进一步的筛选、修订，精选出了200多篇，将陆续呈现给大家。

中山先生曾经说："我一生的嗜好，除了革命外，只有好读书，我一天不读书，便不能生活。"希望《中山先生的一天》能让您开卷有益，日有所得。

龚 铭
2016年12月于北京鲁谷

创作团队名单

中国国际广播电台

主　　编：龚　铭
创作团队：陈　钧　章文君　廖正贸

孙中山故居纪念馆

主　　编：张道有
创作团队：漆德红　黄德强　楚秀红　葛　爽　佘凤英
　　　　　李宗蔚　郭丹玲　崔胜强　娄亚丽

目录

一 · 月

孙中山就任中华民国临时大总统 / 003

从"帝王"到"耶稣":孙中山开启纪年新历史 / 006

孙中山提出的国务成员,你认识几个 / 008

孙中山复电袁世凯:称总统一职"虚位以待" / 011

民国时期女子的参政权 / 013

南京是短命都城,孙中山为何还执意在此建都 / 015

中山先生"伦敦被难记" / 017

"孙中山"三个字,竟是章士钊起的 / 019

为了建立民国,孙中山答应清廷哪些条件 / 021

孙中山:执信牺牲,我如失去左右手 / 023

"民国怪人"吴稚晖:我是不做孙文那样反叛的事业 / 026

孙中山：用政党的力量改造国家 / 028

"众筹"背后孙中山的辛酸革命史 / 031

孙中山调整让位条件保全民国前途 / 033

孙中山曾屡遭驱逐 / 035

革命喉舌——孙中山的《中国日报》 / 038

"秀才也能造反"，留欧学生给孙中山上的一课 / 041

国之瑰宝宋庆龄——纪念 20 世纪伟大的女性宋庆龄 / 044

中山舰的正确打开方式 / 048

公文发布的新形式——南京《临时政府公报》 / 052

二〇月

革命的战场不止一处，革命的武器不止一种 / 057

南京临时政府成立后的外交困境 / 060

孙中山与中山大学的"前世今生" / 063

书生意气的革命者——胡汉民 / 065

民俗与政治——孙中山如何"过年" / 068

民国服饰街景：中山装及其他 / 071

澳门的第一位华人西医——孙中山 / 074

中山先生的味蕾 / 077

为什么清末会掀起赴日留学热潮 / 081

孙中山最后的日子 / 085

百年帅府，惟汝德馨 / 089

未实现的蓝图——《国民政府建国大纲》 / 093

孙中山为何立下三份遗嘱 / 097

国民党上海执行部的故事 / 101

鲜为人知的中华民国国旗之争 / 104

三月

同盟会是如何一步步发展壮大的 / 109

"香港，我如游子归家" / 112

辫子的革命 / 115

孙中山的妇女观 / 119

植树节的设立是为了纪念孙中山 / 122

他人眼中的孙中山 / 124

孙中山的日本友人 / 128

孙中山与镇南关起义 / 132

"教育主义，首贵普及"——孙中山的普及教育思想 / 135

是谁导演这场戏 / 140

谁在幕后策划"宋教仁遇刺案" / 144

关于黄埔军校的那些冷知识 / 146

逝去的琉球：从琉球国到冲绳县 / 149

孙中山先生的基督教信仰 / 151

历史的见证者：铁狮子胡同 / 154

当孙中山遇上袁世凯 / 157

四〇月

一封未见回复的"急电" / 161

1919年苏俄的"第一次对华宣言"，馅饼or陷阱 / 164

清末民初时期的女子教育 / 167

孙中山就任非常大总统 / 170

孙中山1904年旧金山木屋脱险记 / 173

一年政权　百倍辛劳 / 176

廖仲恺夫妇与孙中山是这样结识的 / 181

孙中山与黎元洪 / 183

为了反袁孙中山被迫举债 / 186

辛亥前传：革命党人的暗杀时代 / 188

哀悼黄兴 / 190

一座城市与一位伟人的历史记忆 / 193

孙中山眼中的"革命空军之父" / 195

孙中山的革命伴侣陈粹芬 / 199

孙中山：革命军人需要"智仁勇" / 203

迎接孙中山的广州第一码头 / 206

晚年孙中山困境中的抉择 / 208

春日黄花：悼黄花岗七十二烈士 / 210

浅谈孙中山与梁启超的交往 / 213

理想与现实——孙中山的亚洲梦 / 216

五月

孙中山与工人 / 221

孙中山与康有为：劫波度尽，恩仇难泯 / 225

孙中山曾积极参与"五四"运动 / 228

巾帼不让须眉——宋庆龄与广东女界"出征军人慰劳会" / 231

陈炯明的掌粤岁月 / 234

晚清外交家伍廷芳 / 237

"黄埔"筹建时，蒋介石为何"任性"挂冠而去 / 240

巾帼英雄千古流芳——黄埔女兵 / 243

于右任与"竖三民" / 246

孙中山在翠亨村的故事 / 248

孙中山与"知难行易" / 251

孙中山与"苏报案" / 253

南方政府争取列强承认的艰辛过程 / 256

南洋革命党第一人——陈楚楠 / 259

1912年孙中山回乡记 / 262

国会不复　纷争不止——孙中山与护法 / 266

孙中山演讲世纪留声 / 269

六〇月

奉安大典与孙中山符号的建构 / 273

你可知道，革命党发动起义的武器来自"海淘" / 277

唐绍仪与孙中山的"君子之交" / 281

"从中山信徒到中共烈士"——杨殷 / 284

宝岛曾留下他的足迹——孙中山与台湾 / 287

孙中山的平均地权思想 / 291

最后的杰作：晚年孙中山竭力捍卫国共合作 / 294

孙中山借义和团运动对清政府三"箭"齐发 / 297

孙中山与容闳 / 299

革命著勋劳，乡邦立楷模——陈少白 / 302

人民有难国家有责——中山先生倡导的社会保障体系 / 305

孙中山与李鸿章可曾谋面 / 308

孙中山早年办报二三事 / 311

"持大节，尚廉信"：护法名将程璧光 / 314

"学霸"男神孙中山 / 317

孙中山早年在澳门的轨迹 / 321

孙中山亲题"教子有方"背后的故事 / 323

一○月

孙中山就任中华民国临时大总统

1912年1月1日，孙中山在南京宣誓就任临时大总统，宣告中华民国临时政府成立，创立了中国历史上第一个共和政体。

1911年10月10日，武昌起义爆发时，孙中山尚在美国北部科罗拉州筹募革命经费。12月25日，孙中山在经历了16年的海外生活和艰苦斗争之后，终于回到祖国，抵达上海。1912年1月1日晚十时，在江苏省咨议局举行临时大总统就职典礼，孙中山庄严宣誓，同时发布了《临时大总统就职宣言》，宣告中华民国成立。中华民国的成立标志着自秦始皇以来绵延数千年的君主制度最后结束。

宣言称，将努力"尽扫专制之流毒，确定共和，以达革命宗旨，完国民之志愿"。规定内政方针为："民族之统一""领土之统一""军政之统一""内治之统一""财政之统一"。对外方针为"满清时代辱国之举措，及排外之心理，务一洗而去之。持平和主义，与我友邦益增亲睦""将使中国见重于国际社会，且将使世界渐趋于大同"。

孙中山先生作为近代中国民主革命之父，他领导的辛亥革命，是孙中山一生中最富意义、最有影响的丰功伟绩。一个人的命运，是与所在民族、国家和时代

当选临时大总统的孙中山

的命运密不可分的。无论个人有多大的力量和能耐,有多少超人的条件,只有服膺了民族意志和追求,只有顺应了时代的演进和潮流,个人才会有辉煌的命运和前程。孙中山到底是一个什么样的人物呢?他就任临时大总统意味着什么?

中国社会科学院近代史研究所尚明轩先生在《从四个方面评价孙中山历史地位》一文中这样说:

从中国革命史的大背景来看,孙中山是伟大的民主主义者,是中国民主革命的开创者。在19世纪末20世纪初,孙中山引进西方民主的火种,他燃起的辛亥革命的烈火,实现了20世纪中国历史上第一次飞跃。

孙中山是全面推动中国现代化的先驱,是对中国经济现代化进行总体规划的开山之祖。孙中山是从农村成长起来的革命家,把农业视为国计民生的大事。他经过考察总结其他国家的经验,并深入研究后,制定了一个宏伟的建设国家的方略——《实业计划》。

孙中山所领导的革命,还是亚洲乃至世界被压迫民族日益高涨的解放运动的重要组成部分,具有代表和象征意义。他把自己从事和领导的革命融入世界范围内的进步潮流,与整个世界政局的变化以及亚洲各民族的解放事业联系起来。

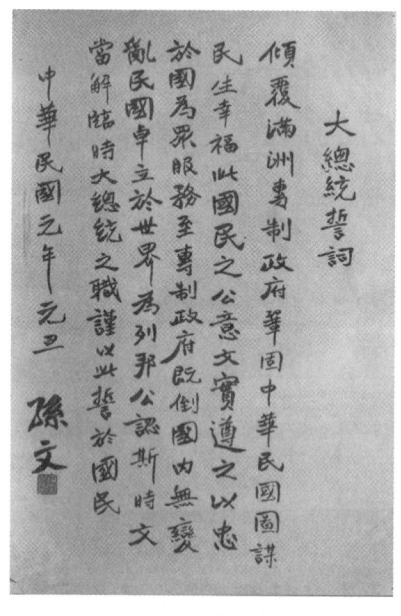

大总统誓词

历史回眸：

大总统誓词

（一九一二年一月一日）

倾覆满洲专制政府，巩固中华民国，图谋民生幸福，此国民之公意，文实遵之，以忠于国，为众服务。至专制政府既倒，国内无变乱，民国卓立于世界，为列邦公认，斯时文当解临时大总统之职。

谨以此誓于国民。

中华民国元年元旦

孙文

参考文献

1. 中国社会科学院近代史研究所中华民国史研究室：《孙中山全集》，中华书局，1982年。
2. 尚明轩：《从四个方面评价孙中山历史地位》，《团结报》2011年8月25日第007版。

从"帝王"到"耶稣":孙中山开启纪年新历史

1912年1月2日,孙中山通电各省都督:中华民国改用阳历。自此,从公元前2世纪汉武帝开始,一直沿袭到清朝末年,前后共用了2050多年的帝王纪年法终止。

1912年元旦开始正式使用公元纪年,同时也使用国号"中华民国"纪年。这一过程在一定程度上展现了以公元纪年为主要形式的阳历在近代中国的蜕变,也从广阔的层面上展现了近代中国思想观念及社会心态某些方面的重要变革。因为纪年问题不仅仅关涉近代中国现代性追求中的世界主义和民族主义,还涉及政府政治权威的建构与民众传统习俗的改造。

中华民国纪念币,下排中有"黄帝纪元"字样,上排第二枚"改元纪念"

比较明显的例子,如明清之际,明末遗民怀念故国,在明崇祯十七年(1644)清顺治在北京建立政权后,仍用崇祯十八、十九年,以至二十几年,以表示自己不降清廷。辛亥革命前,清末革命党人反对清朝君主专制,不用君主年号纪年,乃采用黄帝纪年或共和纪年。

我国历史上有哪几种纪年方法呢?

(1)干支纪年法。这是我国最早的纪年方法。

干支是天干、地支的合称。"甲乙丙丁戊己庚辛壬癸"十个字叫天干,简称干;

"子丑寅卯辰巳午未申酉戌亥"十二个字叫地支，简称支。用天干和地支依次相配，共同组成甲子、乙丑、丙寅、丁卯等六十组。古人用来表示年、月、日和时的次序。周而复始，循环无穷。现在农历纪年仍然用干支。

（2）帝王年号纪年法，是我国历史上使用最长且特有的纪年方法，是我国古代帝王为了纪其在位之年而立的名号。汉武帝建元以后，凡新君即位，按照惯例要于次年改用新年号纪年，历代相承。

我国自有年号后，年号就成了皇帝即位后所必须有的标志，用不用这个朝的年号，即说明承认不承认这个政权。三国时魏、蜀、吴三个政权，以魏纪年为主，则是以魏为正统；以蜀纪年为主，则是以蜀为正统。

（3）西历，现在世界上大多数国家通用的阳历，是以地球围绕太阳公转一周的时间为一年而制定的历法，是自罗马大政治家儒略·恺撒（Caius Julius Caesar）开始的，是在埃及历学的基础上改订的罗马历法。

公元（Anno Domini，意为"基督纪元"）并非自基督降生起即行使用的纪年体系，而是在耶稣死后50多年时向前逆推得到的。人类文明史的许多重大事件都发生于公元前（Before Christ）。

中华民国建立之后，阳历取代阴历成为官方主导的计时方式，纪年变革是政权鼎革的重要特征之一。陈旭麓就说："纪年的改革是'皇帝'倒了的结果，但对中华大地上远离革命风暴中心的人们来说，正是纪年的改革才使他们相信皇帝已经倒了。"

参考文献

1. 刘乃和：《中国历史上的纪年》，海豚出版社，2012年。
2. 朱文哲：《从"耶稣"到"公元"：近代中国纪年公理之变迁》，《民俗研究》2012年第3期。
3. 陈旭麓：《近代中国社会的新陈代谢》，上海人民出版社，1992年。

孙中山提出的国务成员，你认识几个

　　1912年1月3日，临时参议院通过了孙中山提出的国务员名单，中华民国临时政府组成。成员包括陆军总长黄兴、海军总长黄钟瑛、司法总长伍廷芳、财政总长陈锦涛、外交总长王宠惠、内务总长程德全、教育总长蔡元培、实业总长张謇、交通总长汤寿潜。

　　在孙中山组建的中华民国临时政府中，革命派占绝对优势，但也吸收了一些旧官僚、立宪派。在9名国务部长中，同盟会员3名，他们是陆军总参谋长黄兴，外交总长王宠惠，教育总长蔡元培。其余6名国务部长中，有旧官僚2名，立宪派2名，其余专家2名。

黄兴

　　黄兴（1874—1916），原名轸，改名兴，字克强。湖南省长沙人。近代民主革命家，中华民国的创建者之一，辛亥革命时期，时人常以"孙黄"并称。

　　清光绪三十三年（1907）至河内，先后参与或指挥了钦州、防城起义，镇南关起义，钦州、廉州、上思起义，云南河口起义，都遭失败。1909年（宣统元年）秋，受孙中山委托，在香港成立同盟会南方支部，策划在广州新军中发动起义。次年春，起义再次失败。

　　1911年4月27日发动广州黄花岗起义，亲自率敢死队百余人，攻入两广总督衙门，失败后脱险。武昌起义爆发，黄兴赶到武汉，作为革命军战时总司令，率民军在汉阳前线与清军奋战二十余日。南京临时政府成立时，任陆军总长。袁世凯称帝时，任讨袁总司令。

　　黄钟瑛（1868—1912），本名良铿，又名鎏，号赞侯。原籍福建长乐。

　　14岁考入福州船政学堂后学堂驾驶班。毕业后，入刘公岛北洋水师枪炮学堂实习。毕业后，黄钟瑛被派到济远舰上当航海员，参加过中日甲午战争，清末曾任海筹舰管带，武昌起义后率领舰队投向革命阵营，后成为民国第一位海军总长。

伍廷芳（1842—1922），本名叙，字文爵，又名伍才，后改名廷芳。广东新会人。清末民初杰出的外交家、法学家。早年入香港圣保罗书院，1874年自费留学英国，入伦敦学院攻读法学，获博士学位及大律师资格，成为中国近代第一个法学博士，后回香港任律师，成为香港立法局第一位华人议员。

洋务运动开始后，1882年进入李鸿章幕府，出任法律顾问，参与中法谈判、马关谈判等，1896年被清政府任命为驻美国、西班牙、秘鲁公使，签订近代中国第一个平等条约《中墨通商条约》。辛亥革命爆发后，任中华民国军政府外交总长，主持南北议和，达成迫清帝退位。南京临时政府成立后，出任司法总长。

陈锦涛（1870—1939），字澜生。广东南海人。幼年入香港皇仁书院就读。清光绪二十四年（1898）入天津北洋大学堂学习，毕业后留校任教。

1901年以官费留学美国，初入哥伦比亚大学，攻读数学、社会学。继入耶鲁大学，转攻政治经济学，1906年夏获哲学博士学位。9月回国后应清廷部试，又考中法政进士。清末曾任大清银行监察、度支部预算案司长、统计局局长、印铸局局长、币制改良委员会会长和资政院资政等。

1912年8月25日，同盟会联合其他四个政团组成国民党。孙中山在湖广会馆主持国民党成立大会，他出席并被推举为参议员。民国成立后，历任南京临时政府财政总长、审计处总办。次年任财政部驻外财政员，赴欧调查财政。

王宠惠（1881—1958），字亮畴。祖籍广东，出生于香港。王宠惠是近代中国第一张新式大学文凭的获得者，曾任中华民国外交总长、代总理、国务总理，并为海牙国际法庭任职中国第一人。他是民国时期法学家、政治家、外交家，曾参与起草《联合国宪章》，被聘为国立复旦大学法学院教授。

王宠惠一生中先后撰写了《宪法刍议》《宪法危言》等一系列法学作品，探讨了中国宪政设计的原则和方针，其思想不仅奠定了中华民国的立宪基础，而且引领了近代中国的宪政风潮，被誉为近现代中国法学的奠基者之一。

程德全（1860—1930），字纯如，号雪楼、本良。重庆市人，本籍江苏。曾担任清朝奉天巡抚、江苏巡抚，辛亥革命中"反正"加入革命军，任江苏都督、南京临时政府内务总长等职务，后退出政坛隐居上海。

晚清末年，既得利益集团不愿革新变法，以虚假维新应付下层人民，以致乱局已定、不可挽回。程德全明白清王朝已无可救药，国家前途只有另谋生路。于是，他开始改变施政方针，不再以挽救清王朝为目标，而是以维持地方秩序、保护地方经济和人民安定的生活为目标，扬弃了传统的"忠君爱国"的观念，最终成为第一个反正的前清大吏。

蔡元培（1868—1940），字鹤卿，又字仲申，乳名阿培，并曾化名蔡振、周子余。浙江绍兴人。革命家、教育家、政治家。

中华民国首任教育总长，1916年至1927年任北京大学校长，革新北大，开"学术"与"自由"之风；1920年至1930年，蔡元培同时兼任中法大学校长。他早年参加反清斗争，民国初年主持制定了中国近代高等教育的第一个法令——《大学令》。

张謇（1853—1926），字季直，号啬庵。祖籍江苏。清末状元，中国近代实业家、政治家、教育家，主张"实业救国"，对中国棉纺织业的发展有重大贡献，上海海洋大学创始人。

张謇创办中国第一所纺织专业学校，开中国纺织高等教育之先河；以近代企业管理方式建立棉纺织原料供应基地，进行棉花改良和推广种植工作；以家乡为基地，努力进行近代纺织工业的实践。他一生创办了20多个企业、370多所学校，被称为"状元实业家"。

汤寿潜（1856—1917），原名震，字蛰先。浙江萧山人。清末民初实业家和政治活动家，是晚清"立宪派"的领袖人物，因争路权、修铁路而名重一时。他的遗言"竞利固属小人，贪名亦非佳士"可谓自己一生写照。

清光绪十八年（1892）中进士，入翰林院为庶吉士。光绪三十二年（1906），汤与张謇、郑孝胥等人联合江、浙、闽绅商200余人，成立"预备立宪公会"，任副会长，敦促清廷早日立宪。1912年1月中华民国临时政府成立，孙中山任命汤寿潜为交通总长，未到任。改任赴南洋劝募公债总理，向在南洋各地华侨募款。袁世凯篡权后，汤曾与章太炎等组织"统一党"以挽残局，未果。

参考文献

1. 陈锡祺：《孙中山年谱长编》，中华书局，1991年。
2. 吴相湘：《民国人物列传》，东方出版社，2015年。

孙中山复电袁世凯：称总统一职"虚位以待"

孙中山就任临时大总统之初，致电袁世凯，表示袁世凯如能使清帝退位，当即自避。他只是"临时承乏"，总统一职乃是"虚位以待"。

1912年1月4日孙中山复电袁世凯，说："君之苦心，自有人谅之。倘由君之力，不劳战争，达国民之志愿，保民族之调和，清室亦得安乐，一举数善，推功让能，自是公论。文承各省推举，誓词具在，区区之心，天日鉴之。若以文有诱致之意，则误会矣。"

孙文为什么解释给袁世凯，以安其心呢？

1. 袁世凯有声望和才识

清末，袁世凯被认为是"治世之能臣"，李鸿章临终前保荐他为直隶总督兼北洋大臣，奠定了其在政坛上的显赫地位，成为继李氏之后左右晚清政坛的权臣。袁世凯在清末"新政"中，政绩颇著，得到了资产阶级的信任。袁世凯是汉人，国内一部分人出于"反满革命"的需要也支持袁世凯，希望他能"反满兴汉"。当然最重要的是实力雄厚的北洋军听命于他。

2. 孙中山个人因素

孙中山以"大道之行也，天下为公"为政治抱负。他要致力于"比政治紧要的""民生主义"事业。他在一封回复章太炎的信中就明确指出："文于国事，只知有役务，不知有权位。"可见他更想以在野之身，从事实业建设，使祖国臻于富强之境。

3. 帝国主义列强的支持

英国当时在中国是拥有最大侵略权益的国家。它认识到直接出兵干涉被革命打乱的旧秩序会危害到它的臣民在华的生命和财产。最好的办法是让袁世凯出来收拾局面。德国驻华公使哈豪森指出："如果列强不欲担负使北京政府瘫痪的后果，袁世凯必须得到支持，因为只有他是稳定的保障。"

4. 同盟会组织涣散

中国同盟会自成立之日起，组织上就不是十分严密，内部矛盾重重，小团体之间纷争频繁。"在革命党人方面,明确公开表示袁如反正就可被举为总统。"黄兴视袁世凯为"中国之华盛顿"。他在信中写道:"明公之才能,高出兴等万万,以拿破仑、华府之资格而建拿破仑、华府之事功,直捣黄龙,灭此朝食,非但湘鄂人民拥戴明公为拿破仑、华府,即南北各省亦当无有不拱手听命者。"

参考文献

1. 陈锡祺:《孙中山年谱长编》,中华书局,1991年。
2. 陈一容:《孙中山民元"让位"问题再认识》,《西南师范大学学报(人文社会科学版)》2002年第3期。

民国时期女子的参政权

1912年1月5日孙中山与中国社会党女党员林宗素谈话，表示"将来必予女子以完全参政权，惟女子须急求法政学知识，了解平等自由之真理"。

林宗素是何许人也？民国时期女子的参政权最后实现了吗？

林宗素（1877—1944），原名易，著名报人林白水之妹。她十多岁时便勇敢地自行放足。林白水曾与蔡元培、章炳麟等创立"中国教育会"。受哥哥新文化思想的熏陶，林宗素一边读书，一边积极参加爱国女学组织的革命活动，后成为上海报界女记者、女编辑。与秋瑾齐名，是中国女权运动的先锋。

清光绪三十一年（1905）十二月，林宗素在东京加入中国同盟会。辛亥革命后，江亢虎等人在上海组成"中国社会党"，林宗素成为该党主要成员。她在社会党内成立"女子参政同志会"，并任会长。民国元年（1912）1月5日，代表"女子参政同志会"拜会临时大总统孙中山。

1912年2月南京临时参议院正着手制定《临时约法》。林宗素与唐群英等20人代表妇女界上书请愿，阐述"请于宪法正文之内，定明无论男女，一律平等，均有选举权及被选举权"。3月3日再次上书孙中山重申参政要求，并恳请孙中山在国会议决时，为女界添加旁听及参政一席。但在1912年4月1日颁布的《参议院法》关于参议员一章中，第一项就是："中华民国之男子，年龄满二十五岁以上者，得为参议员。"由此可知，女性的参政权基本被否定。这激起了她们三次大闹参议院。

1912年3月19日，南京临时参议院开会。林宗素、唐群英等人要求参加会议遭到拒绝后，以会客名义进入议事厅，由议员相劝退出。下午到参议院旁听，议院宣布妇女参政待国会成立后再议，否决了妇女们的要求。20日，请愿妇女要求见参议院议长，因有卫兵把守，未能如愿，她们愤怒已极，踢倒卫兵，砸烂玻璃窗，强行进入会场。

21日，林宗素、唐群英等60余人第三次来到参议院，因卫兵把守严密无法进入，转而赶往总统府，向孙中山诉说在参议院受阻情况，要求总统亲自就妇女参政问题提出议案。在孙中山斡旋下，参议院同意女子参政同盟会再具一呈，以便再议，女子参政风波才暂告平息。

23日到月底，妇女参政代表多次上书请愿。30日女权主义者们再次率人闯入参议院，请求修改临时约法，并声言"若不容许，必诉武力"。

1912年8月下旬，同盟会改组为国民党，因多数人反对，删去同盟会原纲领中"男女平权"条款，激起同盟会女会员的强烈反对。8月25日国民党成立大会上，一女会员盛怒之下动手打了会议主席宋教仁。

女子参政同盟会虽提出男女权利均等、普及女子教育、改良家庭习惯、禁止买卖奴婢、实行一夫一妻制、禁止无故离婚、提倡女子实业、强迫放脚、改良女子装饰、禁止强迫卖娼等11条政治纲领，但在会议表决时，唐群英等人的要求最终被否决。

1913年10月，袁世凯就任正式大总统，复辟帝制活动随之加剧进行。11月，各省的女子参政团体被勒令解散，进行了两年的女子参政运动随着辛亥革命失败而进入低潮。

参考文献

1. 余暇：《中国女权运动的先锋——林宗素》，《闽都文化》2015年第2期。
2. 王绯：《女子参政与女界艰难时世》，《中国妇女报》2012年7月17日。

南京是短命都城，孙中山为何还执意在此建都

1912年1月6日，孙中山在南京接见《大陆报》记者，在建都一事上，先生答记者问，说"南京将作永远之都城"。这"永远"二字显得何其坚定。即使记者说："各国政府在北京置有产业，若定都南京，肯定会遭致反对。"先生仍笑着说："这产业也没有多少嘛。如果各国反对此事，我等人补偿即可。"

而当国会第一次投票后，建议定都北京者约有3/4，远远超于支持南京。为什么孙中山还要坚持建都南京呢？

首先，从表象上看南京是中华民国临时政府和《临时约法》的诞生地，是临时参议院所在地，又是新生共和体制的发源地，理应成为民国的首都。从种族记忆上看，孙中山先生提出的"驱除鞑虏，恢复中华"显现了一种以汉族为本位的种族意识，南京是驱逐胡元、克复汉土的奠都之地，定都南京也是推翻满族为主体的清政府，建立汉族人的共和国的意思。

从深层原因来讲，孙先生就职当天就意味着当时的中国出现了两个中心并存的局面：一个是清王朝在北京的政治中心，一个是革命党人在南京的政治中心。清王朝虽然即将覆灭，但北方还有袁世凯，袁世凯手中还掌握着强大的武装力量——北洋新军。在武器装备上北洋新军紧跟世界潮流，到1910年，北洋新军甚至还购买了法国产沙麦式飞机。

相比之下，孙中山答记者问时，关于"能作战的军队有多少？"先生答："我有十万的队伍。"记者又问："您是说有十万已经编练过的队伍吗？"中山先生说："不必编练过，只须能作战，这一辈队伍都是能够作战的力量，一旦身临疆场，则势如敌破。"

回顾历史，南京作为六朝古都，帝王之气浓厚，但都是短命的王朝。东吴69年，东晋102年，南朝宋59年，齐23年，梁55年，陈32年。明初定都于此，二世而终，仅仅30余年。太平天国建都南京，也只维持了11年。

革命党人第一次投票建议定都北京，也是认为建都北京既可统一兵权，又能

控制东三省和内外蒙古，巩固统一。但孙中山先生决意定都南京，以致到后来向袁世凯提出"新总统必须到南京就职"，目的就在于把袁世凯置于南方革命派的监控之下。但3月初，北洋军以反对袁世凯南下为由发动兵变，迫使革命党人妥协，袁世凯终于在1912年3月10日在北京就任中华民国临时大总统。

参考文献

1. 罗宗真：《对南京六朝都城的一些看法》，《中国古都研究（第二辑）》1984年11月。
2. 陈夏红：《孙中山答记者问》，中国大百科全书出版社，2011年。

中山先生"伦敦被难记"

1896年孙中山被囚禁的清驻英公使馆密室

《孙逸仙伦敦被难记》（中、英文版）

1919年1月8日，北洋政府取消对孙中山的通缉令。

其实这已经不是孙中山先生遭遇的第一次通缉了。

1895年广州起义失败后，孙中山等革命党人便遭到清政府通缉，高价悬赏孙逸仙人头，不惜一切代价捉拿他，死活不论！这让孙中山不得不逃亡海外，开始了长达16年的流亡生活。孙中山先后逃往香港、日本、美国、英国。

在美国的时间里，孙中山在所到之处无不进行革命宣传，然而得到的结果却是"劝者谆谆，听者终归藐藐，其欢迎革命主义者，每埠不过数人或十数人而已"。可见收效不大，孙中山于是决定转往英国和欧洲大陆。

1896年10月，孙中山秘密抵达伦敦。但他并不知道清政府雇佣了外国侦探，自己的行动早已受到监视。派驻英的使馆人员邓廷铿等三人以认同乡、"吃茶"名义拉拉扯扯地将孙中山强行绑架到了清政府驻英公使馆。清廷公使以7000英镑的高价，雇了一艘轮船，造了一只木箱，阴谋把孙中山装在箱内，秘密运回国内处以极刑。

他们把孙中山幽禁在使馆三楼的房间里，窗户上有铁栅，门外加锁，派专人日夜看守。由于看守很严，孙中山多次将密信揉成纸团扔出窗外，期盼有人拾起，但每次都被看守发现，无法送出。最后，孙中山经过多次恳求和五百英镑的许诺，终于让清洁工柯尔前去向他的西医老师康德黎送信。康德黎闻讯后跑到英国外务部和伦敦警察署，要求政府干预这桩公然违反外交管理的事，又去伦敦《泰晤士报》等，请求舆论伸张正义。最后终于在21日，《地球报》通过采访，以显著标题"可惊可骇之新闻：革命家被诱禁于伦敦，公使馆的拘囚"作了报导。其他各报相继转载，伦敦舆论一时哗然。慑于舆论压力，英政府向清廷提出交涉，按照国际公法和国际惯例，拘囚了12天的孙中山终于被释放。这就是有名的孙中山"伦敦蒙难"事件。

此次"伦敦蒙难"事件，在全球引起了轰动，既使清政府的卑鄙面目大白于天下，又使孙中山在国际上声名大噪。而后他继续留在英国考察、活动和学习。

参考文献

1. 李本义：《孙中山伦敦被难的根源及其历史影响》，《湖北大学学报（哲学社会科学版）》2002年7月25日。
2. [澳大利亚]黄宇和：《孙中山伦敦被难研究述评》，《孙中山研究述评国际学术讨论会论文集》，1985年3月1日。

"孙中山"三个字，竟是章士钊起的

中华民国国父孙中山，一生中名字不断出现变化。

孙中山一出世，父母为其取乳名帝象，原来村民因信奉北帝，所以很多人家在给子女取名时，中间取"帝"字。后根据族谱，取名孙德明，上学后，改名孙文，字载之，寓意"文以载道"。清朝档案中故意把孙文的"文"字，写成"汶"字，带有贬义。"汶汶"，表示昏暗不明、玷污，以贬低孙文是"国贼""海盗"。孙文，又号日新，取自《大学》里的"苟日新，日日新，又日新"。在广州话里，"日新"常被误读为"逸仙"，久而久之，"逸仙"取代了"日新"，号也喧宾夺主变成了名字，孙逸仙在西方更广为人知。至今，广州的中山大学的英文名字翻译的也是 Sun Yat-sen University，而非 Zhong Shan University。

"孙中山"这三个字也是"意外的收获"。中山是日本的姓氏，明治天皇的母亲姓中山。孙文在日本期间，为便于秘密开展活动，曾为自己取日本姓"中山"，又取了一个很谦虚的名字叫"樵"，樵夫的樵。自此，孙文的日本友人都称他为"中山樵"。

章士钊无意在朋友王慕陶那儿见到了孙氏亲手写的一封长信，见其"字迹雄伟"，才对"海贼孙汶"心悦诚服。此时，恰好日本友人宫崎寅藏所著《三十三年之梦》一书在日本出版。这是宫崎寅藏的自述，其中不少记载自己参加孙文革命活动的内容。章士钊将这书中有关孙文的段落翻译为中文，书名为《大革命家孙逸仙》。原书中注明："孙文即中山樵先生。"章士钊一疏忽，译成"孙文即孙中山先生"。因为章氏只在武昌学堂里学过一点日语，对日文一知半解。因不知日本姓氏的规矩，便贸然以"中山"缀于姓氏"孙"下，而牵连读之曰"孙中山"。后来《大革命家孙逸仙》再版，更名《大革命家孙中山》，从此，有了"孙中山"这个新名字。

王慕陶知道他擅自为孙文起了个不伦不类的名字后，勃然大怒，觉得怎么能把两个姓（孙、中山）摞起来用了？不通！想不到此书刊印后，"一时风行天下，人人争看"！因章氏的大力宣传，"孙中山"这个似是而非的名字竟成了那个时代最为响亮的大名，一直流传开来。

参考文献

张港：《孙中山名字考》，《文史天地》2001年第7期。

为了建立民国，孙中山答应清廷哪些条件

1912年1月14日，孙中山通电各省都督，不得拘禁曾任清廷官员的人，并复电直、豫咨议局，答复其提出之清帝退位的三个条件，即清帝退位后，选举袁世凯为总统；对北方军队一律平等对待；并保证先行优待皇室及旗民生计。

经过谈判，孙中山领导的南方革命临时政府和北方袁世凯代表团，达成了关于优待大清皇帝辞位的条件。比如，清帝退位后，保留其尊号；每年用计开销四百万元，由中华民国拨付；宫内各项执事人员，还可以照常留用；宗庙陵寝，永远奉祀，并由中华民国斟酌设置卫兵，妥善保护等共计八条款项。

末代皇帝溥仪

由此可见，为了推翻清廷，孙中山及南方临时政府做出了巨大让步。但要知道，临时政府的财政危机，一直是很急迫的问题。尚明轩在《孙中山传》里这样讲述让位袁世凯时期的民国政府："武昌起义爆发后，一贯敌视中国革命的外国帝国主义，借口保障外债偿付，乘机完全攫夺了中国海关税收，不让有一文钱供临时政府支配。各省地方税收，为数不多，供应各地军政府尚嫌不够，更谈不上接济中央革命政府了。依靠华侨赠款和国内民众的捐助，数目毕竟有限，不能最终解决问题。所以，临时政府刚成立，就迅速出现巨大的财政需要和严重的财政困难。他们面对严重的财政危机，不仅难以支付下属十余万部队的军饷，连临时政府本身的日常开支也无法保证，一度竟出现了财政部金库只剩下10元钱的危急局面，时刻面临着军队解散和政府崩溃的危险。"

孙中山曾发表声明，表示只要清帝退位，袁世凯赞成共和，即举袁世凯当大总统。并在复电中说，中华民国是以专制为敌人的，并不是为了争夺权位。南北

方只要可以议和，则能够避免生灵涂炭，清廷能够做到退让化解干戈，自然会优待皇室。

"清帝退位"结束了封建王朝 2000 多年的封建帝制。2 月 13 日，孙文辞去中华民国临时大总统职务。15 日，临时参议院选举袁世凯为临时大总统。在这一事件中，孙文让总统之位于袁世凯的决定，反映了孙中山牺牲小我，而以革命和国家为大局的意识。

参考文献

1. 吴䜣：《关于〈清帝退位诏书〉和〈秋夜草疏图〉》，《民国档案》1991 年第 1 期。
2. 李友唐：《〈清帝退位诏书〉和〈关于大清皇帝辞位之后优待条件〉》，《北京档案》2011 年第 10 期。

孙中山：执信牺牲，我如失去左右手

1921年1月16日，孙中山的亲密战友朱执信（1885—1920）下葬于广州东郊驷马岗（今先烈路），中山先生步行扶灵送葬，极为哀痛。

在广州市越秀区繁华的执信南路上，有一所执信中学，它是广东首屈一指的重点中学，这所学校的卓越声名，一方面来自高质量的教学水平；另一方面，则是因为它深厚的历史底蕴。执信中学是中山先生为了纪念中国近代资产阶级革命家、思想家朱执信而创办的，今天它的校歌的标题还是："我们前进在先烈路上。"

1920年9月，朱执信赴东莞虎门调解驻军与东莞民军的冲突，突遇变故，被乱枪击中，不幸殒命，年仅35岁。孙中山得知这一消息说："执信牺牲，我如失去左右手"，评价他是"革命中之圣人""我党失此长城"。革命同志更是慨叹：得一广东，失一执信，不合算，不相当！朱执信为什么获得了孙中山先生及革命同仁这么高的评价呢？

赴日留学　追随中山

朱执信祖籍浙江萧山，出生在广东番禺（今广州市）一个书香门第。1904年，他以优异的成绩考取官费赴日留学，那批赴日学生里还有胡汉民、汪精卫、古应芬等人。在日本，他初识孙中山。他认为同孙中山确立的"驱除鞑虏，恢复中华，创立民国，平均地权"的革命宗旨才是正确的救国之道。1905年8月，中国同盟会在日本东京成立，朱执信全身心投入其中，追随中山先生。

从日本回国后，朱执信利用在广东法政学堂当教师的身份，一方面向学生宣传反清革命，一方面又进行联络革命党人的工作。当时留学生纷纷回国，其中一些就是孙中山派回来的。留学回来的革命党人都到朱执信那里去登记，由他来联络安排、分配任务。在他周围凝聚了一批思想激进的学生，陈炯明就是其中跟他关系最密切的。

1917年春，孙中山在上海环龙路寓所同朱执信（前排左二）、陈炯明（前排左四）、胡汉民（前排左六）等商讨革命大计时合影

文武兼备　不居功名

朱执信是个很聪明的知识分子，他数学很好，文章也写得好，又自学日语、英语、俄语，算是个传统意义上的"儒生"，但他是由新思想武装起来的革命志士，意志之坚定非一般人可比。

1911年4月27日，广州起义的前一刻，朱执信等一些革命党人聚集在起义指挥部，听候命令。朱执信本来别有任务，不需要亲临战场，但他坚决要求参战。他和平时一样穿着一件旧长衫，有人对他说：你穿着这长衫怎么冲锋陷阵？他一听，即从旁人手中夺过一把大刀，将长衫下半截去，笑着说：这有何难！然后就手持炸弹，跟随黄兴等革命党人冲入两广都署，与清军展开血战。朱执信冲锋陷阵，炸弹用完了，他又从地下躺着的伤兵手中拿过长枪，继续战斗，直至身中枪伤被清军冲散……

胡汉民也非常赞赏朱执信，他评价说："辛亥革命时，广东当时的独立，全由先生计画运动驾驭，然后方得成功。"1911年11月中旬成立广东军政府，后改为都督府。胡汉民忙于掌握大局，陈炯明忙于扩充实力，军政府内部全靠朱执信来维持，主持日常工作，参与制定广东省《临时省议会选举法》，裁编民军，治理财政等。朱执信先后担任广阳绥靖处督办、军政府总参议、广东核计院院长、军法处处长等职。胡汉民后来回忆说："朱先生在都督府没有很大的职务，他住在都督府一间简陋的小房子，每日经常只睡一两个小时，有时候衣不解带，只在楼上稍微休息，仍继续治事。"

朱执信一生并没有做过太高的职位，但他立身行事让人敬佩，虽位低却言重，威望甚高。1921年2月,陈独秀在朱执信的追悼会上写下了这样的挽联:失一执信,得一广州,得不偿失;生为人敬,死为人思,死犹如生。

参考文献

1.《朱执信牺牲让孙中山"如失左右手"》,《南方日报》2011年9月28日。
2. 夏和顺:《朱执信:中国有数之人才》,《深圳商报》2010-09-27(C05)。

○ 中山先生的一天

"民国怪人"吴稚晖：我是不做孙文那样反叛的事业

从拒绝到合作

孙中山（1866—1925）与吴稚晖（1865—1953）是一对革命挚友，终身致力于中国的自由平等。1905年1月19日，孙中山先生在伦敦拜访吴稚晖。

虽然孙中山与吴稚晖都生于清朝末年，但不论是教育还是出身背景上，二人均有很大的不同。孙中山是自始至终一心坚持革命，而吴稚晖最初是支持保皇派的，到后来才转变成为革命倡导者，其思想发生过重大转变，而这一转变正是代表了当时整个知识界的认知变化。

吴稚晖本名为吴敬恒，稚晖是字，江苏人。他所受的是传统的科举教育，6岁入私塾，26岁时中举。两次进京参加会试均未成功后，进入天津北洋大学堂教习。1901年奔赴日本留学，入东京高等师范学校，主张维新。就如吴稚晖自己所说："从温和的维新党变成剧烈的维新党，我终究还是忘不了要扶持光绪皇帝的。"对孙中山的革命事业他这样说："那样反叛的事业，终究觉得不正当，让孙汶去做罢，我是不做。"

然而，1898年慈禧发动了政变，光绪帝的"新政"被推翻，维新运动的失败让吴稚晖维新思想开始动摇。1900年，明末抗清英雄史可法的后裔史坚如因策应兴中会的起义，被清兵抓获英勇就义。让吴稚晖发现竟有翰林的儿子为孙文拼命，想必孙文必有来历，对革命思想又有所接受。后来"八国联军"攻破北京之后，国势危急，皇帝出走，清廷威严扫地，吴稚晖对保皇党彻底丧失信心。加上身边朋友都赞同革命，吴稚晖至此心中埋下革命的萌芽。1903年6月"苏报案"发，吴稚晖遭到通缉，由香港逃至伦敦。

吴稚晖直到1905年才与孙中山在伦敦见面，那时孙中山从法、比、德到英国，打听到吴稚晖在伦敦的寓所后前去拜访。孙中山给吴稚晖的印象是"一个很诚恳、平易近情的绅士。然而只觉是伟大。不能形容的伟大称为自然伟大，最为适当"。吴稚晖于是在1905年加入同盟会，后追随孙中山投身民主革命。

不为人知的吴稚晖

吴稚晖古文底子雄厚，文笔出手不凡，对中国文字的变迁、读音造诣很深。1912年，时任国民政府教育总长的蔡元培邀请吴稚晖负责筹组全国读音统一会，以核定读音，统一语言。因为清朝末年虽然绝大多数人说的都是汉语，但长期的封闭隔绝使各地的方言变得千差万别，以至于同为汉族的异乡人完全不能自由交谈。地方政府的文官一般又不任用本地人交流还需要雇用译员。即使在闽、粤等省推广官话一百多年后，科举出身的维新派领袖梁启超（广东新会人），还因为讲不好官话无法与光绪帝正常交流，足见得语言统一并非一蹴而就的易事。此后几十年吴稚晖一直热心于普通话的普及工作。1916年编印《国音字典》；1935年任国语推进会会长，审定《国音常用字汇》《中华新韵》《国语罗马字拼音方式》等著作。如今，普通话已成为世界最大的语种，成为联合国工作语言之一。普通话把中国介绍给世界，又把世界介绍给中国。作为普通话的提倡者、推动者，吴稚晖功不可没。

后来蒋介石北伐完成，国民党中央常务委员会召开会议，推选国民政府主席，蒋介石提名吴稚晖。吴稚晖立即站起来说："介石同志，你跟我有仇吗？为什么要害我？你知道我不是做官的材料，叫我当主席，岂不是害我早死吗？"拒绝了蒋介石的提名。他誓不做官，并对做官有独特见解："现代做官，确有妙诀。未登仕途之先，必须善于用气，用之得当，遂能做到大官。盖气分为数种，曰耐气、忍气、下气、使气，甚至大发脾气。同时应当小气的地方，虽一碗羹，也要小气。若须大气的地方，即使自己是一位微员，也要大气。切不可在该耐气忍气地方而使气，该下气地方而大发脾气。以及该小气反而大气，该大气反而小气。如能这样用气，就不患不达到气概十足颐指气使的地位，总而言之，谓之官气。"

参考文献

1. 黄晓蕾：《吴稚晖和中国现代语言规划》，《语言文字应用》2005年第2期。
2. 谭秋霞：《吴稚晖与孙中山的早期交往》，《乐山师范学院学报》2003年第8期。

孙中山：用政党的力量改造国家

1924年1月20日，以解决改组问题为中心内容的中国国民党第一次全国代表大会在广州召开，无疑又是一个改变中国近代史进程的大事件。

孙中山以总理身份担任大会主席并致开幕词，他说："此次国民党改组，有两件事：第一件，改组国民党，第二件，就是用政党的力量去改造国家。"

改组即对国民党的党章、组织结构进行调整。孙中山领导的革命运动已经走过了几十年，在这几十年的奋斗里清朝政府被推翻了，民国创立起来了，又与外国侵略者和国内的军阀进行了长期的斗争。孙中山领导的革命党一再改名，1919年改名并改组为中国国民党。那为何要在此时对国民党进行一次新的全面的改组呢？

国民党"一大"会场内景

在国民党"一大"之前，中国所谓的民国政府，实际上被军阀控制，各自为政，对外与列强勾结，对内用横征暴敛等办法筹集军费，各派军阀争权夺利，甚至内战。近代化一个最基本前提是国家统一、民族独立，当时的中国并不具备。近代化的另一内涵乃是经济问题。当时的中国正处在半殖民地的阴影之下，经济无法正常发展，"小企业家渐趋破产，小手工业渐至失业，沦为流氓，流为盗匪，农民无力以营本业，生活日以昂，租税日以重"。这样的惨状触目皆是，已是濒

孙中山手拟的中国国民党中央执行委员和候补人员名单

临绝境。此外，孙中山领导的国民党，所代表的资产阶级和城市小资产阶级成分复杂，脱离了工农群众，在革命中几经挫折，组织力量有限，难以承担领导全国革命的重任。部分革命党人甚至借着革命口号为个人谋利、积蓄个人势力，一旦等到个人势力强大，反而破坏甚至反对革命。

孙中山步出中国国民党"一大"会场

而面对后来居上的苏俄革命的巨大成就，孙中山钦羡不已。他公开承认："俄国革命六年，其成绩既如此伟大；吾国革命十二年，成绩无甚可述"，关键就在国民党缺乏组织、缺少革命精神和巩固基础。为此，他明确提出以后应当"效法俄人",他大声疾呼:"吾党所须者,是在革命精神。"他决定同中国共产党合作,彻底改造国民党,将二者结合一道进行中国的革命。他表示:"此次吾党改组唯一之目的,在乎不单独倚靠兵力,要倚靠吾党本身力量。"他不再仅仅依靠未经彻底改造的旧军队去实现革命目标,而要把国民党改造成为真正的革命党。他的用意就是"以党建国"进而达到"以党治国"。《中国国民党第一次全国代表大会宣言》中这样表述,"夺取政权,克服民敌""更应以党为掌握政权之中枢"。

孙中山欣赏的是苏俄的以党建国、以党治国、党代表大会、中央党组织、地方党组织、以党治军、军队党代表制等组织手段。汲取俄国经验也好,吸纳共产党员也好,在孙中山看来,一切都是为了革命,为了实现自己"振兴中华"的政治理想。

参考文献

1. 张玉昆:《孙中山在中国国民党"一大"期间的思想飞跃》,《中山大学学报(社会科学版)》1998年第2期。
2. 李峻:《国民党"一大"与中国近代化》,《南京社会科学》1994年第8期。

"众筹"背后孙中山的辛酸革命史

1895年1月22日,兴中会发行中国商务公会股单。

古语云:"兵马未动,粮草先行。"经费对孙中山领导的革命活动至关重要。1909年孙中山曾致函宫崎寅藏,提出此前起义未成功,"无非是财力之不逮,布置之未周"。

孙中山曾靠发行股票、债券的"众筹"方式募集革命资金。1894年,孙中山在檀香山倡议成立兴中会。1895年1月22日,兴中会发行中国商务公会股单。这是有关孙中山通过发行"股票"的方式募集经费的较早记录。股单内容如下:"中国商务公会第一号。一股。一八九五年一月二十二日。兹证明李多马持有已付清的中国商务公会股款一份。凭于此背书并转认此股,可过户列入公司总账。司库刘祥(签名)会长孙逸仙(签名)。夏威夷岛火奴鲁鲁。(火奴鲁鲁孖毡街二○九号格雷夫厂承印)。"但后来此次股单到底发行了多少,对革命影响到底有多大,现有历史研究还尚未明确。1895年2月,香港兴中会成立时,也设立"银会"发行股票,每股为科银十元,孙中山许诺,"开会之日,每股可收回本利百元"。

1906年4月,孙中山与会员在新加坡晚晴园合影

除了股票之外,孙中山还发行过债券。1904年,在旧金山发行的"革命军需

债券",许诺以10美元的价格出售,将来可收回100美元本息,但是此次仅卖出4000余元。

两次"创业"失败,孙中山并没有灰心。1911年7月孙中山在美国旧金山成立洪门筹饷局(又称中华革命军筹饷局,对外亦称国民救济局),发行中华民国金币票,面值分别为十元、一百元、一千元三种,凡捐美金五元以上的,发给金币票双倍之数,并承诺,金币券在"民国成立之日,作为国宝通用,交纳税课,兑换实银"。

此外,孙中山还通过贷款、义捐等多种渠道募集资金,截止到武昌起义前孙中山共募集经费约140万元(港币)。

参考文献

1. 陈锡祺:《孙中山年谱长编》,中华书局,1991年。
2. 郭豫明、刘平:《武昌起义前孙中山筹措革命经费的主张与实践》,《上海师范大学学报(哲学社会科学版)》1996年第4期。

孙中山调整让位条件保全民国前途

1912年1月23日，有关孙中山让位事宜的南北谈判依然胶着，孙中山在这一日，郑重地复电给南方代表伍廷芳，命其将让位的五项条件正式通告给袁世凯，并表示"个人名位非所愿争，而民国前途岂可轻视"。他对民国前途的担忧日甚一日。为了钳制袁世凯，以保证得之不易的革命成果不致因他的上台而遭倾覆，孙中山在让位条件方面仔细斟酌，耗费了大量心血，这可从孙中山的两次发电中看出。

第一次是在1912年1月18日，孙中山致电伍廷芳，提出清帝退位后推让袁世凯的五个条件：一是清帝退位，其一切政权同时消灭，不得私授于其臣。二是在北京不得更设临时政府。三是北京方面通电各国：清帝退位，要求各国政府承认中华民国。四是孙中山即向参议院辞职，宣布定期解职。五是请参议院公举袁世凯为大总统。此电文反映孙中山力图对袁世凯进行钳制，通过迫使清帝退位，割断袁世凯与封建政权的政治联系；袁世凯需从孙中山手中接任总统，而不是由清政府授权，即将袁世凯置于南京临时政府这部新国家机器之中；袁世凯必须公开宣布拥护共和的政见，也就是用中外舆论的力量促使袁世凯履行诺言。

时隔数日，孙中山于1月22日再致电伍廷芳及各报馆，说明提出让位条件无非巩固民国之基础，并发布调整后的五个让位条件：一是清帝退位。二是袁世凯宣布政见，绝对赞同共和主义。三是孙中山接到外交团或领事团通知清帝退位布告后即行辞职。四是由参议院举袁为临时总统。五是袁被举为临时总统之后，誓守参议院所定之宪法，乃能接受事权，才能授予他实权。孙中山还郑重交代以上条件，若袁不能实行，则意味着他不愿赞同民国，不愿和平解决。则战争复起，天下流血。

22日电文与18日电文相比较，措辞上尖锐和激烈得多，加大了对袁世凯钳制的力度，提出袁世凯必须公开表示赞成共和。而此时，袁世凯倚仗内有清政府的授权，外有帝国主义列强的撑腰而有恃无恐，似不独去清朝政府，还欲取消民国政府。更让孙中山担心的是革命阵营内部此起彼伏的一片妥协之声。在这种情形下，孙中山表现出非凡的革命坚定性。他严肃表示辞让与承接不是无条件的，袁世凯必须做到逼迫清帝退位和宣布共和才行。

虽然后来在内外巨大压力下，孙中山陆续做了一些妥协和退让，但他认为有些退让并未危及民主共和制度的根基。对于"清帝逊位""袁世凯宣布政见绝对赞成共和"等基本条件，无论压力多大，无论处境多么困难，孙中山始终坚持不放弃，其高度的革命原则性又一次显现出来。

然而，即使孙中山耗费心血设计了这套办法，仍阻止不了袁世凯颠覆共和制度，复辟封建专制。政治力量的博弈波诡云谲，有太多的因素在制约着时局的发展。

参考文献

1. 陈锡祺：《孙中山年谱长编》，中华书局，1991年。
2. 谢冰：《孙中山与南北议和》，《中南民族学院学报（哲学社会科学版）》1996年第5期。

孙中山曾屡遭驱逐

1908年1月24日,孙中山被越南河内法国殖民当局驱逐出境,前往新加坡。

此事还要从广西镇南关起义说起。1907年12月3日,孙中山偕黄兴、胡汉民、胡毅生、日本人池亨吉、法国炮兵大尉D氏等十余人,从越南河内赴镇南关领导起义。初时,起义军在黄明堂、王和顺指挥下进展顺利,连下镇北、镇南、镇中三炮台。但很快形势急转直下,广西道台龙济光率部会同陆荣廷等纠集了八营兵力围攻革命军。革命军因弹药不继,兵力悬殊,于8日撤往越南。清廷立即部署缉拿起义首要分子。1908年1月3日,广西巡抚张鸣岐致电军机处,称"探得孙文现在河内,行踪诡秘,意在扰乱",建议照会法使以驱逐孙中山出境。1月15日,孙中山被捕,受到河内法国殖民当局传讯,三天后,越南总督保尔·博宣布将孙中山逐出印支半岛。

针对河内当局的驱逐行为,中国同盟会驻法支部曾向法国政府提出抗议,但于事无补。法方称"孙中山藐视敝政府对他的礼遇,煽动革命"。越督保尔·博的解释更为直接:"革命党人在两国间的频繁活动,以及在边境发动的每次起义,都会在越南河内引起反应,都会助长两国政治鼓动家及其追随者的危险倾向。"此后孙中山在英、美、法属殖民地屡次遭驱逐也主要是这样的原因。事实上,欧美列强及近邻日本是为了维护历次侵略战争所"挣"的在华利益,更乐意与清廷做生意,孙中山的反清革命自然不受列强待见。

在1895年至1912年的反清革命生涯中,孙中山在列强所在国或殖民地屡遭驱逐、引渡、不准入境、逗留。

1895年10月29日,因广州起义失败,孙中山抵达香港。11月1日,清两广总督谭钟麟照会英国领事,知照港督,要求引渡孙中山。港督罗便臣称:"英国不愿交出政治犯,(但)孙文如来港,必驱逐出境,不准逗留。"

11月2日,孙中山在咨询法律顾问达尼斯(Mr.Dennis)意见,与陈少白等商议后,当日离开香港赴日本。

11月20日,因外间风传日本政府答应清廷引渡革命党人要求,遂与陈少白断发改装,远赴檀香山。

流亡海外的孙中山

1896年3月4日,香港英国当局颁布对孙中山的驱逐令,称孙中山的活动对于"香港地方治安与秩序均有妨害""自当日起,五年内禁止在香港居留"。

4月8日,清总理衙门致函驻美公使杨儒,策划运动檀香山及美国政府引渡孙中山。辗转旧金山、纽约后,9月23日,孙中山赴英国。

1909年8月10日,孙中山在伦敦

9月25日,清驻英公使馆与英国外交部交涉引渡孙中山,未果。

10月11日,被清驻英公使馆囚禁。经康德黎、孟生积极营救,始获释放。此事经媒体报道,孙中山名满天下。

1897年10月4日,香港政府辅政司洛克哈特(J.H.Stowart.Lorkhart)关于在港居留权问题复函孙中山:"本政府雅不容许任何人在英属香港地方组织策动机关,以为反叛或谋危害于素具友谊之邻国……如先生突然而来,则比遵照1896年所颁发放逐先生出境命令办理……"

1900年7月12日,被英国殖民当局迫令离境。新加坡总督瑞天咸对孙中山表示,不允许在其领地鼓动革命。

11月10日,因在台湾策划惠州起义,被日踞台湾殖民当局驱逐出境。

1904年4月6日,在旧金山,被美国移民局以中国乱党分子,所持护照系伪造为由,不准登岸,遭拘禁。经黄三德等奔走,始于28日获准入境。

1905年7月初，离欧东返，途经新加坡，孙中山因不得入境五年期限未满，不能自由登岸。后经尤列等与新加坡警厅疏通，才得上岸短暂逗留。

8月22日，拟在东京召开主题为"列强能否瓜分中国"演说会，被日本警方禁阻。

10月初，清廷谋促日本驱逐孙中山。10月9日，日本外相桂太郎答复驻华公使内田询问时，确认日本政府已下驱逐令。孙中山在中日交涉前，离日赴越南。

1907年3月4日，在清廷的多次交涉下，日外务省"礼劝"孙中山离开日本。此举皆因日本当局不想过于压制中国革命派，以利将来的扩张企图。

6月13日，清廷向法国要求引渡在越南活动的孙中山。法国公使埃巴普写信督促越南法国殖民当局"按照国际惯例"驱逐孙中山。越督保尔·博表示：一旦获知孙中山行踪，将直截了当地请他离开法国领土。

9月，法国外交部起草了一份原则性声明，表示尊重清政府的意愿，最大限度限制中国反叛者进入法国殖民地，对革命党人实行永久性拘留。

1908年1月24日，被河内法国殖民当局驱逐出境，前往新加坡。后辗转南洋各地活动。

12月14日，在暹罗（泰国）活动的孙中山被当局勒令出境。

1909年2月12日，清外务部照会日本驻京使馆，"探悉孙文在大阪"，要求驱逐出境。日本当局表示将严密调查。

5月19日，离日赴欧，孙中山自叹："予自连遭失败之后，安南、日本、香港等地与中国密迩者皆不能自由居处，则予对于中国之活动底盘已完全失却矣。"

1910年6月10日，从欧美游历东返的孙中山抵横滨。清廷多次与日本交涉驱逐孙中山。6月23日，东京当局密令孙中山25日离开日本。

7月19日，赴槟榔屿活动。12月6日，南洋英殖民当局以孙中山"妨碍地方治安"为名勒令出境。孙中山于当日赴欧美筹款。

罗马不是一日建成，革命的艰辛可见一斑。

参考文献

陈锡祺：《孙中山年谱长编》，中华书局，1991年。

革命喉舌——孙中山的《中国日报》

俗话说："雄笔一支抵万军。"孙中山自领导反清革命以来，一直重视"笔杆子"的力量，他常通过发行小册子、杂志、报纸的方式来宣传革命思想，以达到启发民智，传播"三民主义"的目的。1900年1月25日创办的、被誉为我国"革命机关报之元祖"、兴中会"唯一喉舌"的《中国日报》便是其中的典例。

革命党人的舆论宣传媒介——《中国日报》

创办伊始

《中国日报》，取"中国者中国人之中国"之意，以"大抵以开中国之风气，祛中国人之萎靡颓庸，增中国人兴奋之热心，破中国人之拘泥于旧习，而欲使中国维新之机勃然以兴"为办报宗旨，原址位于香港中环士丹利街24号。它的创办，是在孙中山的领导下，由其革命好友陈少白主持完成的。

陈少白（1870—1934），原名闻韶，字少白，号夔石，广东新会县（今江门市）

外海人。他是孙中山在香港西医书院读书时的同学,与孙中山、杨鹤龄、尤列并称"四大寇"。兴中会创办之初,陈少白便已加入其中,成为骨干力量,为推翻清朝、建立民主共和国做出了贡献。

1899年秋,为了与康有为、梁启超等保皇派人士进行斗争,宣传反清革命思想,孙中山委派陈少白,以服部二郎为化名,秘密潜入香港,筹备创办《中国日报》相关事宜。

据陈少白后来回忆说:"我在香港,一方面加入三合会和哥老会,一方面筹办报的事,诸事都妥,孙先生代我买的印刷机器和铅字,也都已运到。只是买来的铅字,并未照单采办,缺点甚多,非得亲身回日本跟同采办不可。""我到了日本,又同着孙先生把印报的铅字配齐。在己亥年十二月下旬,就把《中国日报》出版,与那满清政府公开宣战,拿报馆作为革命的唯一机关。"

报纸特色

《中国日报》自1900年1月25日开办,至1913年8月因"二次革命"失败,被广东都督龙济光查封,前后历时13年又8个月,具有如下特色:

《中国日报》每日出两张,采用日本报纸版式,横行短行,开中国报纸新版之先河。

在内容上,主要是反帝国主义侵略、反清政府封建统治的文章和报道,如《惨哉清廷之弃民》《亡国奴之真相》《俄人又侵略新疆》《日人干涉路权》等。《中国日报》不仅有日报,还有十天出一期的《中国旬报》,主要登载中外重要新闻、名人言论及知识性文章。除在香港地区销售外,《中国日报》三分之二以上销往国内和广大东南亚地区,颇受各地读者重视。

办报者乃精英荟萃,人才济济。《中国日报》历经陈少白、冯自由、谢伯英主持等三个阶段,先后担任编辑的有王质甫、杨少欧、陈春生、郑贯公、廖平庵、卢信、陈诗仲、黄世仲、洪孝衷、陆伯周、王军演、卢少歧、丁雨宸、郭鸿逵、周灵生等人。他们均为一时之风流人物。

《中国日报》既是革命派的宣传阵地,又是革命派在香港的重要活动据点。1900年革命派筹备惠州起义时,组织者、参加者便集中到《中国日报》报馆居住、策划,失败后又回到报馆避难,筹款出走。1902年1月28日至2月4日,被清政府通缉的孙中山也到该报馆避居。

《中国日报》大事记

1899年，秋陈少白以服部二郎为化名，秘密潜入香港，筹备创办《中国日报》相关事宜。

1900年1月25日创刊，以陈少白为创刊人并兼任主编。报社设于香港中环士丹利街24号。

1901年春，社址迁移到永乐街。

1902年1月28日至2月4日，孙中山由日本乘日轮"八幡丸"抵港，避居《中国日报》原报馆。

1903年，由于经济困难，报社与文裕堂印务公司合并，由社址永乐街迁往荷里活道231号。

1906年8月，报社改组，冯自由出任社长兼总编辑。

1906年9月，社址由荷里活道231号迁至上环德辅道301号。

1912年，社址迁移至广州。

1913年8月，被广东都督龙济光查封，最终停办。

参考文献

1. 陈少白：《兴中会革命史要》，建国月刊社，1935年。
2. 陈锡祺：《孙中山年谱长编》，中华书局，1991年。
3. 刘家林：《中国新闻通史》，武汉大学出版社，1995年。
4. 何小燕：《兴中会机关报——〈中国日报〉》，《华南师范大学学报（社会科学版）》1990年第3期。

"秀才也能造反",留欧学生给孙中山上的一课

1918年1月26日,孙中山、宋庆龄宴请欧美留学生。席间,孙中山用英语发表演讲,指出:"留学诸君,关系于民国前途甚大。"

清末李宝嘉在《文明小史》中曾写道:"秀才造反,三年不成。无论他们有没这回事,可以不必理他。"在革命初期,孙中山的看法也大致与此无异,因此他主要借助会党的力量来实现推翻清政府的革命理想。但会党反清复明的宗旨和孙中山的理想毕竟大相径庭,分道扬镳也是最终结局。直到遇到留欧学生群体,孙

孙中山在布鲁塞尔与马君武等合影

中山遭到当头一棒才渐有开悟，逐渐倚重起这些留洋的"秀才"们从事具体的革命活动。

孙中山作为近代中国民主革命的先驱，人们很少会将他与中国古代那些"造反"起家的领袖们联想到一起。主要还是归因于他有学识、有眼界、有素养，他所从事的革命又与社会底层的草莽领袖们有着根本的不同。更重要的是，他所领导的革命力量乃是时代所造就的精英群体，并非是草莽英雄所依赖的流氓无产者。在这些精英群体里，留学生凭借得天独厚的优势，成为革命的急先锋，并在清末民初的中国社会里为近代中国民主革命做出了巨大贡献。

1905年，已是孙中山自1895年广州起义失败后流亡海外的第十个年头，年初孙中山先在留学比利时的贺之才和留学德国柏林的朱和中等人"竭力救济"下，从英国渡海抵达比利时。随后，孙中山又先后辗转至柏林、巴黎，竭力宣传革命，所到之处皆有留学生自愿宣誓效力，共计六七十人。这不仅为革命注入了新鲜血液，革命队伍的声势也因此得以扩大。这种情状与孙中山1896年在伦敦蒙难，没有遇到一个留学生的经历简直是天壤之别。当时他说，"时欧洲尚无留学生，又鲜华侨，虽欲为革命之鼓吹，其道无由"。后来孙中山在《建国方略》中也明确对此次旅欧留学生的革命行为给予了极高评价，将1905年留学生在欧洲的几次加盟与同年8月在日本东京同盟会的正式成立相提并论。

为何孙中山如此看重这一年留欧学生的加盟呢？根据史料得知，不仅有"各省豪俊"的加入使得现实中的革命组织愈加强大，更因为作为知识青年的留欧学生对孙中山的革命观念及方式方法进行过改进和修正。如在比利时布鲁塞尔期间，孙中山与贺之才、朱和中等人讨论如何组织革命。初始，孙中山坚持以会党力量为主，但朱和中等鉴于孙中山以往曾在美国全力运动会党而无成效，严肃地指出知识分子应该在反清革命活动中扮演主角，指明以前孙中山发动的起义失败的主要原因是没有知识分子的参加和领导，"革命党者最高之理论，会党无知识分子，岂能作为骨干？先生历次革命所以不成功者，正以知识分子未赞成耳"。经过数日的激烈辩论，孙中山改变了"秀才不能造反，军队不能革命"的偏见，还根据实际情况，按留学各国学生的不同特点做了建设与革命的分工，"分途作领导人"，从而为创建一个新的资产阶级民主革命组织打下了思想基础和理论基础。

参考文献

1. 周棉:《留学生与中国同盟会的创建——"中国留学生与民国的社会发展"研究之一》,《清华大学学报(哲学社会科学版)》2008年第4期(第23卷)。
2. 戴学稷:《孙中山与近代中国留学生》,《福建论坛(文史哲版)》1996年第6期。

国之瑰宝宋庆龄——纪念20世纪伟大的女性宋庆龄

中国·上海

19世纪末的上海是远东地区的贸易之都,又是新旧思想、中西文化碰撞激荡的大舞台。华洋两立的世界里充斥着东方的滞后与西式的奢华与文明,繁荣背后却潜伏着一个泱泱大国被外来势力殖民控制的悲哀与痛楚。1893年1月27日,上海的天空雪花纷飞,宋庆龄出生在虹口美租界一个基督教家庭。她是宋嘉树(1864—1918)、倪珪贞(1869—1931)的第二个女儿,她的降生让家人快乐无比,宋嘉树激动地用英语说:"这是个雪孩子,白雪公主!"并给她取了英文名字——Rosamonde。

是年,从香港西医书院毕业一年的孙中山正先后在澳门、广州两地行医,并多方联络教友及军政各界,倡导组织团体,酝酿一场以民主共和为旨归的"战争事业"。

父亲宋嘉树:革命"隐君子"

宋家是一个传教士、实业家兼具革命家的家庭,祖籍海南文昌。宋嘉树早年是美国基督教监理公会派往中国的一名传教士,为了养家,在宋庆龄出生前他逐渐淡出布道事业,精力主要投向实业经营,这给宋家姊妹日后的生活和教育提供了充裕的物质保障。几乎同时,宋嘉树又是孙中山革命事业上"最早的同志和朋友"。他曾建议孙中山发动第一次武装反清的广州起义。在此后15年的流亡中孙中山曾7次途经上海,二人多有接触。1912年4月14日,辞去临时大总统的孙中山偕家眷莅沪,晚宿法租界宝昌路491号宋宅。两天后,孙中山在致随从李晓生函中忆述:"宋君嘉树者,二十年前曾与陆烈士皓东及弟初谈革命者,二十年来始终不变,然不就知于世,而上海之革命得如此好结果,此公不无力。然彼从事于教会及实业,而隐则传革命之道,是亦世之隐君子也。"

宋庆龄眼中的"孙叔叔"

因为父亲的关系，宋庆龄从小就知道孙中山是反对清朝专制统治的大英雄，了解父亲在各方面支持他的事业，因而对孙中山非常仰慕。宋庆龄在《自述》中曾说："由于家父是孙博士在其革命工作中最早的同志之一，因此在孩提时起我就熟悉他的名字和志向。"

宋嘉树的早年经历使他非常重视保护并激发孩子的天性，有意培养子女的胆识和远见。而母亲倪氏亦极有主见，兼具中西学知识，可谓中国早期新女性的样板，尤注重培养孩子的独立与责任。这为宋庆龄日后的成长与选择打下了基础。当宋庆龄幸福地度过天真烂漫的童年时，"叔叔"孙中山正在加紧进行着"以医学为入世之媒"的救国事业，并最终实现从医人到医国的道路变革。1907年8月，她赴美求学，开始长达6年的留学生涯。其间父亲宋嘉树仍经常给她去信，寄发剪报材料，把国内发生的情况告诉她。辛亥革命前孙中山发动的几次武装行动想必她多有耳闻。武昌起义爆发后，她在就读的威斯里安女子学院的校刊上发表题为《二十世纪最伟大的事件》一文，热情呼唤并赞誉中国所进行的共和事业。

宋庆龄的毕业照

爱情来了：十年牵手同船渡

1913年夏，"二次革命"失败后，孙中山成为北京政府的通缉对象，再次流亡海外。此时，从美国留学毕业的宋庆龄，由父亲引领，来到孙中山身旁，成为他的重要助手和战友。两年间的朝夕相处和共同的志向追求，两人相恋了。但年龄的悬殊，辈分的差异及婚姻家庭等让宋庆龄与父母"闹翻"，孙中山也遭遇革命同仁的不解。然而充满勇气的爱最后让有情人终成眷属：1915年10月25日下午，22岁的宋庆龄与49岁的孙中山在日本东京律师和田瑞家举行结婚仪式，宋庆龄称"这一天是比我的生日更重要的日子"。

婚后，宋庆龄以孙中山的学生自居，她在当年致美国友人的信中写道："告诉你我很担心、很幸福也很高兴，我勇敢地克服了我的惧怕和疑虑而决定结婚了。

当然我感到安定下来,感受到家的气氛。我帮助我的丈夫工作,我非常忙。……我希望有一天我所有的劳动和牺牲都将得到报答,那就是看到中国从暴君和君主制度下解放出来,作为一个真正名副其实的共和国而站立起来。"这种"委身革命"的爱情与婚姻让宋庆龄更具超凡的志向与担当。多年以后,她向埃德加·斯诺谈到她与孙中山的婚姻时,以风趣幽默的口吻诉说她当时的感情:"我当时并不是爱上他,是出于少女罗曼蒂克的念头!但这是一个好念头。我想为拯救中国出力,而孙博士是一位能够拯救中国的人,所以我想帮助他。"

对孙中山而言,爱情不仅给他以慰藉,也成为激励他在失败中奋起的动力。年轻、美丽、温柔、深情,充满朝气的宋庆龄带给他一种全新的生活。三年后,孙中山在致其大学老师的信中这样描述二人的结合:"我的妻子,是受过美国大学教育的女性;是我的最早的同志和朋友的女儿。我开始了一种新的生活。这是我过去从未享受过的真正的家庭生活。我能与自己的知心朋友和助手生活在一起,我是多么幸福!"

1922年9月,宋庆龄、孙中山合影于上海寓所

的确,"孙中山是宋庆龄的导师、战友和伴侣,是她踏上革命道路的引路人。孙中山在世时,宋庆龄放弃了富裕安适的生活,全身心地追随孙中山,投入捍卫中国的共和大业的斗争,给孙中山以最坚定的支持和全力帮助,艰苦备尝,出生入死,屡遭顿挫,义无反顾。孙中山逝世后,她经历了曾经是同一营垒的'战友'的疏离或背叛,忍受着各种明枪暗箭的伤害,以及手足分道的痛苦,为捍卫和发展孙中山的思想和事业不倦奋斗。正是由于她的锲而不舍的努力,使孙中山的思想在新民主主义革命乃至社会主义革命和建设事业时期仍然具有生命力和积极意义"。

参考文献

1. 陈漱渝、梁雁:《宋庆龄的青少年时代》,河北人民出版社,2015年。
2. 陈锡祺:《孙中山年谱长编》,中华书局,1991年。
3. 中国社会科学院近代史研究所中华民国史研究室:《孙中山全集》,中华书局,1982年。
4. 盛永华主编:《宋庆龄年谱》(1893—1981)(上册),广东人民出版社,2006年。
5. 宋庆龄基金会等:《宋庆龄书信集》(上),人民出版社,1999年。
6. 国民党台湾省党部编:《国父全集》(第5卷),台北文物供应社,1985年。

中山舰的正确打开方式

它诞生于清末，经历了护国运动、孙中山广州蒙难、中山舰事件和武汉保卫战，1997年1月28日才被打捞重现。它承载了半部中国革命史，它就是中山舰，尘封江底59年之后重见天日，向后人诉说这样的故事。

那些年，中山舰还叫永丰舰

1910年（宣统二年）8月，摇摇晃晃的清政府同日本长崎三菱造船所签订合同，订购了一批军舰，"永丰舰"即是其中一艘，编号为215号。1912年交货时，清政府已经倒台，替清政府收货的是北洋政府临时大总统袁世凯。袁世凯将这艘舰编入了北洋政府海军。该舰长62.48米，宽8.99米，吃水深2.44米，排水量780吨；两座主机（那个年代还是蒸汽机）1300马力，两台锅炉，双机双舵，时速为16海里；配置武器主要有阿式75炮1门，3磅炮4门，105炮4门，马式1磅炮2门，载煤量150吨，载淡水量16吨，全舰配兵员108人。1915年12月13日，袁世凯宣布废除民国纪元，实行帝制。袁世凯的倒行逆施遭到全国人民的反对，孙中山发布《讨袁檄文》，发起"护国运动"。云南都督唐继尧、原云南都督蔡锷为首的上层将领率先举起"护国"大旗，组织护国军北上讨袁。袁世凯调动10余万军队对付护国军。永丰舰积极响应，海军总司令李鼎新、第一舰队司令林洪怿、练习舰队司令曾兆麟通电，宣布起义倒袁。与此同时，贵州、广西、广东、浙江、陕西、四川、湖南等省亦先后宣布独立，通电迫袁退位。1916年3月下旬，袁世凯被迫取消帝制，护国运动宣告结束。

护法运动中的永丰舰

1917年，张勋复辟失败后，段祺瑞复任北京政府国务总理，拒绝恢复《临时约法》和召集国会。孙中山为维护《临时约法》和国会，发起"护法运动"，并在上海运动北洋海军参加护法。7月中旬，孙中山从上海乘"海琛舰"到广州，正式举起了护法的旗帜。海军总长程璧光于7月22日发表起义宣言，并率海军第一舰队陆续自上海南下广州。由"海琛""永丰""永翔""同安""豫章""飞鹰""楚豫""福安"等11艘军舰组成了西南护法舰队。永丰舰再一次参加了起义，并成为护法舰队的骨干。9月初，孙中山被推选为军政府大元帅，护法舰队官兵一致拥戴孙中山。

从永丰舰到中山舰——陈炯明叛乱中的转折

1922年6月在广州发生的陈炯明部叛乱，使孙中山领导的革命遭受了一次最为沉重的打击。1922年6月13日，陈炯明在惠州下达了对孙中山的总攻击令。15日，陈炯明的部下叶举等在白云山召集紧急军事会议，部署了炮轰总统府等行动计划。孙中山在卫士的保护下，幸而脱险。孙中山登上了停在天字码头的海军"宝璧舰"，后又转登永丰舰。自此，与永丰舰官兵一道在舰上50多天，进行惊心动魄的平叛斗争。与此同时，宋庆龄与50多名卫士同叛军周旋数小时后，也登上永丰舰与孙中山聚首。

平叛过程中，时任海军司令的温树德在接受了陈炯明26万元贿赂后，擅自率"海圻""海琛""肇和"三大舰熄灯起锚，离开黄埔，驶出莲花山河面。此时，孙中山身边就只剩下"永丰""楚豫""豫章""宝璧"等9艘小舰。而岸上的鱼珠等炮台早已为叛军所占领，"永丰"等舰顿时失去了保护的屏障，暴露于敌人岸上炮台的炮火之下。温树德投靠陈炯明的行为激怒了众舰官兵，各舰舰长及官兵代表100多人齐聚永丰舰，晋谒大总统，誓师至死捍卫国民革命，效命于大总统。鉴于广大海军官兵的一片赤诚，在永丰舰舰长冯肇宪的陪同下，孙中山接见了全体官兵代表，并作了热情洋溢的讲话。孙中山对永丰舰有着深厚的感情，1923年夏，孙中山偕夫人宋庆龄重登永丰舰，与全舰官兵合影留念。

1925年4月13日，孙中山去世一个月之后，鉴于永丰舰的功绩，国民政府正式将永丰舰更名为"中山舰"。1926年3月20日，围绕停泊在广州珠江水域的中山舰调动，爆发了震惊中外的"中山舰事件"。随后，国共合作破裂。

1923年8月14日，孙中山、宋庆龄与永丰舰海军官兵合影

抗击日寇——武汉保卫战中的中山舰

1938年10月24日，中山舰在武汉上游26公里处的进口镇附近执行保卫武汉的安全转移任务时遭到日军战斗机群的突袭。向中山舰发动攻击的是日军的6架轻型轰炸机，分两组对中山舰进行轰炸。由于当时中山舰作运输之用，四门主力火炮卸下安装在了长江要塞上，舰上仅有瑞士制、德国制20厘米高射炮各一门，37毫米机关炮两门，捷克式机枪两架，由于年代太久，这些装备都存在一些故障。日军的6架飞机轮流急速俯冲投弹，并辅以机枪扫射。中山舰左舷中弹，出现1米见方大洞，江水急涌轮机舱，抢堵无效，江水漫进锅炉，炉火渐熄。就在轮机长黄孝春等人拼命堵漏之际，位于舰首的高射炮因连续发射突然被卡住，舰首出现火力空档，日机乘虚而入，望台被炸掉一个角。在敌强我弱的情况下，中山舰全体官兵与敌机浴血奋战，终因力量悬殊，中山舰舰底多处受伤而沉入江底。

重见天日的中山舰

1996年11月12日，在孙中山诞辰130周年这一天，来自海内外的数千名来宾，参加中山舰打捞开工仪式。1997年1月28日，中山舰整体打捞出水。

中山舰出水文物有5000多件，分为舰载设施、武器装备、生活用品、铭牌标志四类。这些文物里有大量反映中国传统文化的器物，如各种官兵生活用瓷器、铜火锅、铜烘笼、温酒壶、水烟枪等。而以孙中山先生命名的一代中山舰本身，是我国最大的可移动一级文物。

瓷器占了中山舰出水文物大多数，在进行修复的200多件瓷器中，除官兵碗盘盏用具外，还有一些著有"居仁堂制"和"大清乾隆年制"等款的"官窑"瓷残件。

参考文献

1. 向培风、李书林、周政：《中山舰打捞纪实》，《党史天地》1997年第4期。
2. 邓衍明：《中山舰沉浮揭秘》，《档案与社会》1997年第4期。
3. 蔡荣初、蔡华初：《中山舰打捞修复工作纪实》，《武汉文史资料》2001年第9期。

○ 中山先生的一天

公文发布的新形式——南京《临时政府公报》

1912年1月29日,南京《临时政府公报》发刊。

孙中山十分重视文书档案工作,南京临时政府成立初期,便特令各部及卫戍总督暨各都督,"临时政府成立,政事上一种公布性质,宜有独立机关经营,以收其效,则发行公报是也"。1912年1月29日,《临时政府公报》第一号正式出版,由南京大总统府印铸局编纂,其下设印刷科"专理印刷并监督印刷工役",自1月29日创刊至4月5日停刊,共发行58号。南京临时政府改"官报"为"公报",一个"公"字将"公共""公开""公正"的资产阶级民主共和思想蕴含其中,自是与以往旧式代表政府官方立场的封建官报不同。

《临时政府公报》

《临时政府公报》第一号主要包括四类内容:令示类公报:临时大总统誓词、

临时大总统宣言书、告海陆军士文、劝告北军将士宣言书、祝参议院开院文；法制类公报：修正中华民国临时政府组织大纲；纪事类公报：卫戍总督呈报委任分区司令官、南京卫戍分区司令官条例；电报类公报：南京去电、武汉等地来电等。从中我们可以发现，《临时政府公报》相对于以往的"官报"而言，其内容、体例等方面有很大的不同。可以说，《临时政府公报》是对公文发布的全新探索，开启了我国近代文书档案体制建设的初创模式。

首先，从性质上来看，作为资产阶级革命的产物，《临时政府公报》是具有资产阶级性质的刊物，它在内容上所体现的民主、自由、平等的资产阶级精神，是与过去"官报"所反映的集权专制是截然不同的。

其次，与以往内容非常广泛甚至庞杂的"官报"相比，《政府公报条例》规定"《政府公报》为公布法律命令之机关"，综观58期《临时政府公报》，其内容体例主要为六个门类，即"令示""法制""纪事""电报""抄译外报""杂报"，其中以"令示"居多，主要是以大总统和中央各部的名义发文。可以说，它的主要内容是围绕民国新政权的建设而展开的，体现的是资产阶级追求自由开放、强调效率、积极进取的精神，较为鲜明地体现了革命性和进步性。

再次，从发行周期和范围来看，南京临时政府存在的三个多月时间里，《临时政府公报》总共发行了58期，除去节假日休刊外，基本上是日刊。而且公报的发行是面向国内外的公开出版物，这与过往官报的不定期或者不定范围的发行，也是有所区别的。

《临时政府公报》的刊行不仅仅是对近代文书档案体制的一种创新，更由于其中收录了许多南京临时政府时期发布的政治、经济、社会等多方面的变革措施，是我们研究这一时期不可多得的重要资料。

（现有江苏人民出版社1981年版《临时政府公报》影印本三函18册存世。）

参考文献

1. 王芹：《民国初期"临时政府公报"与古代官方报纸"邸报"的同与不同》，《中国档案》2006年第4期。

2. 中国社会科学院近代史研究所中华民国史研究室：《孙中山全集》，中华书局，1982年。
3. 戈公振：《中国报学史》，上海古籍出版社，2003年。
4. 侯吉永：《简述报纸刊布公文的历史兼论其对公文转型的意义——从唐宋邸报到晚清官报再到民初公报》，《档案史话》2013年第3期。
5. 孙中山所藏档案资料之"南京临时政府印铸处办事规则"，孙中山故居纪念馆藏，档案编号GJ000145。

二〇月

革命的战场不止一处，革命的武器不止一种

1910年2月1日，《民报》第26号在日本东京出版，此次出版为该刊最后一期。

对于革命党而言，革命的战场不止一处，革命的武器也不止一种，那就是在宣传领域的隔空交锋和厮杀，硝烟在舆论阵地的弥漫。然而，革命的阻碍也不止一个，还有反对革命试图实行君主立宪的改良派。一般认为，中国近代史上发生过三次比较重要的思想论战，第三次即20世纪初（1905—1907）发生在革命派和改良派之间的论战。

20世纪初，清政府日薄西山，资产阶级革命运动正成为中国历史发展的主流。此时流亡海外的康有为、梁启超等继续为清政府张目，卖力鼓吹改良和君主立宪，抵制日益高涨的革命运动。但是，革命派也不甘示弱，予以有力还击。由此双方展开了这场极具规模激烈凌厉的思想论战，论战的主要交锋集中在1906年4月至1907年10月间，双方文字达百万之巨。

革命党方面以《民报》为中心阵地，改良派方面以《新民丛报》为中心阵地。《民报》作为同盟会第一份机关报，1905年11月26日创刊于日本东京，由胡汉民、章太炎等人先后负责，共出版26期。《民报》在孙中山的指导下，开宗明义公开宣布了六大主张："颠覆现今之恶劣政府；建设共和政体；维持世界真正之和平；土地国有；主张中国日本两国之国民联合；要求世界列国赞成中国之革新事业。"热切地为革命鼓与呼。

同盟会机关报——《民报》

《新民丛报》是改良派向国人宣传其立宪主张和政治学理论的主要阵地。由改良派主帅梁启超创办于日本横滨,为半月刊,自1902年2月8日至1907年11月20日,由于经常不能按期出版,一共只刊行了96号。在创刊号《本刊告白》中规定了三条办报宗旨:一是强调"欲维新吾国,当先维新吾民",认为要振兴国势,首先要提高民族素质;二是强调"以教育为主脑""广罗政学理论以为智育之本原",即大力宣传西方资产阶级的思想文化;三是强调"不为危险激烈之言""以导中国进步当以渐也",也就是坚持改良,以实现建立君主立宪的政治目的。

仅从各自办报宗旨即可看出,这场论战是一场资产阶级内部不同派别的政体之争。其中最主要的不同是,革命派主张的是从上而下的进行彻底的民主革命,推翻清朝建立民主共和国。而改良派依然对清王朝抱有幻想,试图采取全面温和的手段达到实现君主立宪的政治体制。

通过论辩,改良派的主要观点渐被驳斥,《新民丛报》最终单方面停火。其间清政府面对民众翘首以盼的改革,却依然冥顽不灵、专制蛮横、倒行逆施,引起民心渐失,民众逐渐同情并转向革命,许多改良派成员也转入到革命派方面。所谓"形势比人强",客观形势的变化,也促使着革命派在论战中取得胜利。《新民丛报》在1907年第92期坦承:"数年以来,革命论盛行于国中,今则得法理论、政治论以为之羽翼,其旗帜益鲜明,其壁垒益森严,其势力益磅礴而郁积,下至贩夫走卒,莫不口谈革命,而身行破坏。""立宪党者,不过为名义上之鼓吹。气为所慑,而口为所箝。"

《民报》通过这场论战在民众中扩大了影响力，使革命观念深入人心，诚如孙中山所言："同盟会成立未久发刊《民报》，鼓吹三民主义，遂使革命思潮弥漫全国，自有杂志以来，可谓成功最著者。""《民报》成立，一方为同盟会之喉舌，以宣传正义；一方则力辟当时保皇党劝告开明专制，要求立宪之说，使革命主义如日中天。"

　　必须公允地说，不能因为在这场论战中败北，就否定《新民丛报》在近代中国史上的价值和功绩，它对于宪政的宣传，深刻地揭露了皇权专制主义，积极地宣传了资产阶级民权思想，对于开阔国人的视野，提高国民的政治意识，推进近代中国政治民主化进程，有着重要的启蒙意义。因此，与《民报》虽在政体的建立上有巨大分歧，但对改变君主专制、开启民智、发展民主的努力方向却是没有本质的不同，同样在客观上促进了革命意识的觉醒和革命运动的发展。

参考文献

1. 石烈娟：《〈新民丛报〉的立宪宣传》，湖南师范大学硕士论文，2003年5月。
2. 董伟建、程东亮：《〈新民丛报〉与〈民报〉论战败因分析》，《武汉科技学院学报》2008年4月第21卷第4期。

○ 中山先生的一天

南京临时政府成立后的外交困境

1912年2月2日，孙中山正式照会各国，以后凡在中国交涉事宜，应向南京新政府磋商办理。

武昌起义成功后，孙中山对各国对华态度进行过分析。他认为与中国革命关系紧密的有6个国家，"美、法两国，则当表示同情革命者也；德、俄两国，则当反对革命者也；日本则民间表同情，而其政府反对者也；英国则民间同情，而其政府未定者也。是吾国之外交关键，可以举足轻重为我成败存亡所系者，厥为英国。倘英国佑我，则日本不能为患矣"。孙中山对时局的分析是有一定的道理，后来的实际情况也证明想要取得列强的承认并不容易。辛亥革命成功后，西方各国采取所谓"金融中立"政策，向孙中山关闭所有贷款大门，南京临时政府面临严重的财政危机。

列强的"中立"

1912年1月1日中华民国正式成立后，列强并不予以承认，依然同清政府保持关系，不久，清帝退位，袁世凯得到统治中国的大权，形势发生了变化。

地方小、胃口大的日本

2月23日，日本分别向各列强提出承认民国政府的先决条件：一、中国新政府要保证继续承认外国人根据条约、法律成例或习惯所得到的权利利益和特权；二、新政府要向外国借款；三、列强采取共同行动。在接到这份照会之后，英法两国立刻表示原则赞成。德国也表示同意。美国虽然表示同意，但附带声明：以这个方针不致对于承认中国新政府，引起不必要的延缓为限。它还要求日本事先说明向中国所要求的保证的性质和条件。俄国先是表示同意，后来又增添了附加条件：唯日俄两国的特殊权利，得另行要求。实际上，此时日、俄、英三国都无意承认中华民国，他们正分别同中国政府就满洲、外蒙古和西藏问题进行交涉，试图借承认问题来进行要挟。

积极的美国

只有美国在承认问题上比较积极。1912年1月3日，美国众议院外交委员会主席就曾向国会提出祝贺中国爱国者所取得的成功，赞成尽快承认中华民国。2月29日美国参众两院通过一项决议，庆贺中国共和政府的成立。在此前后，美国亚洲舰队司令训令在中国沿海的美军舰艇，受到悬有中华民国国旗的中国舰艇敬礼时回礼。5月6日美国政府询问驻华公使嘉乐恒关于应否承认的意见，回答是"应该从速承认"。6月间，袁世凯内阁中许多成员为反对他的专横独裁而提出辞职，政局因之动摇。为稳定政权，继任国务总理兼外交总长的陆徵祥向美日等国提出承认民国的请求。美国根据这一请求于7月20日照会英、法、俄、德、日、意、奥等国政府，询问是否愿意立即承认民国政府，并指出美国民意都主张立即承认，美国政府不便久违民意。但是，各国复电都不赞成立即承认，认为时机未到。俄国主张要等到中国政府正式成立才能承认。法国同意俄国的主张，还强调于新政府对外国在华权益和条约未予正式保障之前不能承认。英国借口袁世凯政府没有履行条约义务的能力。至于日本，它的理由更多。它认为：中国当前的政治组织，只不过是临时性质，尚无建立持久政府制度的基本法规，而且目前政权也不够稳定。如果此时承认，不仅妨碍中国正在进行的行政改革，也不利于各国利益。在这种情况下，美国政府决定等中国临时政府结束，中国宪法颁布后再予承认，以维护共同行动的原则。

1913年1月美国国会通过参议员培根立即承认中国新政府的提案。4月2日，美国政府通知各国，美国已决定立即承认中华民国政府，望各国合作。4月6日美国告诉中国：在中国召开国会、完成组织议院之后便正式承认中华民国政府。日、英、法等国都劝阻美国，希望它仍坚持一致行动的原则。德国表示要等到袁世凯得到大多数票当选，便可以承认。日本试图改变美国的既定态度未能成功，便于4月19日提出承认条件草案，除了在1912年2月间提出的那些条件外，又建议在北京举行各国外交代表会议以达成一项共同的决定，然后才能给予承认。它强调"各国尽可能同时承认中国政府"。日本这项拖延承认的新提议得到英、俄、意、奥等国的支持，而美国未予理睬。

困境中的转折

4月8日，中国国会正式在北京开幕，参众两院先后组成。5月2日，美国驻华代办向中华民国总统递交国书，正式承认中华民国。在此之前，4月8日巴西首先承认中华民国，4月9日秘鲁，5月2日墨西哥，5月4日古巴也都承认了中华民国。9月30日北京外交团开会时，日本方面提出如果中国正式承认外国在华历来得到的权利和特权，日本愿意在总统选举之后即承认中华民国。日本还提议要非正式地劝告中国内阁总理，中国方面在通知各国关于总统选举的照会内要附上一件保证外国权益的声明。日本方面草拟了这份声明："所有前清时代及临时政府公司私人所订一切条约合同以及其他约定，均将严格尊重。所有外人在华依据国际约束本国法令固定习惯所享之一切权利特权自由，特此保证承认。"10月2日北京外交团再次集会，大家赞同日本的提议。袁世凯派亲信梁士诒同日本公使商定，在袁世凯10月10日的就职演说中采用日本方面所建议的对外宣言，其内容先行通知各国公使取得同意，随后各国就宣布承认中华民国。10月6日袁世凯正式当选总统。外交部把此事通知各国政府，并将上述宣言的内容通知各国公使。

正式承认

10月7日，英、俄、法、德、日、意、匈、荷、比、葡、西、丹、瑞（典）等十三国同时宣布承认中华民国。10月10日，袁世凯发表就职演说，他声明："所有前清政府及中华民国临时政府与各外国政府所订条约、协约、公约，必应恪守；及前政府与外国公司人民所订之正当契约，亦当恪守；又各国人民在中国按国际契约及国内法律并各项成案成例已享之权利并特权豁免各事，亦切实承认，以联交谊而保和平。"至此，列强完全达到其要挟勒索的目的，尤其是英、俄、日三国。

参考文献

茅家琦等：《孙中山评传》，南京大学出版社，2001年。

孙中山与中山大学的"前世今生"

目前，在中国大陆以人名命名的大学不过六七所，而坐落在南粤重镇广州的中山大学是其中唯一一所由世纪伟人创办并以其名字命名的高等学府。中山大学（Sun Yat-sen University），简称中大，前身是孙中山第三次主政广东时创办的国立广东大学。

广州是华南的政治、经济和文化重镇，也是孙中山民主革命活动的策源地。作为革命家的孙中山视教育为神圣事业，人才为立国大本，并指出"非学问无以建设"。晚年的革命顿挫及与苏联、共产国际和中共的合作，都促使他思考培养嫡系军队和革命笔杆子的紧迫。加之1920年代中国高等教育学制变革浪潮的涌动，孙中山适时在广州组建他的文、武（黄埔军校）学校，其"文学校"即为国立广东大学。

1924年2月4日，孙中山以陆海军大元帅名义下令：将广州地区实行近代高等教育的国立广东高等师范学校、广东法科大学（均于1905年创办）及省立广东农业专科学校（1909年创办）三校整合，组创国立广东大学，以高师为校本部，并任高师校长邹鲁为筹办主任。三个月后，筹备工作基本完成，任邹鲁为校长，9月正式开学。根据组织大纲精神，高师被改编为国立广东大学的文科和理科，法大被改编为法科，农专改编为农科，另外再组建工科和预科，后又设置师范科。这期间，孙中山先后多次到该校向师生系统讲述三民主义。

出于对孙中山的敬重，新校成立典礼特意延迟于当年11月11日举行，因为筹办者误以为这一天是孙中山的生日，以此为校庆生日。直到1951年经中央人民政府副主席宋庆龄批准，才改11月12日即孙中山诞辰日为校庆日，并延续至今。新校成立典礼当天，孙中山因准备北上事宜未能亲临，但他特亲笔题写十字校训："博学、审问、慎思、明辨、笃行。"十字训词原文出自儒家经书《礼·中庸》。《中庸》第二十章说："博学之，审问之，慎思之，明辨之，笃行之。"

1925年3月12日，北上期间的孙中山病逝于北京，在国民党人廖仲恺等的提议和争取下，1926年8月17日，国民政府正式宣布将"国立广东大学"改名为"国立中山大学"。

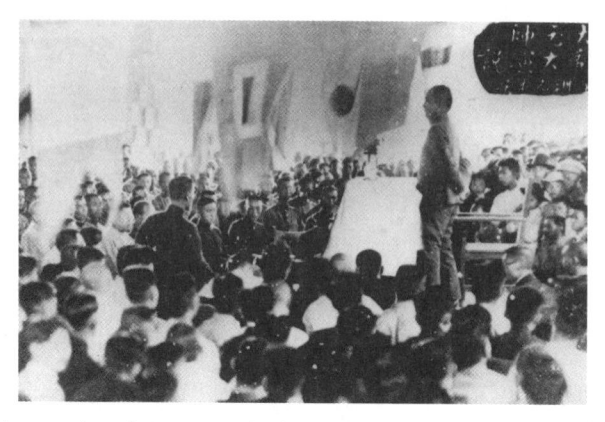

1924年，孙中山在广州国立高等师范学校演讲"三民主义"时留影

教育救国是近代以来无数中国人的理想追求。中山大学，这所由孙中山先生手创的百年老校，曾经是培养革命笔杆子的摇篮，而今天的她已是南中国科研、学术与人才培养的高地。振兴中华，民族复兴是今日中国的伟大梦想。新版中大校歌这样唱道："白云山高，珠江水长，吾校矗立，蔚为国光。中山手创，遗泽余芳。博学审问，慎思不罔，明辨笃行，为国栋梁。莘莘学子，济济一堂。学以致用，不息自强。发扬光大，贯彻主张。振兴中华，永志勿忘。"

参考文献

1. 李兴韵、袁征:《国立广东大学的成因与格局变动》，《华南师范大学学报（社会科学版）》2006年6月第3期。
2. 《大本营公报第4号》，转自陈锡祺:《孙中山年谱长编》，中华书局，1991年。
3. 黄义祥:《孙中山与中山大学》，《中山大学学报论丛》1994年第1期。
4. 中山大学档案馆藏电报文稿，转自易汉文:《中山大学校庆日趣事》，《广东史志》1999年第4期。
5. 中山大学校刊编辑出版委员会编《人民中大》（1952年），转自易汉文:《中山大学校庆日趣事》，《广东史志》1999年第4期。
6. 易汉文:《国民政府是何时下令改国立广东大学为国立中山大学的》，《广东史志》1999年第2期。

书生意气的革命者——胡汉民

> 1916年2月5日，胡汉民由菲律宾返东京，先生命兼党部职（中华革命党）。
> ——《孙中山年谱长编》

胡汉民（1879年12月9日—1936年5月12日），原名衍鹳，后改名衍鸿，字展堂，广东番禺（今广州市）人。他曾经用"汉民"做笔名在《民报》发表文章，因为文章极负盛名，"汉民"这个笔名便不胫而走，他自己的原名反倒不为人知。

一见倾心——追随中山先生

胡汉民于1902年、1905年先后两次东渡日本留学。1905年的那段时期，胡汉民夫妇和廖仲恺夫妇在东京同租一屋居住，孙中山应邀到他们家，这是胡汉民第一次见到孙中山。

胡汉民对孙中山钦慕已久，这次面对面地听孙中山陈述自己的革命主张，更是完全被征服了。胡汉民当即表示："言至此，则无复疑问矣。"当晚，胡汉民和自己的妻子、妹妹一起加入了同盟会。这一夜也是胡汉民追随孙中山二十年政治生涯的起点。如果说孙中山是中国资产阶级革命派的旗帜，那么胡汉民便是这面旗帜的追随者。

书生意气——为革命起争执

孙中山曾经说过："余与汉民论事，往往多所争持，然余从汉民者十之八九，汉民必须从余者十之一二。"

1921年，孙中山担任非常大总统，胡汉民任总统幕僚长。一次，孙中山来到胡汉民的办公室，顺手打开一个公事箱，发现里面有好几份自己之前签发的手令。一时间，孙中山大怒，斥责胡汉民："你竟然敢擅自扣发我的手令！"胡汉民始终凝神倾听，等到孙中山停下来后，他反问："先生还有其他的话要说吗？"孙中山高声答："没有了！"胡汉民将公事箱翻个底朝天，把扣下的手令倒了一桌，逐一评论说："即使在专制时代，也有大臣封驳诏书，请皇帝收回成命的故事，先生还记得你在起草中华革命党的誓词中也有'慎施命令'一条吗？"孙中山为之语塞，无奈地说："说来说去还是你对，我说不过你。"胡汉民仍不罢休，说："先生应该说一句'你是对的'才合理。"

虽然有着书生的耿介，但是为了顾全革命大局，调停各方意见，胡汉民可谓用心良苦。

早在1913年，"二次革命"失败后，孙中山流亡到日本。他深切感受到革命的失败"非袁氏兵力之强，乃同党人心涣散"。于是，他决心整顿党务，重组新党。但由于孙中山在他亲自拟定的入党誓约中有"须完全服从我一个人""重立誓约，加按指印"等规定，因而遭到了黄兴等同盟会元老的强烈反对。胡汉民自己对此也有微词，但为了党内的团结，胡汉民私下约了多方人士召开会议，最终商讨了一个折衷办法：建议孙中山将誓词中的"服从孙中山"改为"服从中华革命党之总理"。然后推选代表向孙、黄二人说明，并且得到二人的同意。

自1905年相识至1925年孙中山逝世的二十年时间里，孙、胡二人在艰苦岁月中共同奋斗，所形成的密切关系是十分稳固而持久的。尽管胡汉民常书生意气、固执己见，甚至与孙中山发生过多次争执，但是在大是大非问题上，他总是遵从孙中山，或站在孙中山一边；尽管在孙中山晚年二人对一些重要问题有了认识上的分歧，但胡汉民仍一如既往地追随孙中山，而中山先生也始终信任、重用胡汉民。

胡汉民生前曾自挽"抱道独能坚，险阻半生完大命；救亡空有愿，归来万里负初心"，怎料竟一语成谶，1936年5月12日，胡汉民因突发脑溢血于广州逝世，享年58岁。为纪念胡汉民，教育家任中敏先生1937年在南京创办"汉民中学"。抗战爆发后，学校被迫于1938年迁至广西桂林。"汉民中学"就是今桂林市第一中学的前身。汉民中学的校训"聪明正直、至大至刚"被人认为是胡汉民人格的真实写照。

参考文献

1. 蒋永敬：《民国胡展堂先生汉民年谱》，台湾商务印书馆，1981年。
2. 周聿峨、陈红民：《胡汉民》，广东人民出版社，1994年。
3. 王炯华：《胡汉民评传》，湖北人民出版社，2008年。
4. 董剑平、赵矢元：《孙中山与胡汉民关系述评》，《社会与科学辑刊》1986年第5期。
5. 周聿峨、陈红民：《胡汉民评传》，广东人民出版社，1989年。

○ 中山先生的一天

民俗与政治——孙中山如何"过年"

春节,是农历正月初一,又叫阴历年,俗称"过年",是我国民间最隆重、最热闹的传统节日。春节的历史很悠久,它起源于殷商时期年头岁尾的祭神祭祖活动。按照我国农历,正月初一古称元日、元辰、元正、元朔、元旦等,俗称年初一。民国时期,改用公历,公历的一月一日称为元旦。

流浪的新年:漂泊路上

三十岁前的孙中山,活动足迹主要分为三个时段:故乡童年、檀香山求学及粤港澳读书和行医。未出国门、未举义旗前的孙中山想必会按照传统习俗老少团圆欢度新春。而自1895年起尤其是首次广州武装起义失败后,开始长达十五六年的流亡,并由此开启他三十岁以后的跌宕人生。从现有的资料里发现:这期间每一个中国农历新年里,他或穿行于东洋、西洋和南洋之间,谋划联络,行色匆匆;或坐镇一方,胸怀天下,用生命和智慧追寻打开共和大门的钥匙。

20世纪30年代的孙中山故居外景

1895年1月26日，农历新年。往来香港、广州，筹组起义机关。

1896年至1900年，农历新年间，辗转于英美日等国，募款筹划行动。

1901年2月19日，农历新年。流亡日本。

1902年2月8日，农历新年。《新民丛报》发刊。在日本度岁。

1903年1月29日，农历新年。在越南河内一带发动华侨。

1904年2月16日，农历新年。在檀香山组织力量。

1905年2月19日，农历新年。在法国巴黎联络法外交界以求援助。

1906年1月25日，农历新年。继续在法活动。

1907年2月13日，农历新年。在日本联络军政界人士。

1908年2月2日，农历新年。抵新加坡，寓广东华侨张永福别墅晚晴园。

1909年1月22日，农历新年。在新加坡活动。

1910年2月10日，农历新年。由芝加哥抵达旧金山，指示把握革命时机，筹备大举。并看望兄嫂及侄孙。

1911年1月31日，农历新年。孙中山再次抵达旧金山。

除"旧"迎新：只过新历年

时间来到辛亥年，传统的新年与大清的统治一起走到了尽头。1912年1月1日，孙中山在南京就任临时大总统。次日正式通电各省："中华民国改用阳历，以黄帝纪元四千六百零九年十一月十三日为中华民国元年元旦。"1月15日，他在总统府补祝元旦，发表贺年演说。晚大宴海陆军将士。自此，元旦成为共和后的法定新年，以示新政权与旧制度的决裂，与国际世界的接轨。此后，孙中山坚持只过公历新年元旦节。那么，农历新年里他在做什么呢？

1912年2月17日，除夕。政务繁忙。分别致电袁世凯，南北议和全权代表伍廷芳、陈其美等人。与吴稚晖游南京北极阁。2月18日，农历新年。南京。

1913年2月6日，农历新年。上海。拟赴日考察铁路建设。

1914年1月26日，甲寅春节。农历新年首次以"春节"命名。日本东京。组建中华革命党，继续讨袁。

1915年2月13日，除夕。偕廖仲恺访陈其美，与陈及黄实、一濑斧太郎等商谈。2月14日，农历新年。日本东京。致函越南海防同志，说明黄隆生并无中饱公款。

1916年2月3日，农历新年。日本东京。下午，偕谢持、廖仲恺、邓铿到谢持寓所会见梁启超代表周善培。

1917年1月23日，农历新年。上海。从事《会议通则》的著述等。

1918年2月10日，除夕。复电李纯，申明对北京当局的和战态度。2月11日，农历新年。广州。军政府大元帅府。

1920年2月20日，农历新年。上海。复电陈炯明，勉早下决心，率粤军回粤。以谋东山再起。

1923年2月15日，除夕。偕同随员陈友仁等六人乘"杰斐逊总统"号邮轮回粤。2月16日，农历新年。上海。

1924年2月4日，除夕。敕令国立广东高等师范、广东法科大学、广东农业专门学校合并改为国立广东大学，并派邹鲁为筹备主任。2月5日，农历新年。广州。推动改组。

最后的新年：生死之间

1925年1月23日，除夕。眼球出现黄晕。经德籍医生克礼诊断，为肝脏之脓液渐侵入其他部位，遂与中、美医生共议手术方案。孙中山对手术不大赞成，即延请协和医院法籍医生皮氏以药业注射。1月24日，农历新年。北京。肝病发作中，与死神搏斗。是日起，不能饮食，体温高，状极痛苦。医生及家属、同志均劝速入协和医院进行手术治疗。

有人说，"春节"的诞生，意味着北洋军阀对被革命冲击的古制进行恢复的努力。站在文化与政治的角度来看，也许传统民俗的变异腾挪正是社会变革的投射。

参考文献

1. 陈锡祺：《孙中山年谱长编》，中华书局，1991年。
2. 韩福东：《第一个"春节"：1914年新旧撞击的历史细节》，《晚晴》2015年第1期。
3. 凤凰网《揭秘》：《谁破坏了孙中山取消农历春节的梦想》。

民国服饰街景：中山装及其他

在清末民初，大街小巷会是怎样的一种街景？民国服饰里的男装又呈现怎样一种姿态呢？

服饰演变

有史以来，中国服装的变迁主要靠两种动力推进，一是改朝换代，二是时尚交流。

在清朝末年，维新派和革命派都在"求变图存"的社会心理之下，推动了传统服饰的变革，服饰变革的倡导者和参与者主要是出国的青年留学生和国内新式学堂的学生，他们受到国外进步思潮的影响，纷纷剪辫易服，接受西式发型和服装。

孙中山始终把中国人服饰改良作为思想进步与社会文明的一个重要内容，他力主服饰改革，希望能有一种"适于卫生，便于动作，宜于经济，壮于观瞻"的服装式样。希望服装摆脱等级和伦理制度的干预。也就是从民国开始，中国社会延续了几千年的冠冕服饰与其森严的等级制度、礼仪规范失去了法律保护，在中国延续几千年的"衣冠之治"逐渐瓦解。

中山装

关于中山装的来历，有这样的说法：最初的中山装是孙中山参照中式男装的特点，吸收南洋华侨的企领文装和西装的式样，亲自主持设计的。1902年，他在越南河内委托来自广东台山的裁缝黄隆生将自己设计的服装样式缝制出来。由于孙中山提倡并自己在很多场合穿着这款服装，这种便装式样很快流行起来，后来就被人们称为"中山装"。

中山装是中西服饰样式完美结合的典范，既保留了西服平整、挺拔、有衣兜的优点，又具有了中国传统服装高领、庄重的特色。主要表现在关闭式的立领，直线均匀排列的纽扣，后背有缝，腰节略加收拢，穿起来收腰挺胸，有凝重干练之感。

中山装

在辛亥革命之后的中国历史进程中,中山装充当了"形象代言":北伐军、红军、八路军、新四军和解放军的军服都是中山装式的。它们与中山装基本同型,是一个基本造型的几个变化形式,包括后来的军便服、干部服、建设服等,可称为"中山家族"。

1929年,国民政府将中山装定为礼服,国民党的一些党政要人在重要场合都以着中山装表示对中山先生的尊崇。

西装

谈起西装,孙中山亦领风气之先。1895年,他第一次武装起义失败后,被迫逃亡日本,在横滨剪去辫子,穿起西装,以崭新的形象出现在众人的视野,也出现在中国历史的舞台。据梅斌林所著《孙中山在美国芝加哥》一书记载,孙中山天天出去都是穿西装,打领带,而当时华侨当中有很多人还是穿唐装的。

西服、革履、礼帽成为当时流行的青年便装。圆顶礼帽,帽檐宽阔而微微翻起,冬天用黑色毛呢,夏天用白色丝葛,基本上是当时欧洲流行的帽式,这种礼帽成为与中西装可以配饰的庄重用品。

长袍、西裤混搭

长袍、西裤、礼帽、皮鞋，再加文明杖，这是民国时期极为时兴的装束，也是中西服饰结合最成功的套装。它既保持了民族服装宽大的样式，又体现时代特征的精干利落、中国男性的潇洒英俊，为这一时期具有时代性的男子服装。

长袍、马褂传统男装

当时较保守的中年人及公务人员交际时的礼仪装束为：长袍、马褂、头戴瓜皮小帽或呢帽，下身着中式裤子，足蹬布鞋或棉靴。这种装束在中下层社会仍有巨大的"市场"，这种状况一直持续到中华人民共和国成立之后。

民国时期，随着新文化运动的开展和民众个性的解放，人们获得了衣着的自主权，服饰区别贵贱的社会观念逐步被破除，服饰长期以来对人的束缚被打破，开始走向衣着自由的转折点。和当代服饰相比，这一阶段的服饰又少了一点复杂和张扬，简约中不乏雍容的华贵，含蓄中不乏感性、端庄、秀美，体现了新旧相交的社会的独特审美心理。

参考文献

1. 张晓瑾：《清末到民国的服饰改革与社会心理的变化》，《艺术百家》2012年第7期。
2. 孙金岭：《花边新闻——另类中国记者史》，文化艺术出版社，2012年。

澳门的第一位华人西医——孙中山

1894年2月9日（正月初四），广州《中西日报》刊登了一篇鸣谢广告，盛赞孙逸仙的医术与人品。

众所周知，孙中山在走上"革命医国"的道路以前，他的职业是"医人"的医生。这篇文章的署名是武必，他因为患了牙疼四处求医，孙逸仙略施小计治好了他的病，而且顾及他家境不好，不仅减免了治疗费，更是推辞他的礼物，所以他特意登广告褒扬孙逸仙的医术和人品：

> 幸遇先生略施小技，刀圭调合，著手成春，数月病源，一朝顿失。复荷先生济世为怀，轻财重义，药金不受，礼物仍辞。耿耿私心，无以为报，谨将颠末，爰录报端，用志不忘，聊抒微悃，不特见先生医学之良，拟以表先生人品之雅云尔。

孙中山的医学道路始于1886年，这一年他经人介绍到广州博济医院南华医学堂读书。仅过了一年，他就报名入读香港新成立的英文医校——雅丽士西医书院（即香港大学医学院前身）。经过五年的学习，1892年，孙中山以优异的成绩毕业，获得西医书院学士学位，成为一名科班出身的医生。但孙中山毕业后并未立即"悬壶济世"，而是去了广州。据与孙中山一起毕业的同学江英华回忆，二人毕业后，曾受港督罗便臣推荐给北洋大臣李鸿章，并且得到了"可来京候缺"的回复，但就在两个人到广州等待消息的时候，却遭总督德寿的刁难，孙中山一气之下返回香港。

孙中山在港学医的五年，经常往来于港澳，曾应澳门华商曹善业、何连旺等人之邀，治好了他们久病未愈的家人，于是逐渐与澳门华商熟识，而他的医术在澳门也有了一定的影响。这次赴京不成，他便来到了澳门，受聘于镜湖医院，成为澳门第一位华人西医。

澳门《镜海丛报》关于孙中山医术、医德的报道

澳门镜湖医院原貌

　　来到镜湖医院的孙中山，尽管医术高明，但华人还是习惯看中医，对西医多持怀疑态度。1893年年初，经人推荐，香山县前山海防同知魏恒前来求诊，孙中山治好了他的病。此外，澳门当地的多位华商还以"春满镜湖"为题，连续在《镜海丛报》刊登广告，大力宣传孙中山的人品和医术。

　　不久，孙中山便名声大振，诊所门庭若市，据说那段时间孙中山一年的医金收入竟有"一万元之多"。然而就是这样的一个"收入过万"的知名医者，却在1893年秋冬之际迁居广州，在冼基开设东西药局。

关于孙中山离开澳门的原因，他自己陈述是因为受到澳门葡萄牙同行的排挤。但是根据 1893 年 12 月 19 日《镜海丛报》刊登的《照译西论》，与镜湖医院有关人士的冲突是当时他离去的又一重原因。而且当时有规定"行医于葡境内者必须持有葡国文凭"，也是孙中山离开澳门的一个原因。此外，更深层次的原因是当时澳门华商对孙中山"改造中国"的理想过于冷淡，他在澳门找不到志同道合的"热心同志"。

总之，由于医务上遭受"顿挫"，政治上颇感"孤独"，孙中山最终还是离开了澳门，"那里缺乏政治活动的良好条件，他（孙中山）深感难以寻求志同道合者，加之受到葡萄牙同行的排斥，致使医业'猝遭顿挫'。因此，他决定到广州去"。

参考文献

1. 林广志：《澳门华商与孙中山的行医及革命活动》，《历史研究》2012 年第 1 期。
2. 陈树荣：《孙中山与澳门初探》，《广东社会科学》1990 年第 4 期。

中山先生的味蕾

孙中山先生约饭，吃什么

先来看看被临时大总统孙中山约过吃饭的人，都吃了些什么。

耿毅：中山先生请人吃饭往往不过是四菜一汤的家常便饭。中山先生自奉非常俭朴，平常总穿一身中山装，也不讲究吃。

那么问题来了，耿毅是谁？来看看他的简历。耿毅，字鹤生，1886年出生于河北任县，1906年加入同盟会。曾任保定陆军学校教员，中华民国建立时任第三军参谋长。

中山先生和参谋长的待遇也就四菜一汤？

独自吃饭的时候，吃什么

先来看一下，孙中山日本友人宫崎滔天的妻子宫崎槌子的描述吧。1897年抵达横滨的孙中山，不久便跟宫崎滔天到九州熊本县的荒尾村一个有名海边的一座小村落，所以我跟嫂嫂（滔天之兄民藏夫人）非常操心应该如何款待这位远来的宾客，……至于吃那是更不知道中国菜的做法，因此只有请他吃乡下的日本菜。

生鱼、味噌汤、煮鱼、寿司、鳗鱼等，我们想尽了办法款待他。我们更几乎每天杀鸡给他吃。孙先生似乎最喜欢鳗鱼和鸡肉。而纵令我们请他吃不大喜欢的东西，他也满面笑容边说"好、好"（all right，all right）边吃。他吃了没吃惯的生鱼，结果似乎泻了肚子。日后第一次革命（亦即辛亥革命）成功，他就任临时大总统，我前往为他祝贺时，孙先生也说"荒尾的生鱼很好吃"，也许是他回想当年劳神焦思的肺腑之言。

再看在日本曾任孙中山秘书、后来的国学大师刘文典的描述吧。我去见中山先生是1913年在东京的时候。那时候中山先生组织中华革命党，我也流亡东京，就和几位朋友，一起加入。当时的情况，今天还历历在目。"孙中山先生住在一座破旧的小楼上，经过走廊，一上楼就是孙中山的房间。房里有一张破旧的短榻，一张木板桌，三张破椅子，有一位广东口音的厨师正在拿午餐给他用。我留心看看这位做过大总统的人吃些什么？出乎我意料的是只有两片面包，一盘炸虾，总共不过值两三角钱，比我们当学生的在小馆子里吃的西餐还简单。"

1900年，孙中山与日本友人合影

孙中山在芝加哥的生活又是怎样的呢？他的生活非常朴素。他在这里的一切费用，都由我们负担（同盟会员梅斌林语）。当他在我们上海酒楼住了两天后，觉得不大方便，想到外面去住，于是我们就给他介绍一间大的旅店，他谢绝了，认为太浪费。他多数在上海酒楼用膳，饮食不讲究奢侈。我们有时候搞一两样好菜给他吃，他总是说不用这么好的菜，随便有点菜就可以了。

当孙中山避难在永丰舰时，据温良的描述，他起身很早，起身后，经常操练一番太极拳。在舰上吃得也很简单，吃的同士兵一样的普通罐头和萝卜等类。他不抽烟，也不喝酒，只是在每餐后吃些水果，这是他的习惯。（温良，中国同盟会会员。民国建立后，长期随孙中山作电务工作。此文系他1956年对访问者周石千的谈话记录。）

大总统的一餐，需要多少钱

梁钟汉，是来自湖北汉川的日知会、中国同盟会会员，曾参加辛亥革命和护国、护法运动，他所描述的中山先生的一餐花费是这个样子的：中山先生在吃的方面也是很简朴的,他做非常大总统时,梁钟汉是总统府的咨议兼国民党党部的事务主任,当时总统府负责官员吃大菜时,一般都是三元以上一餐,而孙先生所吃的,只花四角钱左右一顿。

虽然孙中山吃得简单,大都是西餐,但是孙中山最为推崇的却是中餐。1918年孙中山撰成《建国方略》,在"以饮食为证"一节中指出:"我中国近代文明进化,事事皆落人之后,惟饮食一道之进步,至今尚为文明各国所不及。"

中山先生与四物汤的故事

孙中山的"四物汤"并不是由四味药组成,而是集4种素食精华而成,即用黄花菜、木耳、豆腐、豆芽这4种食物。它具有利水、凉血等功效,可以治水肿、砂淋、衄血、便血等症,又能健胃、补脾、通便。木耳在《神农本草经》中列为中品,它具有养血、活血、收敛等作用,对于痔疮、产后虚弱、崩漏、带下等患者,都是良好的食品。木耳富含蛋白质和多种维生素及钙、磷、铁等物质。

孙中山不仅擅长西医,而且对中医学及饮食营养等都有研究,"四物汤"就是他对饮食营养研究的成果。孙中山行医的时候,经常把这道菜推荐给病人。曾经有个高血压患者前来就医,孙中山给他开过药后,又把多年使用过的食疗方"四物汤"推荐给他。病人吃了几个月后,病居然好了,这道菜也被称为"中山四物汤"而流传至今。

中山先生演讲时必备的特饮

演讲时对喉咙的消耗是很大的。孙中山革命过程中募集经费的一个重要方式就是演讲。他是如何做到声音洪亮、引人入胜的呢?据说孙先生演讲时,习惯不喝白开水,也不喝茶,只喝一种未成酒的葡萄汁(grape juice)。每次去演讲,必先叫人买几瓶带去。后来请他去演讲的也有所准备,买好这种葡萄汁来招待。为什么演讲时要喝这种饮料?温雄飞曾问过孙先生。他说:"这东西润喉最好,喝了可以讲两三小时不致变声。"

中山先生的饮食习惯

孙中山对饮食比较在意,用餐一般用筷子,不用刀叉。孙中山对食物的味道

○ 中山先生的一天

比较讲究，饮食喜爱蔬菜，对鱼肉稍微偏爱，不喜欢辛酸苦辣的味道及香料异味。用糖以少许清淡为主，不喜欢太甜。对于烟酒绝不沾染。不喜欢糕饼一类的食物，尤其喜欢新鲜水果，最喜欢的是香蕉和凤梨。山竹、驴龟也被先生称赞有加。先生有不到饭时不吃饭的习惯，也没有吃小零食的习惯。（为孙中山写起居注的张永福讲述。）

孙中山在"一大"讲话

同乡吴铁城见到的孙中山生活中也是极为朴素简单。饮食俭省，以调理胃病关系，或在晚间吃一小碗燕窝汤，为唯一奢品。

参考文献

尚明轩、王学庄、陈崧编：《孙中山生平事业追忆录》，人民出版社，1986年。

为什么清末会掀起赴日留学热潮

1907年2月17日,日本早稻田大学等校应清朝公使杨枢之请,开除与革命党有关的39名中国留学生。

清末中国人留学日本可以说是近代史上一桩大事件,在当时有着复杂的背景,对后来也有着深远影响。清末40年的留学史因甲午海战中国的战败可区分为两个阶段:1894年之前,中国在留学国别上偏向欧美,以官派留学为主,留学途径较少,主要出于洋务运动的需要,以李鸿章、曾国藩为代表的洋务派在其中起了重要作用;1894年后,开始注重取法日本,在政府的鼓动下出现了首次留学热潮,自费留学所占比重明显上升,留学途径多元化,可以说该时期的留学教育是在战败反思、维新变法、实行新政等政治事件的推动下实现的。

在1903年之前,在日本的中国留学生人数增长平缓,数量相对较少。1900年前,在日本的中国留学生共161人,1901年增为274人,1903年的留日学生人数开始猛增为1300人左右,次年有2400多人。随着科举制度的改革和废除,知识分子特别是年轻人为了寻求新的知识和找寻新的出路,自发前往海外留学呈现激增态势。在此背景之下,1905年赴日留学人数更是增为8000多人,直至1906年达到中国留日学生人数的高峰(12000多人)。当时大家纷纷选择日本是有其历史和政治原因的。

原因一:留学裨益良多

1898年张之洞著成《劝学篇》,在外篇《游学》中,开篇即言:"出洋一年,胜于读西书五年。入外国学堂一年,胜于中国学堂三年。""至游学治国,西洋不如东洋。"

原因二:日本值得学习

中日甲午战争宣告了洋务运动的彻底失败,促使国人不得不对日本这个突然跻身强国之林的岛国刮目相看,"惊呼日本小国耳,何兴之暴"。有识之士提出日本的崛起在于明治维新,而明治维新的一个重要内容就是派出留学生向先进国家学习,"伊藤、山县、榎本、陆奥诸人,皆二十年前出洋之学……学成而归,用为将相,政事一变,雄视东方",事实上也大体如此,这批人在西洋诸国不仅学到科学技术知识,而且还深受西洋学术思想影响。遂有国人倡议"以日为师",呼吁转赴东洋留学。

原因三:日本优势高于欧美

张之洞鲜明地提出了派遣留日学生的五大优势,因为中日两国相邻,可多次派遣;容易考察;留学费用开支定会节省;日文接近中文,更容易理解沟通;日本与中国情况形势较为接近,更易效仿;日本早于清几十年学习西学,必是已删减繁冗、存留精华。

1903年,时任驻日公使的杨枢在奏往朝廷的报告中也有类似的看法,认为去东瀛留学要稳妥可靠些,他提到,中日同处亚洲,政体民情相似,且日本的和魂洋才之道也同样宣扬忠君爱国、遵从孔孟,符合"中学为体、西学为用"的新政方针。1896年清政府驻日公使裕庚,委托日本外务大臣兼文部大臣西园寺公望安置13名留日学生一事,标志着近代中国人留学日本的开始。

原因四:清廷的大力支持

在清末变革中,维新变法与废除科举无疑对留学教育的发展具有重大的推动作用,尽管前者昙花一现,但清廷上下广派留学生、学习国外以振奋图强的决心从未动摇,故而留学的支持立场也从没改变过。

清政府欢迎留学生,甚至采用授予官位的方式进行引诱,这使得深陷迷茫的传统人士看到了新的曙光。真心求学也罢,出洋镀金也罢,"留学"在中国人心中的地位从来没有如此重要过。

既然是政府主张,中央各部门总要积极响应。留学途径也日渐丰富,官费自费都可以,中央派、地方派、企业商会也可以派。可以说,现在有的留学路子,当时都已经有了。

原因五:日本积极接受的态度

日本政府积极接受中国留学生的态度,也是甲午战争后中国人留日热潮兴起的一个因素。虽然霍姆斯·韦尔奇嘲讽日本政府的积极接受态度:"与其说日本人唯一的目的是帮助清国培养人才,振兴国家,毋宁说确保一些人才是亲日的。"但考察史实,必须承认日本政府积极接受中国留学生有着多重的复杂的目的,除顺应亚洲主义者和日本部分国民欢迎中国留日学生的心态外,还有出于对清政府外交的辅助政策,消弭中国人民的仇视情绪,与欧美列强争夺中国人教育权等因素的考虑。

此外,还有文化渗透、思想侵略,以及经济收益等目的驱使。对于文化渗透、思想侵略,有人认为这是"对中国的新侵略",以"思想侵略取代武力侵略,教育宣传取代压迫,狡猾地企图以思想力量多于物质力量的方式征服中国"。

1898年5月7日,日本驻华公使矢野文雄亲往总理衙门,以日本政府的名义,提出接受200名中国留学生,并承诺提供相关费用的邀请。5月14日,矢野文雄在递与外务大臣西德二郎的信函中,露骨地写道:"接受了我国感化熏陶的新人才将来散播于老牌强国内,对于我国势力进入东亚大陆之长计,将是有力助臂。"对于经济收益,中国留日学生的所有消费,就是日方的一大笔收入。

然而,蜂拥赴日的中国留学生,由于学业水平参差不齐,多数接受速成教育,教授内容偏重普及知识而忽略专业培养等众多原因,导致留学效果不甚理想。以1903年为界,在此之前的留日学生,由于选派严谨,成绩大都优秀,这一时期亦可称为"优良少数者时期"。在此之后,越来越多的留日学生的素质开始大幅滑坡,杨枢担忧地奏报称,"挟利禄功名之见而来,务为苟且,取一知半解之学而去,无补文明"。

当时的中文报刊对留日的中国学生也有类似的批评,如一些自费生"常常出入于酒楼奴馆,恣意游荡,乐而忘返,多有荒弃学业,相率而堕落者不可胜计,先来者即作俑于前,而后到者更尤而效之"。

1906年10月13日在清政府学部举办的留学毕业生考试中,虽然其中留日学生比例最大,但无一人成绩合格,而前5名成绩优异的学生均为留美学生。这次考试结果,引起国内对留日教育的质量和效果的怀疑和不满。

更意外的是,清廷派遣学生赴日留学,原本是想以"速成"的方法,培养一批人才,寄望学成归来为国所用以补时艰,谁料留学生们赴日以后,目睹日本国势蒸蒸日上,欣欣向荣,反观母国腐朽衰颓,破败不堪,民族自尊心备受刺激。

在日本的国土上,中国留学生接受了近代西方自由民主的思想并深受日本国家民族主义的影响,加之当时流亡日本的革命与改良两派人士宣传与鼓动,旨在推翻清廷的革命逐渐成为留日学生中不可阻挡的洪流。从1902年始,留日学生中间就已经出现各种反清革命团体,如创业青年会、浙学会、青山军事学校、革命同志会、丈夫团等。这种自掘坟墓的结果,为清廷始料未及,对此清廷并非总是能够长辔远驭,更多时候处于鞭长莫及的无奈状态。

1905年8月20日,中国同盟会在东京成立,明确地提出了"驱除鞑虏,恢复中华,创立民国,平均地权"的口号,它以推翻清王朝、建立新国家为目标。革命势力的滋长,引起清廷诸多大员的深层担忧,1905年11月,对留学事务颇为关心的两江总督周馥在给张之洞的电文中说:孙文党徒,"日以排满革命之说游于诸学生间,……使全国八千余学生皆陷于大逆不得归国,终为彼用"。由于同盟会的绝大部分成员都是留学生,为了扼制革命力量的发展和壮大,清廷挖空心思千方百计地和日本政府进行各种政治交易,希求假日本政府之手,取缔并打击已成为心腹之患的在日留学生中的革命分子。1905年"反对《留日学生取缔规则》运动"就是典型事例。本文开篇所提到的"开除与革命党有关的三十九名中国留学生"事件,也正是在这一激烈冲突的背景下发生的。

同盟会成立时期的孙中山

参考文献

1. 李喜所:《清末留日学生人数小考》,《文史哲》1982年第3期。
2. 郑匡民:《一桩隐藏在"取缔规则"背后的政治交易》,《中国近代史上的民族主义——第二届中国近代思想史国际学术研讨会论文集》,2006年。
3. 徐志民:《甲午战后中国留日热潮的日本因素》,《江苏师范大学学报(哲学社会科学版)》2014年7月第40卷第4期。
4. 罗晓莹:《清末民初中国学子留学日本始末》,《兰台世界》2013年第18期。
5. 陈学恂、田正平:《中国近代教育史资料汇编·留学教育》,上海教育出版社,2007年。
6. 宋晓芳:《中国近代留学途径研究》,汕头大学硕士论文,2009年。

孙中山最后的日子

一、为国北上　旧疾复发

1925年2月18日,在西医手术宣告无效后重病的孙中山由协和医院移驻北平(今北京)铁狮子胡同5号行馆,并延请京、沪、粤等地名中医兼与西医交替治疗,为延续这位中国政治领袖的宝贵生命做最后的努力。

据说,这铁狮子胡同是京城胡同的元老。明崇祯帝的田贵妃之父田畹曾居此,宅第门前有两尊铸于元成宗年间(1294—1307)的镇宅之物铁狮子,胡同因此得名。1947年3月13日北平市将位于东城的铁狮子胡同改称为"张自忠路",以纪念抗日英雄张自忠将军,沿用至今。

说到这里,不妨追述一下孙中山北上期间病发的经过。

风波劳累　饮食不适

1924年11月13日,孙中山离开广州经香港启程北上。其路线由上海—天津,改为上海—日本—天津。这一改道地理距离大大拉长,而且轮船行驶不稳加之遭遇风浪,晕船难受可想而知。故从香港抵达上海时其面容即显黑暗苍老,历年旧疾有复发之虞。所幸稍后调养得宜,尚能抵抗。途经各地,孙中山抓住各种机会进行政治宣传和动员。尤其是绕道日本时,他不知疲倦地频繁接待会晤国内外各届人等,热情演说宣讲其北上的宗旨意图。

宿疾潜伏　体弱畏寒

纵观孙中山的一生,革命事业使他的大部分生活是在颠沛流离、风餐露宿中度过的。长期的漂泊流浪无疑锤炼了他的坚毅品格,但同时给他的躯体带来无法避免的挑战和冲击。病发后,他自称"宿恙",手术后医生也推测其病当在十年以上。另外,孙中山晚年十分怕冷,即使广东过冬,他都要生火,使房内温度保持在华氏七十几度以上。1924年12月4日抵达天津,气温再降,冰冷的北方与温暖的广东相去甚远。当天下午即冒寒与张作霖开展互访。是日入夜,寒热遽作,肝胃区疼痛,痼疾肝病恶性爆发。经德、日医生初诊断为感冒兼胃病,后又疑为胆囊炎,劝其暂行谢绝演讲、宴会诸事,静心调养和施行医疗。随后他在私人谈话和公务电函中自称沿途受寒,肝胃不适,遵医嘱静养。后经十多日的调养总算使感冒病治愈,肝病也缓和下来。

孙中山在上海寓所前留影

精神刺激　雪上加霜

两周后,在行馆张园接见段祺瑞的代表时,因对段政府"外崇国信、内尊条约"之外交举动大为恼火、伤感,肝病由此加剧。自此全肝肿硬,痛苦亦增。体温、脉搏均现异常。限于张园起居设备不足,又北京方面催促日急,遂决定进京做进一步疗养。

孙中山在天津张园与各界欢迎者合影

二、抱病入京　再行救治

1924年的最后一天，即12月31日下午4时，孙中山一行乘专列抵达北上的终点北京前门车站，北京方面把孙中山的行馆安排在铁狮子胡同。为方便在协和医院的治疗他临时改住北京饭店506号房。命部分随员等入住段祺瑞执政府预备之铁狮子胡同5号原顾维钧宅邸。而这时的铁狮子胡同（1号），正是段祺瑞执政府的所在，是北方的政权中枢和政治中心。

初到北京，请过六七个外国医生，但都不能断定是哪一种肝病，便有孙中山指定德籍医生克礼（也作克利）负责诊治。克礼每天都到北京饭店诊视一二次，有时也请俄国医生一同会诊，遍验所有药方。至1925年1月中旬，病状仍毫无起色，但神思还极清楚，仍在思考国事并打算病愈后次第推行种种计划。可自1月20日以后，体温常在摄氏41—27度之间时升时降，脉搏很多，呕吐几不能饮食。经家属、医生及党内同志协商于26日下午搬往协和医院，做手术治疗。当日下午由协和医院代理院长、外科专家兼刘瑞恒主刀进行剖腹探查，发现其肝部坚硬如木，确诊为癌症晚期，只刮除脓液，提取试验品，并未施行切割。临场的俄国医生宣布孙中山的病症起源当在十年以上，近因也有二三年之久，系感染一种寄生微生物所致。2月17日发出病危通知书。

现在的协和医院还保留着一份编号为9954长达13页的孙中山病历英文报告，内附几张器官标本照片。1999年海峡两岸学者交流时，协和医院展示了这份报告。

三、入住胡同　最后抢救

确定癌症后，待手术伤口愈合后，协和医院便采用镭疗方法。至1925年2月中旬，此种方法始终不见功效。于是在家属和党内同志的建议下，决定采用中医治疗，孙中山表示配合。2月18日，病重的孙中山由协和医生移驻铁狮子胡同行馆，并谕行馆秘书处发表专心养病不谈军国事启事。在此处度过短暂光阴里，为挽救、延续其性命，家属及党人先后延请京、沪、粤等地名医陆仲安、葛廉夫、唐尧钦等兼与西医交替做治标、治本的努力，甚至尝试注射日本最新发明的驱癌药液，直到药石无效，回天乏术，生命终结。这期间，孙中山顶着身体和精神的双重压力，努力展示勇敢与慈善。他曾宽慰夫人宋庆龄说，靠着自身勇气一定可以战胜疾病，绝无危险可虑。

参考文献

1. 黄昌谷：《大元帅北上患病逝世以来之详情》，载尚明轩等编：《孙中山生平事业追忆录》，人民出版社，1986年。
2. 陈锡祺：《孙中山年谱长编》，中华书局，1991年。
3. 王业晋主编，黄健敏、李宁整理：《李仙根日记·诗集》，文物出版社，2006年。

百年帅府，惟汝德馨

1923年2月21日，孙中山抵达广州，准备重建大元帅府。

1923年1月，西南军阀将领驱逐陈炯明出广州。2月21日，孙中山由沪抵穗，筹谋建立陆海军大元帅大本营。这是继1917、1921年后，孙中山第三次在广州组织建立革命政府。办公地点"择定在河南士敏土厂旧元帅府旧址设立"。之所以称旧址，是因为1917年孙中山南下护法时，曾在此设立"中华民国军政府海陆军大元帅府"。

"楼不在高，有仙则名"：百年帅府的前世今生

帅府旧址前身，广东士敏土（"cement"水泥的粤语音译）厂，位于广州市海珠区纺织路东沙街18号。清末，广东士敏土进口颇多，漏资甚巨。时任两广总督岑春煊为挽回利权，于1906年6月奏准开办广东士敏土厂，同年9月未及全面开展即调他任。接任两广总督的周馥接受办厂事宜。1907年建成南北两座各三层洋式楼，即该厂重要组成部分"公事房"。其后陆续建有工程师住房及化验室、凉砖房、储红泥房、制造砖土房、制造红砖房、制土厂等庞大建筑群，建筑面积最盛时达300多亩。1909年4月16日，开机制水泥。广东士敏土厂乃中国当时第二大水泥厂，产量仅次于天津开平水泥厂，在百年前可谓大型企业了。

1917—1925年，广东士敏土厂因孙中山而改变命运：该厂两座"公事房"被辟为大元帅府驻地。孙中山之所以选择士敏土厂为帅府地址，是因为该地北临省河——珠江，当时支持孙中山的海军就驻泊于此，水路交通和调动军队都方便。同时，还可以借助广州河南的李福林部队保卫帅府。

大元帅府成为晚年孙中山领导中国民主革命的中枢，见证了历史的风风雨雨。1925年7月，广州国民政府成立，帅府完成历史使命，其后曾被改建为中山文化教育馆两广分馆、国父纪念馆等。中华人民共和国建立后，百年帅府获得重生。1996年11月，大元帅府旧址被国务院列为全国重点文物保护单位。几经整修后，

2006年5月1日，正式对外开放。

大元帅府外景

往事并不如烟：大元帅府是第一次国共合作的摇篮

1923年3月31日，孙中山迁驻士敏土厂办公。重临旧地，孙中山有着怎样的感慨？他定不会忘记1918年5月受桂系排挤，内外交困，愤然离职的那一幕；而1922年陈炯明部发动"六一六兵变"，炮轰总统府，自己仓促移师永丰舰，也必然历历在目。

"南北军阀，一丘之貉"，深受其害的孙中山开始为中国的民主革命谋求新的出路。早在1918年蛰居上海期间，他就密切关注蓬勃新生的苏俄政权，大量接触了关于十月革命的信息，对其建立共和制度表示欣喜和鼓励。1920年回粤第二次建立政权后，孙中山与苏俄有了更进一步的接触。但由于他还对日本、英国等列强的援助抱有幻想，因而还不愿与苏俄公开结盟。直到1922年陈炯明部叛变革命，孙中山认识到党内组织、纪律涣散的严重后果，才考虑改组国民党，并加快联俄联共步骤。

1923年8月，孙中山派遣蒋介石与张太雷、沈玄庐等人，组织"孙逸仙博士代表团"访问苏俄，考察党务、政治和军事。10月，任命廖仲恺、李大钊等五人为国民党改组委员，任命鲍罗庭为国民党"组织教练员"。10月16日，在大元帅府召开国民党改组筹备会。

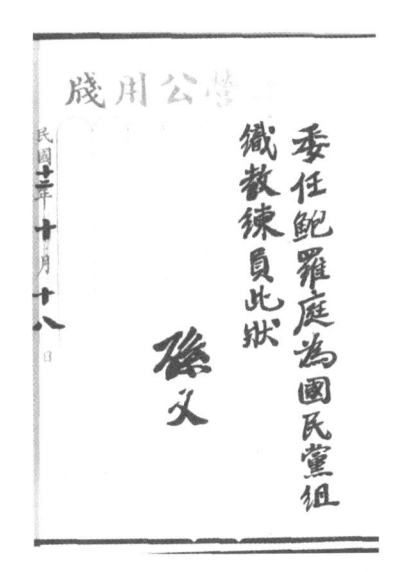

1923年10月18日，孙中山聘俄国人鲍罗庭为国民党组织教练员的委任状

1924年1月11日，孙中山在帅府接待来穗参加国民党"一大"的北京代表李大钊、张国焘等，征求对于《建国大纲》的意见。此后数天，孙中山在帅府与李、张等共产党代表频繁会晤，为国共合作、携手革命殚精竭虑。1月20日，国民党"一大"正式召开，标志着国共第一次合作的实现。

1924年春，孙中山摄于广州陆海军大元帅府

参考文献

1. 陈锡祺：《孙中山年谱长编》，中华书局，1991年。
2. 余齐昭：《百年前士敏土厂落户海珠》，《孙中山文史图片考释（修订版）》，广东人民出版社，2009年。
3. 李穗梅：《孙中山大元帅府与第一次国共合作的实现——兼谈孙中山与政治协商》，《广州社会主义学院学报》2014年第4期。

未实现的蓝图——《国民政府建国大纲》

《国民政府建国大纲》是孙中山亲自拟订的国民政府"政治建设的总方案",1924年1月23日国民党第一次全国代表大会审议通过。同年4月12日又经孙中山亲笔誊写,并对原件稍加修改后正式公布。

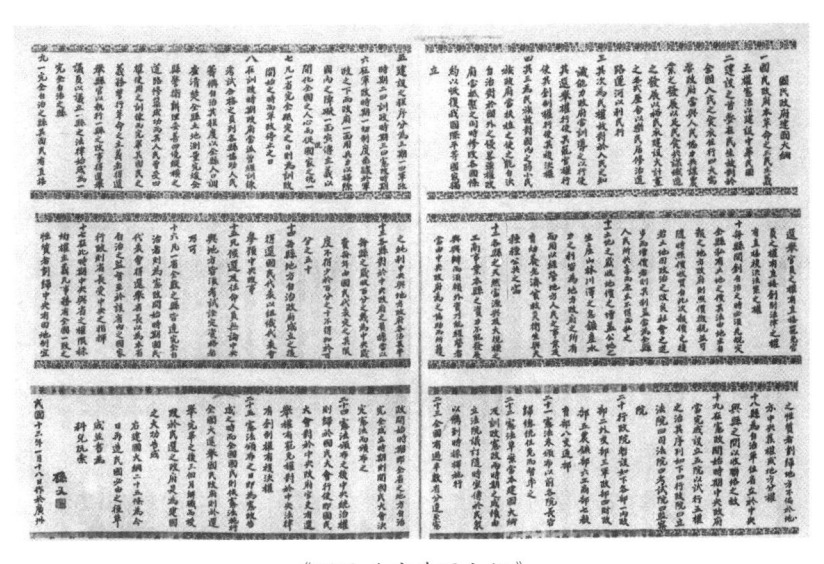

《国民政府建国大纲》

出台背景

孙中山在其政治生涯中,曾多次提出过内容丰富的民主共和国政治制度方案,特别是到了晚年更趋系统成熟。

1923年1月,滇桂粤联军将陈炯明军逐出广州,电请居沪的孙中山回粤主政,孙中山于2月21日回到广州,3月2日即重建陆海军大元帅府。这已是孙中山第三次在广东建立革命政权,他所面临的局势较前两次复杂,重新建立什么样式的政权也颇费思量。回粤之初，孙中山周全考虑，并未立即成立一个全国性的政权与北京政府抗衡，只是再次设陆海军大元帅府，仍称大元帅。1923年10月，曹锟因贿选总统，成为众矢之的，也引发不少工商学团体上书请愿，要求孙中山"正位"，组织正式政府。1924年1月4日，孙中山在大元帅府召开军政会议，期间重点讨论了组织正式政府问题。1月20日，在国民党"一大"上，孙中山称，国民党"一大"有两件事：一是改组国民党，二是用政党力量去改造国家。他对组织正式政府一项极为重视，先是将手拟《国民政府建国大纲》于会上提出，又亲自在会上做了《关于组织国民政府之说明》。但由于奉张反对及各方压力，孙中山为维系反直三角同盟而主动停止组织正式政府，终其逝世，也未能成立国民政府，其非常珍视的《建国大纲》的步骤和规划也就无从躬亲实施。

以上为直接的政治背景。从革命的历程来看，却有更为深层的原因。孙中山在《建国大纲》宣言中说得非常透彻，他首先痛斥道："自辛亥革命以至于今日，所获得者仅中华民国之名。国家利益方面，既未能使中国进于国际平等地位。国民利益方面，则政治经济荦荦诸端无所进步。而分崩离析之祸，且与日俱深。"并认为："革命之目的，在于实行三民主义。而三民主义之实行，必有其方法与步骤。三民主义能及影响于人民，俾人民蒙其幸福与否，端在其实行之方法与步骤如何。"有鉴于此，"以为今后之革命，当赓续辛亥未完之绪，而力矫其失。即今后之革命，不但当用力于破坏，尤当用力于建设，且当规定其不可逾越之程序。爰本此意，制定《国民政府建国大纲》二十五条，以为今后革命之典型"。从此可以看出，《建国大纲》的出台是革命以来经验和教训的总结和提炼，更是革命方法、步骤、方向和目的的设计及规划。

另一方面，从孙中山个人的奋斗经历来观察，《建国大纲》是其对自身思想理论的概括、阐述和新发展，是其个人革命经验的结晶、政治理想及智慧的混成和凝结，更是其近代化思想的集中体现。正如时人所说："建国大纲，是孙中山先生秉着数十年艰苦奋斗的经验，和近代科学的方法，洞察国家政治未能走上建设大道的原因和症结，而亲自设计，亲自制订的一个最精审最科学的建设中华民国的总计划。"

何为"建国"

为什么孙中山的《建国方略》《建国大纲》都以"建国"为名，而不是名之以"治国"或"经国"？对于这个问题还得放到具体的历史背景和条件下去解释。中国历史上的政治变迁，常表现为朝代和"皇家"的更替，国家的地位仍旧是完整的，在经济和社会层面上不会发生根本性的变化，只要能"经之""治之"，便可由乱而治、由衰而兴。而近代以来由于国家领土主权受到侵占侵略，不能算作一个独立健全的国家，"治国"或"经国"自然无从谈起。以"建国"为名的《建国大纲》蕴含着必先将国家从新建造起来，然后才有得"治"有得"经"的含义。关于这一点，孙中山在组织国民政府案演讲中说得非常直白明了，他说："我们现在并无国可治，只可说以党建国；待国建好，再去治他。""其实现在我们何尝有国；应当先由党造出一个国来，以后再去治之。"

内容设计

《建国大纲》共 25 条，"以扫除障碍为开始，以完成建设为依归"。明确规定："国民政府本革命之三民主义、五权宪法，以建设中华民国。"总体目标分有三大项，第一是在民生，强调政府与人民协力解决食衣住行问题，使民生幸福；第二是在民权，主张政府应当训练人民行使四权，使民权普遍；第三是在民族，强调对内应扶助弱小民族，对外则要抵抗强权，使民族平等。

整体说来，二十五条浑然一体，结构严谨；而具体说来，各有所表，各有职分和功能。《建国大纲》将建设国家的程序分为三个阶段：军政时期、训政时期与宪政时期。第一条至第四条，宣布革命主义及其内容。第五条以下，则为实行之方法与步骤。第六、七两条，标明军政时期的宗旨，扫除反革命势力，宣传革命主义。第八条至第十八条标明训政时期的宗旨，指导人民从事革命建设。实行地方自治，先以县为自治单位，在一县之内，努力除旧布新，保障和巩固人民的基本权力，然后进行推广，渐次至省。第十九条以下，则由训政递嬗于宪政所必备的条件与程序，最后颁宪法、行大选，实现建成新型民主共和国的最终目标。孙中山理想中的民主共和国已突破法、美民主共和国模式的内涵，具有合理融汇中国古代政治制度和政治智慧的鲜明特点。虽然终其一生这种理想并未能真正实现，却为后来的革命提供了可贵的参考资料和宝贵的可借鉴的财富。

参考文献

1. 刘曼容:《谋划与奠基:孙中山对广州国民政府组建的历史贡献》,《学术研究》2007年第5期。
2. 中国社会科学院近代史研究所中华民国史研究室:《孙中山全集》,中华书局,1982年。
3. 陈锡祺:《孙中山年谱长编》,中华书局,1991年。

孙中山为何立下三份遗嘱

中国民主革命先驱孙中山先生于临终前一天，在北京行馆的病床上先后签署了三份遗嘱，分别对国事、党事和家事做出最后的嘱托和安排。

1924年2月24日，农历二月初二，星期二。正在北京铁狮子胡同5号孙中山病房参加轮值的李仙根（孙中山追随者）于当天的日记中写道：

> 总理连日病势大变，今早已不能进饮食，且弱极，气促。各人惶恐，乃由汪、哲等婉叩遗言，以国事、党事付诸同志，奋斗完成三、五及建国大纲；以家事付托夫人。总理甚然各说，但云二、三日后乃签名字。犹呼起床进膳，然亦无力矣。
>
> 陆仲安、唐尧龄、周某三医来会诊、下药。遗嘱由汪、孔、廖、宋、哲知见。
>
> 总理睡熟……
>
> 下午八时，尚清醒，且云赴西山疗养。

该则日记所提到的孙中山对国事、党事和家事的安排，也就是我们所了解的孙中山遗书。它由三个文件组成：一、《国事遗嘱》（致中国国民党同志遗书）；二、《家事遗嘱》（致家属遗书）；三、《致苏联政府遗书》。在这三封遗书中，其产生过程最不清楚的是《致苏联政府遗书》，就连这份文书本身是否存在也成了很大的问题，曾引起了相当大的争论。下面一一略作介绍。

这一天下午，病房医护人员发现孙中山的病情转入极危险状态，便出而建议家属和党人抓紧时间做最后的请示。遂公推汪精卫、孙科、宋子文、孔祥熙四人至病榻前请孙对党务、国事及家事立下遗嘱。

《国事遗嘱》也称作《政治遗嘱》，由汪精卫等事先拟好，是日由汪现场读与孙中山听后而定稿。全文如下：

> 余致力国民革命，凡四十年，其目的在求中国之自由平等。积四十年之

○ 中山先生的一天

经验,深知欲达到此目的,必须唤起民众,及联合世界上以平等待我之民族,共同奋斗。现在革命尚未成功。凡我同志,务须依照余所著建国方略、建国大纲、三民主义及第一次全国代表大会宣言,继续努力,以求贯彻。最近主张开国民会议及废除不等条约,尤须于最短期间,促其实现。是所至嘱!

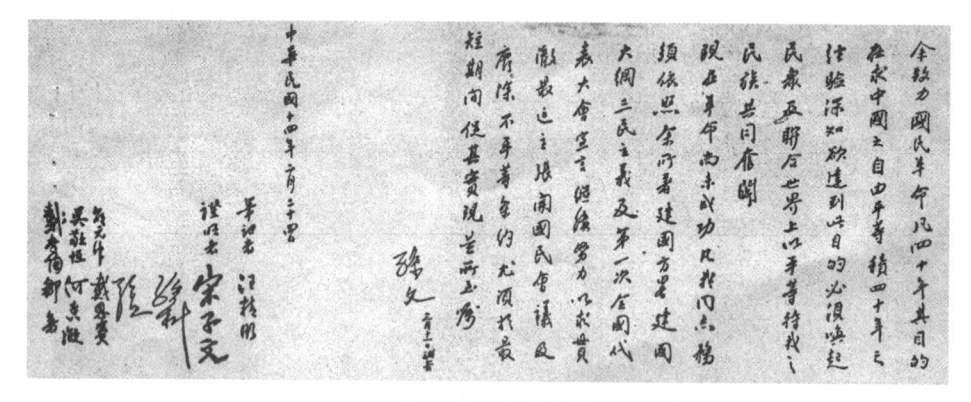

孙中山《国事遗嘱》

孙中山《家事遗嘱》

待国事遗嘱定稿后,以家属身份侍疾的宋子文趁机继续请求弥留之际的孙中山对家属也照此做出交代,于是汪精卫又拿出第二张字条读与孙听:

"余因尽瘁国事,不治家产,其所遗之书籍、衣物、住宅等,一切均付吾妻宋庆龄，以为纪念。余之儿女已长成，能自立，望各自爱，以继余志，此嘱！"对此孙中山亦表示赞成，即为《家事遗嘱》。在行将施行签字时刻，因怕触及夫人宋庆龄伤感，孙临时决定延期签字。

晚年的孙中山与苏联实现了联合，并得到其帮助。他亲自制定了联俄的明确政策，强调"今后之革命非以俄为师断无成就"。临终前夕，他再次把希望寄托于苏联，特地口授了《致苏联政府遗书》（以下简称为《苏联遗书》），该书的原件现保管在俄国国立社会政治史档案馆。

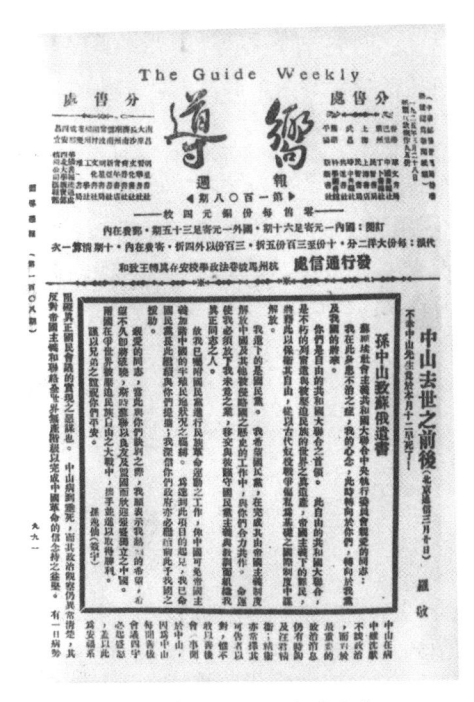

孙中山《致苏联政府遗书》

自 2 月 24 日以后，孙中山的身体一日不如一日。延至 3 月 11 日中午，汪精卫将国事及家事遗嘱呈上，在孙氏家属及在京侍疾党人宋子文、孙科、邹鲁、邵元冲、孔祥熙、吴稚晖、何香凝、戴季陶、戴恩赛的见证下，由夫人宋庆龄托其手腕在两份遗嘱上分别签下："孙文，3 月 11 日补署"之字样。随之，笔记者和证明者一一签名。孙中山并嘱咐，待其死后可公之于世。

当国事、家事遗嘱签署完毕后，英文秘书陈友仁将由他与鲍罗庭用英文起草的《致苏联政府遗书》呈上，由宋子文通读一遍，孙听后即用英文签上名字：Sun yat-sen（即孙逸仙）。

《致苏联政府遗书》是孙中山所立三份遗嘱中篇幅最长，也最能体现其反帝思想和联俄外交政策的一篇。这一文件的形式明显地与其他两封《遗嘱》不同。《苏联遗书》并不是与《国事遗嘱》《家事遗嘱》一起形成的文件，而是在孙中山临终的时候，部分党人为预防党内分裂，感到需要有这种文件，在孙中山病危期间秘密拟定，并于孙中山签署其他两份《遗嘱》之际（或者紧接签名之后）而当即提出签署的。

与国共合作时期的很多事件一样，孙中山的去世以及他的遗书也是与当时以及后世国共两党的争夺紧密结合的一个高度的政治事件。长时段内，关于孙中山遗嘱的订立时间有着各种不同说法。

不忘初心，方得久远。撇开家属、党人，各派各系在孙中山病榻前的钩心斗角不论，孙中山的三份遗嘱从国事、党事和家事三个方面陈述其遗愿，反映了他的世界观、家国观，充分体现了其伟人品质，也是这位民主先行者遗留给全中国人的宝贵精神遗产。

参考文献

1. 王业晋主编，黄健敏、李宁整理：《李仙根日记·诗集》，文物出版社，2006年。
2. [日]石川祯浩：《孙中山致苏联遗书》，日本《当代中国探索》丛刊，第1辑，2008年11月。
3. 黄昌谷：《大元帅北上患病逝世以来之详情》，载尚明轩：《孙中山生平事业追忆录》，人民出版社，1986年。
4. 陈锡祺：《孙中山年谱长编》，中华书局，1991年。
5. 林家有：《重读孙中山遗嘱》，广东人民出版社，2011年。

国民党上海执行部的故事

1924年2月25日，国民党上海执行部举行首次会议，胡汉民主持会议，推定常委及各部长、秘书：胡汉民为组织部长，毛泽东任秘书；汪精卫为宣传部长，恽代英任秘书；于右任为工农部长，邵力子任秘书；叶楚伧为青年妇女部长，何世桢任秘书；茅祖权为调查部长，孙镜任秘书。3月1日，该执行部正式成立。

国民党上海执行部（今上海南昌路180号），前身最早为1916年5月，孙中山所设立的中华革命党本部事务所。1919年10月，中华革命党改组为中国国民党，在原有办公地址上，新设国民党上海临时执行委员会，俗称"国民党总部"，以此作为国民党的中央机关。

1923年2月，孙中山回穗，国民革命的重心由上海移回广州。同年10月8日在广州成立了中国国民党临时中央执行委员会，旧上海本部的设置也就失去了其原有的机构意义。1924年1月20日，中国国民党第一次全国代表大会在广州举行，第一次国共合作正式建立。孙中山在随即召开的国民党一届一中全会上道出了设立"执行部"的初衷："中央党部偏处广州，指挥各处党务，有鞭长莫及之感"，为便于就近指挥，决定"除广州为中央执行委员会所在地外，其余特别区，如上海、北京、汉口、哈尔滨、四川，皆派遣中央执行委员到各地组织执行部，指挥监督各地党务之进行……"会议决定由国民党上海执行部直接管辖上海、江苏、安徽、浙江、江西五省市的党务，并监理上海特别市党部的职权。

上海执行部是第一次国共合作的产物，成立伊始，国共双方尚能精诚团结，工作成效显著。

其一，整顿辖区党务，切实开展国民党党员重新登记工作，为基层组织建设奠定了基础；强化辖区民众，特别是党员的革命意识，开展《中国国民党总章》及《中国国民党宣言》的学习教育，宣传新三民主义。

其二，推广平民教育，协助黄埔军校招生。1924年3月13日，召开第三次执委会会议，对黄埔军校招生进行部署，决定由毛泽东全面负责上海地区考生的招生复试工作。据统计，通过上海选收的黄埔一期学生共有100多名，占当期学生总数的20%。其中约有共产党员近60人，占学生总数的1/8。在众多通过复试的学员中包括了众多活跃于国民革命中的两党著名人士，如国民党陆军一级上将胡宗南、陆军中将黄维、海军司令桂永清及共产党早期杰出领导人方志敏等。

其三，开辟革命宣传阵地。为了在党员中开展革命宣传和教育，发行内部刊物《党务月刊》。而《民国日报》作为执行部的机关党报，一度成为国共合作期间面向公众最具代表性的革命刊物之一。

其四，掀起妇女运动和工人运动的高潮。执行部在成立妇女部的同时，还成立了妇女运动委员会。由共产党人向警予负责实际工作，提倡统一妇女团体，引导一般妇女主义社会、国家及妇女本身等宗旨，共吸收各界女国民党员30人。1924年5月成立以于右任为主任的工人委员会，发展工农党员，夯实国民党上海地方的工农组织基础。1925年，"五卅惨案"发生后，上海执行部连续两次发表宣言，提出"以取消中国与英日缔结之一切不平等条约为赔偿此次死伤污辱与损失之最低代价"的主张。

1924年5月，国民党上海执行部在孙中山寓所举行庆祝孙中山就任非常大总统三周年纪念会合影

但国共两党从酝酿合作的那一刻开始，便龃龉不断。国民党高层不少人士怀疑联共的必要性，他们担心国民党因此丧失革命领导权。在国民党"一大"开幕前夕，林森、邓泽如等便纠合一些代表，策划反对共产党人加入国民党，密谋发起组织。孙中山对此严加责备，此事才不了了之。

新生的中国共产党内部对国民党的态度也不尽一致。在经过一番思想斗争后，党内才达成了共识："我国的军阀就是社会上一切其他阶级的敌人。"共产党需要与其他党派共同行动，以反对共同敌人。鉴于力量弱小，要想切实推动中国革命，争取与国民党合作乃大势所趋。于是，在孙中山力排众议和共产国际、苏俄的穿针引线下，两党为了中国革命的"前途和幸福"走在了一起。

　　在人事安排上，中共中央极力保持低调，避免引起纠纷，确定"共产党员不应该在各委员会中谋求职位"，同时，尽量不推荐自己人担任各级职务。但为了借助共产党人的组织经验，日常工作实际上均由组织部秘书毛泽东、宣传部秘书恽代英等负责处理。他们要想在上海执行部分管的区域顺利开展工作，较多援引自己的同志在所难免。这种情况加剧了两党人员之间的矛盾和冲突。

　　随着执行部工作的推进，国民党右派对于共产党人的排挤愈演愈烈。1924年7月初，戴季陶到上海接替汪精卫上海执行部常委的职务，他和本来就反对联共的叶楚伧控制了执行部，毛泽东遭到排挤。7月中，毛泽东辞去组织部秘书职务。年末，毛泽东回湖南工作。

　　国民党上海执行部是国共两党关系的缩影，其设置是双方在政治博弈中，为了服从国民革命的大局的做法。孙中山在国共两党的纠纷中，总是扮演居中调停的角色。也正是因为他的威信，尽管国民党"右派"蠢蠢欲动，两党关系还能勉励维持。1925年3月12日，孙中山逝世，国民党"右派"对国共合作的破坏不再受制，国民党上海执行部变得徒有其名。1926年1月，在以反共闻名的国民党"西山会议派"鼓动下，国民党第二次全国代表大会正式宣布撤销国民党上海执行部。

参考文献

1. 谈争:《第一次国共合作期间国民党上海执行部研究》，上海师范大学硕士学位论文，2012年。
2. 杨奎松:《革命（叁）：国民党的"联共"与"反共"》，广西师范大学出版社，2012年。

鲜为人知的中华民国国旗之争

国旗是一个国家的象征之一。中华民国成立之初也因旗帜发生过争论。

早在1906年2月28日，孙中山与黄兴就因革命军国旗图示设计问题产生过分歧。孙中山主张沿用兴中会用过的青天白日旗。理由是这种旗式系烈士陆皓东所设计，"兴中诸先烈及惠州革命军将士先后为此旗流血，不可不留作纪念"。与会者提出了各种方案：有的提议顺应中国历史上习惯，用五色旗；有的提议用十八星旗，借以代表十八行省；有的提议用金瓜钺斧，以发扬汉族之精神；有的主张用井字旗，以示平均地权之义。黄兴觉得青天白日旗"形式不美，且与日本旭旗相近"，倾向于用井字旗"谓以井田为社会主义之象征"。孙中山坚持要用青天白日旗，且在上面增加红色，"改作红蓝白三色以符世界上自由平等博爱之真义"。黄兴愤而离会，甚至表示"欲退会断绝关系"。后来经章太炎、刘揆一设法调解，暂时搁置其议。

五色旗：旗面以红、黄、蓝、白、黑五条色带横排组成。五种颜色分别代表汉、满、蒙、回、藏五个民族，以示五族共和之意。它是辛亥革命时期南京起义时的标志及护军都督府的旗帜，由革命党领导人宋教仁等绘制。

等到中华民国南京临时政府于1912年1月成立，南京临时政府各省代表会议决议以五色旗为中华民国国旗。理由是：中华民国临时政府设在南京，而南京在辛亥革命起义时用的正是五色旗。

铁血十八星旗：旗面上的十八颗星代表当时中国本部的十八个行省。星为红色，以示光明。此旗乃武昌起义时革命组织共进会所用之旗帜。起义成功后，湖北军政府谋略处决定："革命军旗为十八星旗。"此后湖北、江西等地均悬挂此旗，直至南京临时政府成立。

但临时大总统孙中山不同意这项决议。其理由是："清朝旧制，海军以五色旗为一、二品大官之旗。今黜满清之国旗而用其官旗，未免失体。"1月3日，各省代表会议对国旗问题重新讨论，认为青天白日满地红旗系同盟会制定，一个党派不能代表全国各方面意见,而五色旗已经被武昌革命军采用,意义更为重大。会议再次决议:以五色旗为国旗。

陆皓东设计的1895年广州起义军旗——青天白日旗

青天白日满地红旗:青天白日旗是中国资产阶级革命派制定的第一面旗帜,由兴中会领导人之一陆皓东设计。旗底为蓝色,以示青天。旗子中央置一向四周射出叉光的白日。后孙中山解释:叉光代表干支之数,应排作十二,以代十二时辰。以后,青天白日旗改以红色为底,谓之"青天白日满地红旗",长期为中华民国国旗。青天白日旗成为中国国民党党旗。

孙中山为了重申应以青天白日满地红旗为国旗的理由,于1912年1月12日发出《复参议会论国旗函》,认为当时正值"革命用兵之际,国旗统一,尚非所急",所以他提议:国旗问题"不欲速定之于此时"。

由于上述情况,南京临时政府存在的三个多月中,全国没有统一的国旗。如广东、广西、福建、云南、贵州等省均以青天白日满地红旗为国旗,孙中山在临时大总统的办公室内,亦悬挂青天白日满地红旗。

袁世凯窃取辛亥革命果实后,1912年6月8日,临时参议院再次讨论国旗问题。会上争论激烈,最后采取折衷办法:以五色旗为中华民国国旗,青天白日满地红旗为海军军旗,铁血十八星旗为陆军军旗。

自1927年4月起,蒋介石南京国民政府,一直用青天白日满地红旗作为中华民国国旗,再不用五色旗。

此时,北京的张作霖的安国军政府仍悬挂五色旗,直至1928年12月29日张

○ 中山先生的一天

学良在奉天宣布"改易旗帜"。所谓"改易旗帜",就是东北三省及热河省弃挂五色旗,改悬青天白日满地红旗。

参考文献

1. 李新:《中华民国史》,中华书局,2011年。
2. 黄美真、郝盛潮:《中华民国史事件人物录》,上海人民出版社,1987年。
3. 赵友慈:《中华民国国旗史略》,《历史档案》1991年第1期。

三○月

同盟会是如何一步步发展壮大的

国内分布

1905年8月20日中国同盟会在日本东京成立。孙中山任总理，黄兴任执行部庶务。与兴中会绝大多数成员是广东人不同，同盟会的成员除了甘肃省外，其他17个省都有人参加，以湖南、广东、湖北三省最多。这就突破了原来的地域限制，成为一个全国性的革命政党了。同盟会纲领："驱除鞑虏，恢复中华，创立民国，平均地权。矢信矢忠，有始有卒，如或渝此，任众处罚。"

最早的三处分支机构

中国同盟会成立后十九天，孙中山"首派冯自由、李自重至香港，组织香港、澳门及广州各地分会"。这是同盟会最早建立的地方组织。

孙中山手书的中国同盟会纲领

黄兴策划建立的同盟会广西分会

黄兴潜入广西桂林郭人漳营中策划武装起事，1910年8月，耿毅等在新军成立同盟会广西支部，建立同盟会广西分会。

同盟会分会迅速增长的一年

1906年，江苏、浙江、安徽、江西、福建、湖北、湖南、四川、云南等都建立了同盟会分会。而在中国的北半部，这一年却只有直隶的保定、山东的烟台、东北的辽东三个地方发展了同盟会员，连组织都没有成立。

中国同盟会台湾分会

王兆培，1907年加入同盟会，1909年春，奉同盟会施明的命令，从鼓浪屿东渡台湾，以在台北台湾医学校学医为名，秘密进行"驱除鞑虏，恢复中华"的革命活动，准备组建中国同盟会台湾分会。那时，王兆培的同班同学台南人翁俊明，少负报国之志，反对日本侵占台湾，坦言台湾必须回归祖国怀抱。两人促膝谈心，赤诚相见，各表抱负，彼此成为志向相同的贴心知己。同年，王兆培便发展翁俊明加入同盟会，成为该会第一名台湾籍会员。

同盟会中部总会

1911年7月31日，中国同盟会中部总会在上海成立。会议选举陈其美掌庶务，潘祖彝掌财务，宋教仁掌文事，谭人凤掌交通，杨谱生掌会计，会上通过了《中国同盟会中部总会章程》和《宣言》。

国外分布

南洋

1901年春，潮籍华侨张永福、林义顺等人深感祖国遭受外国侵略的痛苦，建立了革命团体小桃源俱乐部，作为聚谈革命的场所。接着，创办了《图南日报》，鼓吹革命，引起了孙中山的注意。

1905年冬，孙中山第四次下南洋，与张永福等商议组织同盟会的问题。接着于1906年2月成立了新加坡同盟会分会。此后，张永福、林义顺等陪同孙中山赴马来亚、缅甸、印尼等英荷殖民地设立同盟会分会。

1905年越南河内、1908年缅甸仰光、1911年菲律宾分别成立同盟会分会。

欧美各国

中国同盟会成立之后,东京本部正式确认在欧洲宣誓加盟的留学生组织为中国同盟会欧洲分会,并先后在比利时、德国、法国、英国等国设立了通讯处和联络人,以保持联系。

1909年,孙中山赴美,在芝加哥成立同盟会分会,第一次加盟者有萧雨滋、萧汉卫、梅培等十余人,以梅寿所设之泰和店为通讯处。孙中山向诸会员募集广州起义的经费,得捐款港币三千元。

革命党人最初在加拿大募集资金是由冯自由等人负责,借助致公堂的力量成立洪门筹饷局,募集革命经费。加拿大同盟会成立较晚,直到1911年4月才得以成立,冯自由任支部长,周盛为副部长,黄希纯为书记,支部设在唐人埠以外的地方。在温哥华入会者有刘堃儒、杨芳、盘棠等上百人。当时同盟会仍属秘密组织,不能公开活动,以免引起致公堂中思想顽固者之反感。

参考文献

1. 冯自由:《革命逸史》(第四、五集),中华书局,1981年。
2. 金冲及、胡绳武等:《辛亥革命史稿》(第2卷),上海人民出版社,1985年。
3. 辛亥革命武昌起义纪念馆编:《辛亥革命史地图集》,中国地图出版社,1991年。

○ 中山先生的一天

"香港,我如游子归家"

1896年3月4日,港英当局颁布对孙中山的驱逐令。

港英当局颁布此令的直接原因,是1895年孙中山等革命党人以香港为基地发动的乙未(1895)广州起义。这严重刺激了殖民者紧绷的神经,他们认为孙中山领导的革命活动"对于香港地方治安与秩序均有妨害",于是根据1882年修订的"维持地方治安条例"第八号放逐出境条例:"凡在境内之外籍人民有扰害治安之嫌疑者,得下令驱逐出境。"规定,孙中山自当日起,五年内禁止在香港居留。

事实上,孙中山从17岁至28岁(1883—1894)的十二年间,在香港前后生活达九年之久。在此期间,他由中学而大学,接受了正规的"欧洲式教育"。

孙中山在港求学期间经常与杨鹤龄、尤列、陈少白等促膝谈心,畅谈反清革命,"所谈者莫不为革命之言论,所怀者莫不为革命之思想,所研究者莫不为革命之问题"。他们四人被称为"四大寇"。

由于香港1840年鸦片战争后成为英国的殖民地,远离中国的政治控制,而且毗邻大陆,又被革命党视为天然的"对内活动之策源地"和"清季西南各省革命军之大本营"。孙中山十八年(1895—1911)的反清革命活动,例如宣传、组织、策划和发动历次武装起义,以及起义经费的筹集与分发各项工作,几乎都以香港为集中地和出发点。

民国建立前孙中山在港活动如下:

1883年秋,从翠亨来港,入读拔萃书室。同年底,受洗加入基督教。

1884年至1886年,就读中央书院。

1887年至1892年,就读香港雅丽氏医院附设西医书院(现香港大学医学院)。

1895年2月,成立香港兴中会,策划广州起义。

1899年秋,派陈少白赴港筹办《中国日报》,次年1月创刊,该报在港发行长达十一年之久,成为宣传革命的有力喉舌。

1905年10月16日,同盟会香港分会成立,亲自主持宣誓仪式。

1895年至1911年，以香港为基地，策划起义先后共有七次（1895年广州之役，1900年惠州之役，1901年潮州黄冈之役，同年6月惠州七女湖之役，1910年广州新军之役，1911年广州黄花岗之役，同年11月全省发动民军响应武昌起义）。

1911年12月回国途中路过香港。

香港还是孙中山亲人长期居留的地方。1907年秋，长兄孙眉携母亲杨氏、孙中山元配卢慕贞等迁居香港。居港六年，孙眉曾在牛池湾购置荒地，经营农场。1910年1月，母亲杨氏病逝，安葬于香港飞鹅岭百花林。

在孙中山眼中，香港就是自己的家乡。1923年2月17日至20日，孙中山接受港英政府邀请赴港访问，受到港督史塔士的热情接待。在香港大学访问时，孙中山对该校师生发表题为《革命思想的诞生》的演讲，自认回到香港"无异游子宁家"。

1923年2月20日，孙中山演讲后与香港大学师生的合影

香港人也没有忘记孙中山。1996年，香港中西区区议会设立了"孙中山史迹径"，展示孙中山在香港活动地点及其与香港的密切关系。

2006年12月12日，香港特区政府成立了孙中山纪念馆，缅怀孙中山的丰功伟绩。

2010年6月，位于西营盘海傍的孙中山纪念公园重建竣工，集休闲、纪念于一身，广受市民欢迎。

○ 中山先生的一天

参考文献

尚明轩：《孙中山与香港的密切关系》，《民国档案》1997 年 2 月。

辫子的革命

南京临时政府1912年3月5日颁发了《大总统令内务部晓示人民一律剪辫文》。

临时大总统孙中山发布的关于剪辫的政令

男人后脑勺留一条辫子，是清朝子民头发的典型形象。清廷入关前，内地汉族男子，都是蓄发。《孝经》有言"身体发肤，受之父母，不敢毁伤，孝之始也"，使得清以前的儒家社会里，人们的头发不仅仅作为一种审美的需求，并且具有了伦理的意义。

清顺治二年（1645），摄政王多尔衮，命礼部向全国发布"剃发令"："今者天下一家，君犹父也，父子一体，岂容违异，自令以后，京师内外，限旬日，直隶各省地方，自部文到后，亦限旬日，尽令剃发，遵依者为吾国之民，迟疑者为逆命之寇。"其所谓"剃发"，是要求剃去头上前半部头发，后半部依满人习俗削发留辫，废弃明朝衣冠。

清朝"留头不留发，留发不留头"，违抗者处死。各地官府派兵士监督剃头匠挑着担子上街巡游，强迫束发者立即剃头梳辫。稍有反抗，当场杀害。有的还被割下首级，悬在剃头担子上示众。至此，辫发完全成为一种政治符号，清廷视剃发为征服汉人的重要手段，以及汉人是否接受满族统治的突出身体标志。

百姓无力反抗，转而接受清朝统治的现实，辫子也就一根根地留了起来。随着无数个日子的流逝，人们麻木地习惯了辫子的存在，也认同了辫子的审美，辫子也终成了中国男子的理所应当的头发样式。

近代以来，随着现代化程度的不断加深，剪辫似乎势在必行。清末维新派将剪辫作为破除旧俗和社会启蒙的一部分，与强国强种联系起来。康有为指出："欧美百数十年前，人皆辫发也，至近数十年，机器日新，兵事日精，乃尽剪之，今既举国皆兵，断发之俗，万国同风矣。"

革命派提倡剪辫的动机与维新派有着相同的一面。但也有与维新派不同的地方，即他们认为一个民族的冠服徽识，是民族的外部特征之一，常与民族精神相联系，望之而民族观念油然而生。清朝强令汉族和其他民族剃发蓄辫，是满族统治集团实行民族压迫政策的罪行之一，革命要唤起人们对这一罪行的仇恨，以便激发出更大的反清热情。因辫发而腾笑五洲的奇耻大辱，乃是腐败无能的清朝统治者所造成的，是反清革命的动因之一。于是，剪辫成为争取"出奴隶之籍，脱牛马之羁"的人们斗争的目标。革命者以此作为激发人民排满情绪，投入反清革命的有力手段。

清王朝自然竭力反对剪辫，视剪辫者为革命党之流。而在种种压力面前，武昌起义不久，清政府下达了一道谕旨，承认了剪辫易服运动，谕旨云：凡我臣民，均准其自由剪发。清政府最终在1911年12月7日准资政院请，许官民自由剪发了。

剪辫最热闹的，当属风气最开通的上海。1911年1月15日，由前刑部侍郎、出使美秘墨古大臣伍廷芳发起，上海各界在张园举行了规模空前的剪辫大会。《大公报》报道："赴会者车水马龙，络绎不绝，午后聚集已逾二万余人。"伍廷芳事先已剪辫，当日因故未到会场，特致函云："侍郎发辫，已于昨晨在寓所剪去。"当日会场"中设高台，旁列义务剪发处，理发匠十数人操刀待割。其时但闻拍掌声，叫好声，剪刀声，光头人相互道贺声，剪辫者有千余人。园主叔和观察谓：'自开园以来，未有如斯之盛况'……计二小时，当场剪发者已得三百余人"。

辛亥革命推翻了清王朝统治，使剪辫得以全面开展。湖北军政府成立次日，即发布《宣布满清政府罪状檄》，历数辫发为清罪状之一，并立即颁布禁止蓄辫文。革命党本就把标志汉人臣服于清廷的辫子作为革命目标，也就很自然地将剪辫与否视为革命与否最为明显的外在标志。当时有一《越风》杂志载文说："不剪发不算革命，并且也不算时髦，走不进大衙门去说话，走不进学堂去读书。"这表明剪辫已不仅与革命相联系，并延伸到了社会风尚领域，更是跟普通老百姓生活中的切身利益绑缚到了一起。

剪辫的真正潮流是在民国建立以后逐渐扩展的，上海独立后数月，抵制剪辫的情况仍不断发生。当时有人指出："沪上光复已两月有余，而各界同胞尚有心怀犹移踌躇不剪者。是满贼之丑俗犹存，民国之声威有损。"上海为当时中国最开化之城市尚且如此，至于一些偏僻城镇和农村，抵制剪辫者大有人在，不愿剪辫者不仅仅是满族贵族，也不只是那些醉心帝制的人，相当一部分老百姓出于一种长期以来的惰性习惯，也不愿意剪掉那条又油又腻的辫子。据《申报》1912年2月19日报道，湖南湘潭县城"剪辫者已十居其九，闻有一二未剪者不过顽固之乡愚"，有"一挑水夫尚垂发辫，该兵士迫令剪去"，结果发生争吵推拉，挑水夫受伤致死。有鉴于这种种情况，为了进一步根除辫子陋俗，南京临时政府大总统孙中山在南北统一之后，通令全国剪辫。通令称："查通都大邑剪辫者已多，至穷乡僻壤留辫者尚不少，仰内务部通行各省都督，转谕所属地方一律知悉。凡未去辫者，于令到三日，限二十日，一律剪除尽净，有不遵者，以违法论。该地方官毋少容隐，致干国犯纪。又查各地人民有已去辫尚剃其四周者，殊属不合，仰该部一并谕禁，以除陋俗而壮观瞻。"这就为剪辫提供了政治上与法律上的保证。全国各城镇转发此令，派军队站在城门口、街道上给行人剪辫子。这种带有点强制性的革命行动被全国人民接受了，在很短的时间内实现了全国剪辫子。可以说，民初所以很快掀起剪辫热潮，革命政府对于移风易俗工作的重视与推行，是一个根本的原因。

除了政府的命令号召外，革命党人及进步人士的倡导与宣传，则是"剪辫热"出现的另一个重要原因。民国元年，各地涌现出不少如"光复实行剪辫团""剪发易服宣讲会""剪发义务会"之类的团体与组织，剪发大会也在四处召开。

民国三年（1914）6月，北京政府又颁布《劝诫剪发规程六条》，其中有"凡政府官员、职员，不剪发者，停止其职务；凡车马夫役不剪者，禁止营业；凡商民未剪发者，由警厅劝令剪除；官员家属仆役未剪者，其官员负责劝诫"，此后，剪辫子剃光头，留分头、平头、后拢头，在城里的大多数老百姓家的男子逐渐成为习惯。这就使得人们的价值观念、审美观点逐渐发生了改变，"昔以豚尾垂垂之长辫宽袍阔袖红顶花翎为美观，今以牛山濯濯之秃头窄袖短发草帽革履为时尚，足见人心之趋向，为世界所转移矣"。这一新的社会风尚，是健康进步的，它客观上对于传播和扩大革命的影响，对促进和助长人们接受现代化的风俗习惯具有重要意义。

剪辫的推行并非一帆风顺。有螳臂挡车者，如张勋的辫子军复辟，遗老遗少们拖着真辫子与假辫子弹冠相庆；有脑袋冬烘妄图复古者，如头戴方巾，身穿明代的古装，腰佩龙泉宝剑招摇过市。然而，历史大势，绝非区区跳梁小丑逞意妄为即可改弦易辙，犹如百川归海，泥沙纵不情愿，毕竟被裹挟而奔。

总之，民初的"剪辫热"，是辛亥革命冲击传统社会、涤荡陋俗弊习的产物。由于这一热潮体现出革命党人和广大群众对于清朝专制统治及民族压迫的仇恨、对于民族尊严和国家地位的维护，以及对于西方"平等自由"社会生活风尚的追求，因而，尽管其在方法上犯了这样那样的错误，但它的方向是正确的，对它的性质和作用应当肯定。如今，辫发作为一种传统的象征，其政治符号的意义逐渐淡化，但作为一种文化记忆将永远留在历史的深处。

参考文献

1. 程为坤：《民初"剪辫热"述论》，《社会科学研究》1987年第3期。
2. 王晓天：《剃发·蓄辫·剪辫子——关于辫子的历史》，《书屋》2003年第4期。
3. 侯杰、胡伟：《剃发、蓄发、剪发——清代辫发的身体政治史研究》，《学术月刊》2005年第10期。

孙中山的妇女观

1912年12月26日，孙中山出席上海松江县清华女校欢迎会时与该校师生合影

1924年3月8日，广州各界妇女2000多人召开纪念妇女节大会，身为国民党中央执行委员会妇女部部长的何香凝主持大会并发表演讲，鼓励妇女走自求解放的道路，是为中国妇女纪念"三八"妇女节的开端，也表明中国妇女从旧时代的桎梏中一步步解放出来，曾经被要求缠足，被买卖为奴婢，教育权受限，几乎没有参政权的情形发生了重大改变。然而，这一切来得并不容易，孙中山为此做出了艰辛的努力。

劝禁缠足

据现代学者考证，缠足兴起于北宋，清代的缠足之风蔓延至社会各阶层的女子。缠足，不仅使女子血脉阻塞，骨骼变形，而且动作受阻，只好深居简出，不问世事，也不热衷于文化知识的学习，更不用说独立谋生，参与到社会事务，助使女子成为社会附庸。

孙中山早在1906年便提出一些封建落后的"风俗之害，如奴婢之蓄养、缠足之残忍……亦一切禁止",可见,他对社会弊端的观察早已成熟在心,只待时日进行改革。

1912年南京临时政府成立,孙中山颁布《大总统令内务部通饬各省劝禁缠足文》:"当此除旧布新之际,此等恶俗,尤宜先事革除,以培国体。"

然而,积弊已深,根除维艰,移风易俗十分艰难。1916年内务部又颁《内务部通咨各省劝禁妇女缠足文》,1928年,南京民国政府再次发布《禁止妇女缠足条例》。渐渐地,缠足之陋俗才从中国大地上消除。

坚决反对贩卖妇女、蓄婢之风

民国初年,孙中山在《禁止买卖人口令》中指出,由于清朝政治不纲,民生憔悴,妻女被卖为人妾者多,有些人从中牟利,流毒甚久,他下令"嗣后不得再有买卖人口情事,违者罚如令。其从前所结买卖契约,悉与解除,视为雇主雇人之关系,并不得再有主奴名分"。

从这一命令人们可以看到,孙中山是坚决反对贩卖妇女、反对奴婢制度,并付诸实践的。

1922年,孙中山以大总统名义再次发出了《严行禁止蓄婢令》,指出"私家蓄婢,至今未已,甚至买卖典质,视同物品,贱视虐待,不如牛马,既乖人道,尤犯刑章,兹特明令严行禁止……并着内务部通行各省妥筹贫女教养方法,以资救济"。

为男女平权不懈努力

孙中山主张提高女性地位并不能得到所有人的理解和支持,他只得周旋于赞成派与反对派中,期有善果。

张謇、章太炎等人的中华民国联合会曾致函孙中山,指责"某女子以一语要求,大总统即片言许可",以至"浮议嚣张""愈形恣肆"。宋教仁将女子参政斥之为"无理取闹",胡汉民、居正也对此冷嘲热讽。孙中山从维持党内团结出发,不得不同意在国民党党纲中删去男女平权一条,这引起同盟会女会员强烈不满。1912年8月25日,国民党成立大会时,同盟会女会员于会场之中有暴烈举动,甚至有揪打宋教仁之事。孙中山婉言劝慰。9月2日,孙中山复函女子参政同盟会时称,删除男女平权"乃多数男人之公意，非少数可能挽回"，要"以国事为重，如国家不保，不但女子不能自由，男子亦不能自由"。

但从民国初年改造社会、促进社会进步考虑，孙中山又不能轻易放弃男女平权的主张。故于1912年，孙中山应袁世凯邀请北上时宣布自己宗旨和政见时将"男女平权"列为第一条。

重视妇女教育

孙中山注重女性教育，培育其参政之能力。他曾表示，"今日女界宜专由女子发起女子之团体，提倡教育，使女界知识普及，力量乃宏，然后始可与男子争权，则必能得胜也"，"切勿依赖男子代为出力，方不为男子所利用也"。由此可见，孙中山提倡妇女教育的动机或出发点是纯正的，支持女子参政也是真诚的。

民国初年，孙中山常赴各地号召发展女子教育，大力提倡女子办学，鼓励并支持开办各色女子学校。他支持女界共和协济会开办女子法政学校，支持女子军代表林宗雪募资开办女子蚕桑学校，帮助解决该校的土地问题。1912年4月2日，孙中山离宁赴粤前夕特意前往南京四象桥的女子同盟会话别，深望该会"极力振兴女学，以期与男子并驾争雄，共维中国前途"。孙中山如此重视妇女教育是为了给女子参政打好基础。他强调提高妇女文化素质对争取妇女参政具有重要的作用。

参考文献

1. 陈锡祺：《孙中山年谱长编》，中华书局，1991年。
2. 中国社会科学院近代史研究所中华民国史研究室：《孙中山全集》，中华书局，1986年。

○ 中山先生的一天

植树节的设立是为了纪念孙中山

植树节是一些国家以法律规定宣传保护树木,并动员群众参加以植树造林为活动内容的节日。

中国的植树节开始时是为纪念孙中山先生逝世,1925年3月12日,孙中山先生逝世。1928年,为纪念孙中山逝世三周年,国民政府举行了植树式。1979年,在邓小平提议下,第五届全国人大常委会第六次会议决定每年3月12日为我国的植树节。

孙中山先生从小就喜爱植树,在他的故居至今仍生长着一棵已满百岁的檀香山酸豆树。这是1883年,17岁的孙中山千里迢迢从美国檀香山带回幼苗亲手栽种的,在他的精心培育下终于成材。

孙中山从檀香山带回树种种植的酸豆树

孙中山也是我国近代最早极力提倡植树造林的人。1894年他亲自起草的《上李鸿章书》中提出,中国欲图强,必须"急兴农学,讲究树艺"。

辛亥革命以后,孙中山提出了在中国北部和中部大规模植树造林的计划。孙中山任临时大总统的中华民国南京临时政府成立不久,就在1912年5月设立了农林部,下设山林司,主管全国林业行政事务;1914年11月民国政府又颁布了我国近代史上第一部《森林法》。

1915年7月,当时的北洋政府正式下令,规定了以每年清明节为植树节,指定地点,选择树种,全国各级政府、机关、学校如期参加,举行植树节典礼并从事植树。经当年7月21日批准后,通令全国如期遵照办理。自此我国有了植树节。

1925年3月12日,孙中山先生逝世。1928年,为纪念孙中山逝世三周年,国民政府举行了植树仪式。以后为了纪念孙中山先生,把每年的3月12日定为植树节。

○ 中山先生的一天

他人眼中的孙中山

说到孙中山先生，大家对他的评价均是赞不绝口，然而具体内容又不尽相同。

中国共产党人眼中的孙中山

中国共产党人是孙中山先生民族复兴伟大事业的继承者。在领导中国人民推翻三座"大山"，实现富强、民主、文明、和谐的道路中，中国共产党人始终给予孙中山先生以崇高的评价。

毛泽东："一百多年以来，我们的先人以不屈不挠的斗争反对内外压迫者，从来没有停止过，其中包括伟大的中国革命先行者孙中山先生领导过的辛亥革命在内。"

邓小平："中国从鸦片战争起沦为半殖民地半封建社会，中国人成了世界著名的'东亚病夫'。从那时起的近一个世纪，我国有识之士包括孙中山都在寻求中国的出路。"

1916年4月27日，孙中山回国前在日本留影

江泽民："一个世纪以来，中国人民在前进道路上经历了三次历史性的巨大变化，产生了三位站在时代前列的伟大人物：孙中山、毛泽东、邓小平。"

胡锦涛："孙中山先生是伟大的民族英雄、伟大的爱国主义者、中国民主革命的伟大先驱。孙中山先生站在时代前列，率先发出'振兴中华'的呐喊。"

习近平：2013年1月28日，习近平同志在十八届中共中央政治局学习会上提到"世界潮流，浩浩荡荡，顺之则昌，逆之则亡（孙中山先生原话）。纵观世界历史，依靠武力对外侵略扩张最终都是要失败的。这就是历史规律。世界繁荣稳定是中国的机遇，中国发展也是世界的机遇"。

外国领导人眼中的孙中山

孙中山先生不仅在中国革命中为人民立下了永垂不朽的功勋,他的革命运动对于世界其他各国、各民族的解放也起到了巨大的鼓舞和影响作用。

苏联领导人列宁:"这里的亚洲的共和国临时大总统(指孙中山)是充满着崇高精神和英雄气概的革命的民主主义者""孙中山纲领每一行都渗透了战斗的,真正的民主主义""这是带有建立共和制度要求的完整的民主主义"。

海陆军大元帅时的孙中山

巴基斯坦前总统米尔扎:"孙中山先生将为世世代代的人民所纪念,因为他不仅是致力于统一中国的一位领袖,而且在本世纪的上半世纪是体现了东方各国人民争取自由的愿望的先驱。他的一生是亚洲各附属国人民的榜样。"

印度尼西亚前总统苏加诺:"孙中山博士是历史上的一位伟大人物,他的功绩不仅播及中国人民,也遍及全人类。无疑地,中国人民的觉悟是整个亚洲人民觉悟的一部分,也是全世界人民觉悟的一部分。在这个觉悟中起了重大作用的这

○ 中山先生的一天

位领袖,其功绩也遍布到了全亚洲全世界的人民。"

越南民主共和国前主席胡志明:"我们越南人民深切崇敬孙中山先生的奋斗精神和崇高道德。孙中山先生毕生的民族、民主革命的活动曾大大地鼓舞了越南人民争取独立和自由的斗争。"

印度前总理尼赫鲁:"对亚洲的人民来说,他(指孙中山先生)过去是将来也是为亚洲的自由而斗争的先驱者的象征。我们印度人民认为他是一位伟大的爱国者和具有高尚理想的人。"

国民党元老眼中的孙中山

在与孙中山先生共事的国民党元老眼中,孙中山先生的一生,是为谋求中国富强努力拼搏奋斗的一生。他开创的事业是伟大的,是值得永远纪念的。

李济深:"孙中山先生的一生,是革命奋斗的一生,是争取祖国自由平等的一生。"

孙中山1917年7月17日抵广州后留影

熊克武："孙中山先生不愧为伟大的革命家、思想家，不愧为一代的革命领袖，他为中国人民辛辛苦苦地奋斗了四十年。"

吴稚晖："讲到中山先生，本应该从他的丰功伟绩，就大处陈述。但这是各位贤者识其大者的任务。若据我们老百姓心中的总理，约有四点是他人万万及不到的，就是：品格自然伟大，度量自然宽宏，精神自然专一，研究自然精博。"

何香凝："孙中山先生值得我们永远的纪念""孙中山的道路，是光荣的，战斗的"。

参考文献

1. 新华通讯社编印：《新华社新闻稿》第2349期，1956年11月12日。
2. 刘世华、杜玲：《三代共产党领导人论孙中山》，《北方论丛》2000年第5期。
3. 蒋英慧：《吴稚晖眼中的孙中山》，《钟山风云》2006年第6期。
4. 人民日报出版社：《习近平主持中共中央政治局集体学习绝不做损人利己以邻为壑的事情》，《人民日报·海外版》2013年1月30日。

○中山先生的一天

孙中山的日本友人

1897年3月16日，流亡英国的孙中山在伦敦的大英博物馆东方部主任罗伯特·道格拉斯先生办公室与日本留学生南方熊楠相遇，相知。

1901年2月15日，孙中山在日本与南方熊楠（后排左一）等日本友人合影

南方熊楠（1867—1941）是孙中山最早认识的日本朋友之一，他是日本近代杰出的生物学家、民俗学家。两人初次见面是孙中山在伦敦蒙难获救之后，经常到大英博物馆看书，而与南方熊楠邂逅。据记载，初次见面孙中山问南方熊楠："一生期许是什么？"南方熊楠答道："但愿我们东洋人能一举把西洋人都驱逐出国境之外。"这让孙中山肃然起敬，从此两人经常见面，并相约在大英博物馆或寓所、餐馆、公园等处会面畅谈，从此成了莫逆之交。

南方熊楠与孙中山在伦敦的交往中，也向孙中山介绍日本情况和日本人士。比如，他首先介绍旅英日本和歌山老乡庆应义塾校长、文部大臣、枢密顾问官镰田荣吉、田岛担等与孙中山结识。又托田岛介绍日本新闻记者菊池廉让和先后就职于外务省、文部省的犬养毅同窗尾崎行雄与孙认识。孙中山离开伦敦之前，南方又多处奔走，请镰田写信给和歌县人、大陆浪人冈本柳之助，介绍孙中山。

孙中山与日本的关系是近代中日关系史的一个重要组成部分。据统计，在长达30多年的革命生涯中，孙中山在日本驻留时间累计达9年6个月，接近于他整个革命生涯的三分之一，而孙中山的日本友人多达300个。

在众多日本友人中，终其一生，倾其所有支持孙中山的有梅屋庄吉。1895年1月3日，孙梅两人在香港一慈善晚宴上经由孙中山的老师康德黎介绍相识。1月5日，二人在梅屋相馆倾心交谈，结为终生密友。当时，梅屋向孙中山承诺："若君举兵，我以财政相助。"此后，梅屋为协助孙中山实现革命理想，竭尽所能，甚至不惜出售公司股票。

梅屋庄吉还与夫人一起促成了孙中山和宋庆龄的喜结连理。为表达感激，孙中山曾题字"贤母"相赠，意寓梅屋对他和中国革命的感情，如同慈母般的无私。

冈本柳之助为日本军人、大陆浪人。1897年，在东京与中国革命党领导人孙中山结交，本欲继续支援其革命事业，但由于与玄洋社领导人头山满不睦而不能再与孙中山交往。

1897年，犬养毅受日本外务省委托，派自己的门下平山周、宫崎寅藏、可儿长一三人秘密前往中国，调查反清秘密会党，并寻访孙中山的行踪。1897年9月27日，平山周等陪同孙中山到东京拜访犬养毅，并由其协助疏通政界，使他得以暂居日本。1898年2月3日，犬养致函陆实，托为照顾孙中山等生活，并称"愿吾兄将彼等掌握住，以备他日之用"。

1897年8月16日，孙中山抵达日本横滨，寓陈少白处。9月上旬某日，宫崎寅藏协同平山周前来拜访。据说，抵达寓所，女仆说客人尚未起床。宫崎寅藏立庭院等候，良久，听"嘎吱"开窗声，一穿睡衣的绅士向外探视，正是照片上之孙中山。两人互相致礼问候。宫崎寅藏见"他刚刚起来，口未漱，脸也未洗"，感到"有点轻率，不够稳重"，心中疑虑"我帮助这个人究竟能否完成一生的志愿呢？"话锋一转，进入中国革命的议题，孙中山词锋犀利，有条不紊，"一言重于一言，一语热于一语"，宫崎寅藏大为动容，悔不该以貌取人，"从那一天我便为他倾倒""余于兹与孙逸仙初结刎颈之交"。1902年，宫崎寅藏写成《三十三年之梦》，描述追随孙中山的事迹。1923年1月，孙中山在上海亲自发起并主持"宫崎寅藏先生追悼大会"，称宫崎为"日本之大改革家"，对中国革命"有极大之功绩",其逝世使中国人民"失去一良友"。他说:"为革命舍生忘死者,乃宫崎兄弟也。"

1899年5月,孙中山与日本友人在东京合影,后排左三为宫崎寅藏

通过宫崎的支持及奔走相助,孙中山相继认识了犬养毅、头山满、平冈浩太郎等一批朝野人士,并由犬养毅出面力劝日本外相大隈重信设法让孙中山居留日本,并加以监视保护。

在孙中山结识的日本人中,头山满与犬养毅是同等重要的人物,一些犬养毅不便出面做的事,便由头山去处理。1898年3月,在宫崎寅藏陪同下,头山与孙中山会见,两人有长达20多年的交往,保持终生的友谊。从现有材料看,武昌起义以前,指挥浪人参与中国革命运动的主要是内田良平,孙中山与头山满直接联系并不太多。

内田良平(1874—1937),号硬石,日本福冈县人。典型的大陆浪人,黑龙会的灵魂。1898年7月内田良平由俄返国,经宫崎介绍,与孙中山在东京相见,"自兹遂日夕往来",其后曾协助孙中山的革命活动。

1929年,南京国民政府举行孙中山移灵典礼,邀请头山、犬养等一批孙中山日本旧友、旧友遗属来华参加移灵典礼。

参考文献

1. 日本"南方熊楠纪念馆"官网。
2. 张良群：《孙中山与日本生物学家南方熊楠》，《春秋》2000 年第 3 期。
3. 杜继东：《中国大陆地区孙中山与日本关系研究回顾》，《近代史研究》2005 年第 3 期。
4. 李吉奎：《孙中山与头山满交往述略》，《中山大学学报（社会科学版）》2006 年第 6 期。
5. 《孙中山与日本友人》，《中山日报》2011 年 10 月 9 日第 6120 期 T60 版。
6. 陈旭麓、郝盛潮、王耿雄等编：《孙中山集外集》，上海人民出版社，1990 年。
7. 上海孙中山故居纪念馆编著：《同仁：孙中山与梅屋庄吉》，山海辞书出版社，2011 年。
8. 《宫崎滔天：日本浪人的中国革命梦》，"文化中国"，中国网 cul.china.com.cn：2011 年 7 月 13 日，责任编辑：苏向东。
9. 王晓秋：《孙中山与南方熊楠的友谊与交流》，《纪念孙中山诞辰 140 周年国际学术研讨会论文集（下卷）》，2006 年。

○中山先生的一天

孙中山与镇南关起义

1907年12月，镇南关起义爆发，孙中山、黄兴亲临战场指挥（油画，李瑞祥画）

　　镇南关是中国近代史上非常著名的一处关口，不唯1887年老将冯子材率军在此大败法国侵略军，民主革命的先行者孙中山也在此领导过一次声势浩大的武装起义。

　　前者史称镇南关大捷，是为了抗击列强的侵略，保卫国家主权和领土完整；后者史称镇南关起义，旨在推翻衰颓的专制王朝政府，建立民主共和的新政府。前者反帝，后者反封建，反帝反封建作为近代中国历史的主题就这样巧合地在这个古老的关口先后奏响。

　　在1911年武昌起义推翻清朝统治之前，孙中山一共领导过十次武装起义，而镇南关起义是他唯一一次亲自领导并参加战斗的。孙中山自1895年第一次武装起义——广州起义密谋失败被清廷通缉后，再度短暂踏足中国内地国土，仍以直接起义的方式来达到最终推翻清廷的目的。

　　1907年年初，孙中山和黄兴等先后抵达越南河内后，在甘必达街61号开设"日新茶楼"作为革命起义活动的总机关。他派人分赴广州、潮州、惠州、廉州等地发动武装起义。当钦廉起义失败后，孙中山根据广西边境的有利条件，决定在中越边境组织武装起义，并以镇南关作为突破口，准备攻下南宁后，占领两广，然后挥师北上，直捣中国腹地。此举得到了在中越边境镇南关至那模一带活动的会党首领黄明堂等人的响应。

1907年12月2日，黄明堂、关仁甫率乡勇80人，携带快枪42杆，潜袭广西镇南关。黄明堂与守炮台的清军取得联系，约定2日由山背间缒绳直入，直取第三炮台。起义军披蒙茸，拨钩藤，跨越断涧危崖，呐喊而入。守兵百余人略事抵抗，即相率投降，接着，第二炮台、第一炮台相继夺得。是日，孙中山在越南河内接到占领右辅山三炮台的电报后，异常兴奋。次日，孙中山便和黄兴、胡汉民、胡毅生、卢仲琳、张翼枢，以及日本人池亨吉、法国退职炮兵上尉男爵狄氏等人，由河内乘火车到同登，下午到达那模村，连夜点燃火把上山，约九时到达炮台，犒赏起义部队。

随后，孙中山视察了炮台。各炮台装备相当，每座炮台有十二生的德国克虏伯大炮一门，七生的大炮一门，七生的半野炮四门，臼炮数门，大小炮弹数千发。孙中山命何伍守镇南炮台，李佑卿守镇中炮台，镇北炮台是三座炮中最坚固者，由黄明堂守之，孙中山和黄兴等均在镇北炮台指挥。

4日，清军开到，发起攻击。孙中山在阵地为伤员包扎，并亲手发炮。继而慨言道："余自乙未广州失败以来，历十有二年，至是始得履故国之土地，与将士宣力行阵间""反对清政府二十余年，此日始得亲发炮击清军耳！"5日，清军大量增兵，组织大规模的反扑。为了解决军械补充问题，孙中山命令黄明堂等继续指挥战斗，与黄兴等人赶回河内筹款筹械。当晚，孙中山、黄兴等下山回安南。12月7日和8日，龙济光、陆荣廷会同陈炳焜、曾绍辉等部共5000人赶到前线。当夜，陆荣廷向北台猛扑，革命军枪弹告罄，为保存实力，无奈撤出战斗。12月9日凌晨，黄明堂率革命军秘密退入越南文渊。此次起义历时9天，清军毙命200余人，伤者无算。

孙中山从此次起义曾得出结论："自攻破镇南关之后，默察广西全局，大有可为。""以军心民心而论，诚可无忧，盖革命军之根本已立矣。"是年为农历丁未年，此次起义故又称"丁未镇南关之役"。

参考文献

1. 周元:《南疆举义旗 震撼清王朝——追记孙中山亲自领导的镇南关起义》,《广西师范大学学报(哲学社会科学版)》1981年第4期。
2. 王晓军:《浅论镇南关起义的特点、失败原因及其影响》,《广西民族师范学院学报》2010年第2期。

"教育主义，首贵普及"——孙中山的普及教育思想

1912年3月19日，孙中山颁布《令教育部通告各省优、初级师范开学文》，推动普及教育。

孙中山十分重视普及教育。孙中山在1912年关于社会主义的演讲中，曾经对教育的公平做过经典的阐述，他说："圆颅方趾，同为社会之人，生于富贵之家即能受教育，生于贫贱之家即不能受教育，此不平之甚也。社会主义学者主张教育平等，凡为社会之人，无论贫贱，皆可入公共学校，不特不收学膳等费，即衣履书籍，公家任其费用。"

在孙中山理想的共和国里，每个人都是国家的主人，每个人都有管理国家的权利和义务。而要使人人都掌握管理民国、建设民国的本领，就必须提高国民的文化水平。在孙中山看来，普及教育关系国民的整体素质，国民的整体素质又关系社会的进步。他认为，保守性、盲从性、迷信、见利必趋等劣根性之所以存在于国民之中，教育不普及是一个重要原因。他说："吾国虽自号文物之邦，男子教育，不及十分之六，女子教育，不及十分之三，其中有志无力者，颇不乏人。其故何在？国家教育不能普及也。"

因此，孙中山主张的普及教育，不仅包括贫富都有受教育的平等权，而且男女也都有受教育的机会；不仅青少年要全部入学受教育，而且被时代耽误了的成人为了掌握建设的本领，也应当同样受到教育；不仅满汉受到教育，而且全国各少数民族都能受到教育，即中国人"皆应当受教育"。

重视儿童教育。孙中山认为要使教育平等就要例行教育普及，以全力发展儿童本位之教育："教育主义首贵普及，作人之道，尤重童蒙。"要使贫苦儿童都能安心上学，就要免收学费，并且要解决他们的衣、食、住、书籍等问题。他说："要那些穷家小孩都能够读书，不但是学校内不收学费，有书籍给他们读，还要那些读书的小孩有饭吃，有衣穿，有屋住。"在他为政府所制订的《地方自治开始实

行法》中，更明确规定："凡在自治区域之少年男女，皆有受教育之权利。学费、书籍以及学童之衣食，当由公家供给。学校之等级，由幼稚园，而小学，而中学，当陆续按级而登，而至大学而后已。教育少年之外，当设公共讲堂、书库、夜校，为年长者养育知识之所。"

提倡女子教育。他说："中国女子虽有两万万，惟教育一道，向来多不注意，故有学问者甚少。"孙中山还认识到，只有使妇女普遍获得知识，才可能真正实现男女平权；只有真正实现男女平权，才能建设真正的民主共和国。所以，孙中山极力呼吁："处于今日，自应以提倡女子教育为最要之事。"

提倡成人教育。孙中山认为，普及教育不仅包括青少年都能入学受教育，而且还包括成人教育。中华民国成立以后，人人都是国家的主人，人人都有建设民国的义务。因此，必须使每个人都掌握管理民国、建设民国的知识与本领，这就客观上要求加强成人教育。他说："惟社会教育，已成为当今之急务。"与此同时，他还采取措施，下令"教育少年之外，当设公共讲堂、书库、夜学，为年长者养育智识之所"。他提出，中国的工人"没有知识"，要运用一切社会教育的机构和手段，去增加工人的"智识技能"；而中国的农民，也"没有知识"，不能写读，而且还非常守旧，振兴中国农业"所缺者"，就是"农民之新知识"。因此，必须对数量上占优势的农民灌输新知识、新观念，使农民学习"科学的道理"，掌握"科学的道理"。

重视少数民族教育。孙中山对少数民族教育也非常重视。民国成立后，教育部设置"蒙藏教育司"，专门掌管少数民族教育事务。他认为，要改变蒙藏同胞的落后面貌，使之成为"共和国主人翁"，就要把教育普及到他们中间。

孙中山为了实现普及教育的主张，采取了一系列措施：

第一，改变旧学制，建立适合经济发展的新学制。辛亥革命的胜利，解放了生产力，促进了社会的发展，为了使教育适应当时革命与建设的需要，使教育尽快普及，孙中山多次提出改革旧学制。1912年，孙中山和他领导的教育部，废除了为清朝子弟所设立的贵胄学校，颁布了从蒙养院到大学院一套新的学制系统——壬子癸丑学制，并对学习结构、学习时间等作了适当的修改，这样就使劳动人民子女有了受教育的可能。孙中山在1920年制订的《地方自治开始实行法》

中说："学校之等级，由幼稚园，而小学，而中学，当陆续按级而登，而至大学而后已。"还说，"吾将从根本入手，先使每乡有蒙学校，由蒙学校而至高等，由高等学校而至大堂"。

第二，增加教育经费，修复扩建校舍。早在19世纪末，孙中山就认识到要使中国这样一个大国在短期内普及义务教育是不易的，要使每个乡多设几所学校，使所有的孩子都上学，也是不易的。因此，他主张在国家经济困难，暂时还拿不出充足经费的情况下，可以随地而筹，使各乡人民筹集资金以弥补教育经费不足。辛亥革命胜利后，随着经济的发展，教育经费的筹集也就容易了，这时，国家多余的资金最好的开销之法"则莫妙于作教育费"，国家有了充足的教育经费，"中国人便不怕没有书读，做小孩的都可以读书"。孙中山就任大总统后，下令把国家财政收入的四分之一拨作教育经费，修复在战乱中遭到巨大破坏的校舍器材，兴建新学校，满足人民对教育的要求，以利于"育人才而培国脉"。

第三，发展师范教育，培养更多的师资。孙中山认为，要使四万万人都受教育，大量开办中小学校，就必须有一支强大的师资队伍，因而就必须开设师范学校，培养大批师资。他说："顾欲兴办中小学校，非养成多数教员不可；欲养成多数教员，非多设初优级师范学校不可。"因此，发展师范教育是"当务之急"。师范教育不仅要求其培养的人才具有现代的科学技术知识，而且必须具有崇高的理想追求、高尚的道德情操和境界。孙中山在1924年广东第一女子师范学校校庆纪念会的演说中指出："诸君毕业之后，是去教人的，是为国家培养人才的。培养人才，就是学师范者的任务……学师范的人本来是教少年男女的，是教少年男女去做人的。做人的最大事情是什么呢？就是要知道怎么样爱国，怎么样可以管国事……诸君在学校内求学，便应该学得对于国家的责任。"

孙中山在40多年的革命生涯中极为重视学校教育，并亲自创办了多所学校以培育人才。

早在青年学生时期孙中山就以学堂为鼓吹革命之地。1894年孙中山写了《上李鸿章书》，信中请求清政府大办教育，培养人才，学习西方资本主义教育制度。1895年他把"立学校，以育人才"规定为兴中会的大事之一。

1924年11月3日，孙中山视察黄埔军校时与同志合影

孙中山身体力行积极参加教育活动。20世纪初他就积极创办学校，1903年，他在日本创办了青山军事学校，以培养革命军事人才。

孙中山就任南京临时政府大总统后，任用教育家蔡元培为教育总长，在全国范围内进行教育改革。1914年，孙中山在日本创建了中国最早的航空学校"中华革命党近江八日市飞行学校"（1916年航空学校迁回中国内地）。1924年，孙中山创办了黄埔军官学校，聘请苏联顾问，仿照苏联的军事制度，培训革命武装干部。同年，他把国立广东高等师范、省立广东政法大学和广东农业专门学校合并为国立广东大学，同时附设师范、中学等，孙中山逝世后，改为中山大学。

孙中山还派出廖仲恺接办广东女子师范学校，并于1912年5月6日亲自到校宣讲"女子教育之重要"。

为培养大批共和国的建设人才，以孙中山为代表的资产阶级革命派做出了卓越的贡献。在他们的努力下，民国元年全国已设有各类学校计87272所，学生达到2933387人，分别比1909年增加47.5%和79%。在当时的政治经济条件下，短短的几年内能有这样的增长速度是相当可观的，这充分说明孙中山等人对兴办学校、培养人才的高度重视。

参考文献

1. 王新凤:《论孙中山普及教育的思想》,《河南大学学报(社会科学版)》1996年9月第36卷第5期。
2. 林家有:《论孙中山改造国民性的思想》,《华南师范大学学报(社会科学版)》2005年第1期。
3. 杨忆宁、杨治亚:《孙中山与南京临时政府时期的教育事业》,《徐州师范大学学报(哲学社会科学版)》1997年第3期。
4. 韦韩韫:《孙中山普及教育的办学精神对民国时期广西教育的影响》,《广西地方志》2001年第5期。

○中山先生的一天

是谁导演这场戏

1926年3月20日，蒋介石制造"中山舰事件"。

"中山舰事件"又称"三·二〇事件"，因为情节的诡异迷离，成为中国近代史上的一大疑案。它深刻波及当时广州国民政府高层政坛，严重摇撼了国共合作的根基。九十年后的今天，从披露的有关档案史料来看，事件的表象已基本清晰。

是谁调动了中山舰

1926年3月18日傍晚，因为上海开往广州的商船定安号被匪徒抢劫，有人向黄埔军校求助，军校值班人员当即电请驻省办事处处置。办事处主任随即向海军局请援，海军局当天夜里就令中山舰出动。次日晨7时，中山舰驶往黄埔。当天上午，在广州考察的苏俄使团提出要参观中山舰。海军局身为共产党员的代局长李之龙于是打电话请示正在广州的蒋介石，询问可否将中山舰调回。蒋介石一听说中山舰没有他的命令已开去黄埔，顿时怀疑其中有诈。他猜测："为什么我既没有命令要中山舰开去，而他要开回来，为什么要来问我？""中山舰到了黄埔，因为我不回黄埔在省里，他就开回来省。这究竟是什么事？"联系到他的赴俄护照刚好得到批准，他得出一个结论，有人布局要把他绑架去苏联。

蒋介石于是调动自己的嫡系部属，3月20日凌晨逮捕李之龙、章臣桐。中山舰及海军舰队全被蒋介石的嫡系部队接管。蒋系第一军出动，将广州市内"省港罢工委员会"占领，工人纠察队也被缴械。同时，苏俄顾问的住宅、国民政府主席汪精卫住处也被包围监视。

看上去很常规的一次军舰调动，为何让蒋介石反应如此之大？关于这点，1930年，事件的知情者邹鲁曾向追随汪精卫的陈公博吐露隐迹："三·二〇事件"只是他们西山派人士的一点小把戏，也就是伍朝枢使的离间之计。

永丰舰

邹鲁说:"一天,梯云(伍朝枢)请俄国领事食饭,跟着第二天便请蒋介石的左右食饭,席间梯云不经意地说:'昨夜我请俄国领事食饭,他告诉我蒋先生将于最近期内往莫斯科,你们知道蒋先生打算什么时候启程呢?'这话一出,蒋介石的左右自然报告他了。蒋介石生性多疑,但既不能找伍朝枢去问,更不能找苏俄领事去了解,于是只好怀疑,怀疑到了极点,就认为是汪精卫要干掉他,或者是共产党要赶他走。于是蒋介石便向汪精卫刺探,说自己因为战事极端疲乏,想作短期的休息,但上海不好去,倒不如往莫斯科,一者可以和苏俄国当局接头,二者可以多得些军事知识。汪精卫不明其中原因,在蒋介石第一次刺探时苦苦留他。蒋介石再次刺探,说在整军时期,自己留不留在广东无关紧要,倒不如趁此时机,作短休息,可以恢复精神。既然蒋介石再次提出,汪精卫终没有多想也就答应了。这让蒋介石确信自己的判断不错……碰巧此时又一条苏俄的船来广东,请蒋介石参观,听说当日蒋介石要拉汪精卫同去,但是汪精卫因已经参观过了,就没有答应,于是蒋介石更加确信这条船是预备扣留他直送到莫斯科的了……"

至此,"中山舰事件"的来龙去脉总算清晰了:国民党内的限共排共势力是客观形势,蒋介石的多疑猜忌是主观动因,西山派的那句传语则是一朵染水成雨的乌云,矛头直指汪精卫。

蒋介石与汪精卫

孙中山去世后，国民党内左右派力量迅速分化。1925年8月，国民党左派领袖廖仲恺被刺杀，广州国民政府权力重组，蒋介石以"军事强人"的身份迅速崛起，成为除汪精卫以外的国民党第二号人物。1926年春，蒋介石与汪精卫及苏联军事顾问团团长季山嘉等的矛盾急剧尖锐化。秉承苏联旨意的季山嘉对北伐大加阻拦，这引起了蒋介石的极大不满，觉得受到"苏俄友人疑忌侮慢防范欺弄"。

2月27日，3月14日，蒋介石两次找汪精卫谈话，明确表达了他对季山嘉的不满，认为这个人会危害到中俄邦交。从汪精卫的言语中蒋介石觉得他已倒向季山嘉一边，想到汪的地位和作用举足轻重，如果汪不信任自己，后果不堪设想。15日，蒋介石一整天坐卧不安。到17日晚，他已痛苦到"入地狱"一般，他在日记中写道："能说，不忍说，且非梦想所能及者，政治生活、宦海风波，至于此极，可谓历经艰难矣！"终于，18日晚中山舰的"异动"成为压垮蒋介石紧绷神经的最后一根稻草。事变发生后，汪精卫悄然遁迹，蒋介石更加断言："为人不可有亏心事也""精卫如果避而不出，则其陷害之计，昭然若揭矣"。

华东师范大学杨奎松教授评价说："它（中山舰事件）很大程度上是源于蒋极端猜疑和任性的性格，即非针对苏联和共产国际，亦并非针对共产党。"据说事变当天下午，何香凝径直去见蒋介石，质问他派军队到处戒严，究竟想干什么？斥责他是不是发了疯，想投降帝国主义？蒋介石"竟像小孩子般伏在写字台上哭了"。考虑到蒋介石此前一直力主联俄联共，这并不似惺惺作态。事实上，即使在事变过程中，蒋也未曾禁止共产党人的活动。当时在广州的第一军副党代表周恩来、教导师党代表包惠僧，以及广东中共的领导机关，都没有受到冲击。而且蒋介石很快释放了李之龙，并取消戒严。

让蒋介石如释重负的是，苏联人首先采取了退让政策。蒋介石在日记写道，22日"上午，俄使馆参赞来见，问余系对人问题抑对俄问题，余答对人问题，彼言只得此语，此心大安，今日可令季山嘉等离粤回国"。不仅如此，苏联为了维持国共合作的局面，力促中国共产党让步，并阻止汪精卫已着手组织的"反蒋联盟"。

在"中山舰事件"的处理中，蒋介石也就是自救应变，未必有多少深谋远虑，但这一事件却产生了一石二鸟的后果：一手打击了共产党，一手打击了国民党内对立派汪精卫，为蒋介石夺取国民党最高领导权扫除了障碍。事变后，蒋介石的思想发生转变，他开始采取限制共产党、"确保国民党的领导权"的一系列行动。1926年5月15日，国民党二届二中全会召开，通过了著名的"整理党务案"。

参考文献

杨奎松:《革命（叁）：国民党的"联共"与"反共"》，广西师范大学出版社，2012年。

谁在幕后策划"宋教仁遇刺案"

1913年3月20日晚，刚刚在大选中获胜的国民党代理理事长宋教仁，正准备乘火车由上海启程去北京晋见袁世凯，并参加4月8日开幕的新国会。当于右任、廖仲恺、黄兴和陈其美等国民党大员与宋教仁话别时，突然杀出一名刺客，对准宋教仁背后连开三枪，这位年轻的政治家随即倒在血泊之中。黄兴等人立即将宋教仁扶上汽车，送往附近的沪宁铁路医院。医生马上动手术钳出子弹，发现弹头有毒。两天后，宋教仁不治身亡。

案发后，袁世凯下令江苏都督程德全限期破案，并悬赏万元缉拿凶手。破案过程则是出奇地顺利，短短三天，凶手武士英和他背后的应桂馨双双被缉拿归案。

宋教仁遇刺后的第二天，也就是3月21日，鹿鸣旅馆的两个学生到巡捕房报案，举报武士英。武士英原名吴福铭，只是个失业军人，在穷困不堪时，曾向同住在鹿鸣旅馆的两个学生借钱，并夸口杀人还钱。案发当晚，武士英回来就说自己有钱了，次日便离开旅社。3月23日，古董字画商王阿发到英租界捕房报称：一周前，因卖字画曾去巡查长应桂馨家，应桂馨拿出一张照片，要他谋办照片上的人，愿出酬金1000元。王阿发自然不敢答应，而宋教仁遇刺后，照片见于各报，竟与他所见照片相同，于是报案。巡捕房立即对应桂馨实施抓捕，并在一家妓院将其抓获，武士英随后也很快被擒拿。巡捕房在应桂馨家中搜获凶器，以及密电码三本，封固函电证据两包，皮箱一个。搜捕到的证据显示，应桂馨策划暗杀了宋教仁无疑。但是事情到这里远远没有结束，在应桂馨家中搜出的密码本上注有"国务院""应密"等字样，电文内容则指向了国务院秘书洪述祖。

宋教仁在上海遇刺

此外，发送给应的电报，更是有"转呈候示""请先呈报"等语，矛头更是指向了内阁总理赵秉钧，甚至总统袁世凯亦影射其中。案件看似水落石出、真相大白，但出人意料的是相关涉案人员竟然相继离奇死亡，为"宋案"蒙上了神秘的面纱。

首先，行刺元凶武士英4月24日在狱中突然暴毙；接下来，雇凶者应桂馨越狱后，一直躲在青岛。"二次革命"后，因向袁世凯索酬而被人追杀，在逃亡途中遇刺身亡。应桂馨被杀后不久，赵秉钧在天津直隶都督署内中毒而亡。洪述祖在"宋案"发生后便离开北京，躲到青岛。后于1917年被捕，直到1919年被判死刑。但在洪的供述中，并未牵连到袁、赵二人。

1920年，袁世凯之子袁克文在上海《晶报》三日刊以连载形式发表署名"寒云"的《辛丙秘苑》，讲述1911年至1915年之间的所见所闻。在标题为《暗杀宋教仁》一节里，袁克文极力否定了"先公"袁世凯与"宋案"的关联。他称，案件之所以无法公开审理，公布真相于大白，是因国民党方面的责任，因为"期时应（桂馨）已就狱……而北方（袁世凯北京政府）之实力尚未达于沪，而赵（秉钧）、洪（述祖）又不自承"。

宋教仁遇刺至今已经百年有余，许多学者认为袁世凯是"宋案"的元凶，"袁之为谋杀犯，尤很明白""袁世凯、赵秉钧授意杀宋已成铁案"。但亦有一部分学者认为此种说法存疑，认为"袁世凯未必愿意刺杀宋教仁""袁世凯、赵秉钧是否知情只能存疑"。可见，"宋案"并非以往认知中的"铁案"，许多未能理清的事实还有待新史料的发掘，以及后人的深入研究。

参考文献

1. 纪彭：《没有证据，只有利害　宋教仁案究竟谁是凶手》，《国家人文历史》2013年第6期。
2. 张永：《民初宋教仁遇刺案探疑》，《史学月刊》2006年第9期。

○ 中山先生的一天

关于黄埔军校的那些冷知识

黄埔军校，全名中国国民党陆军军官学校，是近代中国闻名的一所军事学校，培养了许多在抗日战争和国共内战中闻名的指挥官。军校在1924年由中国国民党成立，目的是为国民革命训练军官，是国民政府北伐统一中国的主要军力。黄埔军校群英荟萃，名将辈出，在中国近代史和军事史上具有重要意义。军校在黄埔办到第七期，1930年迁往南京。1938年军校本部被日军炸毁。1988年旧址被定为国家级文物保护单位。

黄埔军校

想成为黄埔军校的学生需具备哪些条件

黄埔军校为养成革命军干部军官，完成革命起见，特续招入伍生，施以军事预备教育。

一、入伍生期限六个月，期满后甄别及格者，升入本校为学生，修习军事学术，一年毕业。

二、投考者须于八月二十五日以前，持二寸半身相片三张，中学或与中学相当之学校毕业文凭，及党证或各地区党部之介绍书，分赴广州"中国国民党中央执行委员会本校驻省办事处"，上海"中国国民党上海执行部"报名（党证报名时验发还，文凭试毕发还）。

三、投考者之资格如下：

A 年龄：十八岁以上，二十五岁以内。

B 学历：旧制中学毕业及与中学相当程度之学校毕业。

C 身体：营养状态良好，强健耐劳，无眼疾、痔疾、肺病、花柳病等疾害。

D 思想：中国国民党党员，能了解国民革命速须完成之必要者，或具有接受国民党主义之可能性，无抵触国民党主义之思想，有国民党党员之介绍者。

报考黄埔军校考什么

学历类试验：按旧制中学修课之程度出题，求笔记之答案。

身体试验：准陆军体格检查之规定，分身长、肺量、目力、听力等项。

性格试验：用口试法，观察对于三民主义了解之程度和性质，志趣、品格、常识、能力等项之推断，及将来有无发展之希望。

在哪里报考最划算

根据当时的招生简章，在上海与开封报考最经济实惠。因为黄埔军校招生简章是这样规定的，在广州投考者，无论从何地来试，录取与否，均不给川资；在上海、开封录取者，则给与川资来粤。

学生福利有哪些

学生入队以后，服装、书籍、食费、零用，概由本校供给。

但是实际情况又是如何呢？来看一下张治中的回忆吧。

学生的服装只是一套灰布的衣服，没有袜子，赤足穿草鞋。住的房子更是简陋得很，当时只有一部分学生借用从前黄埔陆军小学的瓦房来住的。此外就完全住在临时用芦席搭成的棚子，睡的是用竹子担起的床。那时黄埔同学，白天读书，晚上还要放步哨，担任黄埔警戒的责任，来保卫黄埔。整个求学的期间，一方面要上课，一方面还要去打仗。

黄埔军校校歌

黄埔军校曾先后制定过两首校歌。第一首校歌是《陆军军官党校校歌》,流行不广,歌词是:

莘莘学生,亲爱精诚,三民主义,是我革命先声。
革命英雄,国民先锋,再接再厉,继续先烈成功。
同学同道,乐遵教导,终始生死,毋忘今日本校。
以血洒花,以校作家,卧薪尝胆,努力建设中华。

第二首校歌是《中央军事政治党校校歌》:

怒潮澎湃,党旗飞舞,这是革命的黄埔!
主义须贯彻,纪律莫放松,预备做奋斗的先锋!
打条血路,引导被压迫民众。
携着手,向前行;路不远,莫要惊。
亲爱精诚,继续永守,发扬本校精神。

参考文献

1. 广东革命历史博物馆编:《黄埔军校史料(1924—1927)》,广东人民出版社,1985年。
2. 陈宇:《走进黄埔军校的风云岁月:中国黄埔军校》,解放军出版社,2007年。

逝去的琉球：从琉球国到冲绳县

一架民航班机由上海向东南方向飞行，至 26°20′N、127°50′E 的地理坐标只需要两小时，如果是从台北起飞，一个多小时就可以抵达。这个地理坐标所对应的地区就是素有"日本夏威夷"之称的冲绳（OKINAWA）。

然而，"冲绳"的历史并不悠久，还不到 140 年。因为在"冲绳"之前，它有着另外一个名字——琉球，作为中国的藩属国而存在。直到 1879 年 3 月 25 日，日本侵占琉球，同年 4 月 4 日废其王，改琉球为冲绳县。从"琉球"到"冲绳"，是经过了七年的"琉球处分"及长期搁置，直至甲午战争后才最终确立。

所谓"琉球处分"是对日本吞并琉球的一系列政策及过程的概括用语，是指 1872 年至 1879 年期间施行的废除旧琉球群岛施政者"中山王府"、设县等一系列政策的过程。

琉球自古就是中国的藩属国，但由于它在向中国纳贡的同时也向日本萨摩藩进贡，故而明治政府视琉球与萨摩藩为上下级，主张琉球为日本领土。1871 年 7 月，日本政府开始实行废藩置县，其中公布琉球属于改制后的鹿儿岛管辖。次年，以伊江王子尚健为首的琉球使团抵达东京。在谒见天皇的过程中，天皇颁布诏书，将琉球王尚泰封为"华族"，即琉球王成为日本贵族，那琉球国所辖便成为日本领土，由此可见日本对琉球领土的野心。

之后，琉球藩的外交权移至日本外务省，日本政府又宣布将承担琉球藩的负债，更是废止了琉球藩的朝贡。1874 年，日本以发生在 1871 年的牡丹社事件（又称台湾事件、宫古岛岛民遭难事件。即琉球国宫古岛岛民上缴年贡的船队归途中遇台风漂流至台湾东南部，船上 69 人当中 3 人溺死，54 人被台湾原住民杀害，仅 12 人生还回国的事件）为借口出兵台湾。同年，日清两国签署了《北京专条》。该专条不仅将日本出兵台湾的行为合法化，更有"兹台湾生番会将日本国属民等妄加杀害，日本国本意唯该番是问，遂遣兵彼往，以向该生番等诘责……"的表述，从而使日本得到了琉球人是日本国民的法理依据。日本吞并琉球的国际法障碍，便被彻底清除。

在出兵台湾的同年，日本将琉球事务从外务省交由内务省管理，那霸的外务省出张所也改称内务省出张所。1875年7月2日，以大久保利通提出的"琉球处分"为基础，日本政府任命的琉球处分官松田道之内政大丞携三条实美的命令书从鹿儿岛向琉球进发。松田一行在抵达那霸后严令琉球："今后禁止向中国朝贡、派遣使节，藩王更替时，亦禁止接受中国册封；琉球应奉行明治年号；废止福州琉球馆；实行藩制改革；向东京派遣留学生。"琉球方面对此表示反对。1879年1月，内务卿伊藤博文再次派遣松田道之向琉球宣示日本的处分决定。琉球方面对此也再次表明了异议。3月，刚从琉球返回的松田第三次被派往琉球。与之前不同的是，此次与松田同行的还有步兵、警部、巡查等。3月27日，松田在琉球王城首里宣布了"废藩置县"的决定。4月4日，"旧琉球藩废止，置冲绳县；县厅置于守里城"的公告在全日本发布。翌日，锅岛直彬被任命为冲绳县首任县令。

清朝对日本单方面的"琉球处分"一直不予认可。1880年，日清两国就琉球问题进行磋商。日本提出了"分岛改约案"，李鸿章则提出了"琉球三分方案"，双方僵持不下，谈判陷入僵局。就这样，对清政府来说琉球问题一直没有正式完结，直到《马关条约》将台湾及澎湖列岛割让日本，琉球问题才自然消灭。"琉球"，作为一个历史名词，尘封在近代中日关系的变迁中。

参考文献

1. [日]藤井志津枝：《近代中日关系史源起1871—74年台湾事件》，金禾出版社，1992年。
2. 李理、赵国辉：《李仙得与日本第一次侵台》，《近代史研究》2007年第3期。
3. 李若愚：《近百年来东亚历史中的"琉球问题"》，《史林》2011年第4期。

孙中山先生的基督教信仰

1891年3月27日，孙中山在香港参与创立基督教青年组织——教友少年会。事后他撰写《教育少年会纪事》一文，载于上海广学会出版的《中西教会报》。这一年他25岁，正在香港西医书院读大四。

可以说，西方基督教对孙中山一生产生过重要影响，但他受洗入教的渊源是什么呢？

一、教会学校里的中国娃

1897年，孙中山写信给英国剑桥大学翟理斯教授说："文早岁志窥远大，性慕新奇。故所学多博杂不纯。于中学则独好三代两汉之文，于西学则雅癖达文之道，而格致政事亦常浏览。至于教则崇耶稣，于人则仰中华之汤武暨美国华盛顿焉。"这里的"早岁"，可追溯到他在檀香山读书的时候。十三岁以前孙中山所受的是乡塾的传统教育。接下来的五年，他在国外接受的主要是教会学校的西学知识，这其中自然包括了宗教道德和对上帝基督的虔诚。后因信教被长兄召回香山，希望他割断与教会的联系，但孙中山返乡途中，还不忘带一本《圣经》，而把乡里的神庙当作封建迷信，进行推倒破除。可见他是真将耶稣视为真神的一个显现。

孙中山就读过的檀香山意奥兰尼学校旧址

二、受洗入教：毁坏庙神，转向基督

基督教自1807年由马礼逊传入中国，后虽遭排拒，但自传入之日起，中国的知识分子也开始认同吸纳。1884年5月，孙中山在香港必列者士街二号美部会（今中华基督教公理会堂），由喜嘉理牧师施洗入教，取教名"孙日新"。

三、革命的"耶稣"

孙中山曾自称革命之真理大半由教会得来。投身革命后，自然不便入教堂参加具体活动，但他没有停下教徒的祷告，上帝的回馈一面启发革命真理，一面在他大难临头时都护佑化险为夷，从首次广州起义到伦敦遭遇清使馆监禁都是如此。伦敦事件后，孙中山致函区凤墀，感谢其祈祷并交流神学精义："弟遭此大故，如浪子还家，亡羊复获，此皆天父大恩。"此时唯有痛心忏悔恳切祈祷而已。一连六七日，日夜不绝祈祷愈祈愈切。到了第七日，他心中忽觉着他的祈祷已蒙上帝垂听了。此后历经坎坷挫折，但他从每日的读圣经和祈祷中获得了能力和勇气。

1912年孙中山就职中华民国临时大总统，被中国的基督徒尊为"上帝忠仆孙大总统万岁！"在1月5日的新总统对外宣言书中，明确"许国人以信仰自由"。在3月10日的中华民国临时约法中，正式确定："人民有信仰之自由。"5月9日，在北京基督教欢迎会上说："今日中华民国成立非兄弟的能力乃教会的功劳。"12年后，复将此条写入国民党政纲里面，重申"人民有信仰之完全自由"。1923年12月30日，演讲赞美传教士为宣传模范，但"宗教是为世界以外的灵魂谋将来幸福的。政治到讲现在的事，为眼前肉体谋幸福的"。

四、党归党，教归教：国葬前的家庭祈祷式

人们都知道，孙中山去世前立下政治和家事遗嘱。其实他还有可称为宗教遗嘱的交代，只是知情者不多。1925年3月11日，弥留之际，他对儿子孙科说："我本基督徒，与魔鬼奋斗四十余年，尔等亦要如是奋斗，更当信上帝。"次日上午，在北京铁狮子胡同行辕溘然长逝。同日下午，遗体移往协和医院进行防腐处理。19日，灵柩移至中央公园社稷大殿公祭。移灵之前，在协和医科大学教堂的礼堂举行了一个基督教式丧礼，或叫家祷礼，是逝者与家属的宗教式告别，既有追思也希望他安息的礼拜。参加者多是孙、宋两边的家族成员，主礼者是当时北京大

名鼎鼎的基督教牧师兼燕大神学院院长刘廷芳，赞礼人为协和医科大学宗教部主任、圣公会牧师朱友渔博士。除亲属外，国民党要员汪精卫、吴稚晖、戴季陶、李石曾、于右任等也应邀出席。据说，为不使外人干扰葬礼，刘廷芳发动了300名学生护卫灵堂。包世杰也与时任京师警备司令的西北军首领鹿钟麟打招呼，以确保葬礼顺利进行。

这场短短一小时的宗教丧礼，是家属坚持争取的结果，一度遭到党内左派的反对，最终还是被国民党中央执行委员会接受并通过，对外公告说这是纯家庭性质的，与党国无损。细致说来，孙中山一家，不仅他本人有基督教信仰，其原配卢慕贞和宋庆龄及姊妹兄弟们，及其哲嗣媳妇们，无一不是基督教徒。此外，他的亲属如宋家、孔家等，也都信奉基督教。

参考文献

1. 《复翟里斯函》，《孙中山全集》，中华书局，1981年。
2. 顾卫民:《孙中山先生的宗教信仰及与基督教会之关系》，《思想与文化》（第一辑），2001年。
3. 刘家峰、王淼:《"革命的耶稣"：非基背景下教会人士对孙中山的形象建构》，《浙江学刊》2011年第5期。
4. 德礼贤:《附件：孙中山先生对于基督教的态度》，《教育益闻录》1932年第2期。

○ 中山先生的一天

历史的见证者：铁狮子胡同

北京是中国历史上的文化古城，那古老的街巷是城市的脉络，由四合院比邻组成的街道，永远是正南正北，正东正西，恰似棋盘。人们称条条街道为"胡同"，至今已有 700 年以上的历史。

明末清初的铁狮子胡同

明朝末年这里有座颇为著名的府院。它的主人是明朝左都督田畹。田畹是崇祯皇帝宠幸的田妃的父亲。田畹得到一对造型生动、晶莹不锈的铁狮后，便陈放于门前，胡同也由此得名。当年的田府盛极一时，高朋满座，俏丽绝伦的名歌妓陈圆圆在其府内歌舞，"畹交通外官，曾在这里宴请山海关总兵吴三桂，并把歌妓陈圆圆赠给吴三桂"。李自成起义军进攻北京后，"刘宗敏即占据了这座田府，把所有官僚、外戚都拘了来，连夜拷打，竟然打出了几百万两金银"。清康熙至民国初年，田府几易其主，甚至同属几主。一对铁狮子也随主人的败落遭冷遇，不知所踪，一说"辛亥革命后由当时的京兆尹决定移到鼓楼保存"；一说"民国初，其巷西口尚有一铁狮陷土中"。如今，这对铁狮子已查无下落。

铁狮子胡同与孙中山的情缘

1912 年，中华民国成立。时任大总统的袁世凯把总统府与国务院设于此处。1912 年 8 月，孙中山经天津到达北京，袁世凯在总统府主楼大厅里以国家元首的待遇隆重接待了孙中山。

1922 年 5 月，顾维钧先生就任北洋政府外交总长，下榻于铁狮子胡同 5 号。1924 年 10 月，冯玉祥将军倾向革命，举行了武装政变即"北京政变"，顾外长遂离职出京，其宅闲置。政变后，冯玉祥电请孙中山北上，"共商国是"。身在南国的孙中山欣然同意北上，段祺瑞得知孙先生北来，也"积极"为其寻找行辕，最后决定选择与段执政府同一条街的顾维钧住宅，即铁狮子胡同 5 号为孙中山的行辕。

1924年12月31日，孙中山偕夫人宋庆龄及随员一行抵京。北京各界民众10多万人顶着凛冽的寒风在前门东站热烈地欢迎"民国元勋革命领袖孙中山先生"的到来。孙中山令其随员住铁狮子胡同5号，负责办理事务，要事必察报。自己暂息北京饭店，由协和医院的中外专家会同治疗。孙中山在京的日子里，始终围绕着参加"善后会议"，还是召开"国民会议预备会议"，同反动军阀段祺瑞、张作霖展开了激烈的斗争。1925年3月10日，国民党中央执行委员会在帅府园召开会议，重点讨论抵制《国民党同志俱乐部》的问题。李大钊、于树德出席会议并发言。在此期间，孙中山先生口授秘书处理了不少由行辕办事处接待的事宜。经医治，孙先生的病情非但无好转，反而急剧恶化，遂决定入协和医院施行手术，被诊断为晚期肝癌，经家属和诸同志婉言劝说后，孙中山由协和医院搬进铁狮子胡同5号行辕，改服中药医治。

铁狮子胡同5号，正门三间，朱扇金钉，纵横各七，迈进大门，步过第一座庭院，偏左侧入垂花门，沿走廊往西折向北，来到一座四合院。院子以回廊相绕，院内花、树相间，幽雅避静。五间大北房，高而阔绰，配有东西耳房。孙中山下榻在西耳房里。西耳房成刀把状，分南北套间。南屋为外间，长条形，为孙中山的会客室，陈设极简朴。北房为内套间，是孙中山的卧室，内放一张铁架软垫床，两张单人沙发，一张办公桌。孙中山先生的病情越来越重。1925年2月24日，孙中山经昏迷醒来时，于病榻口授了三份遗嘱。

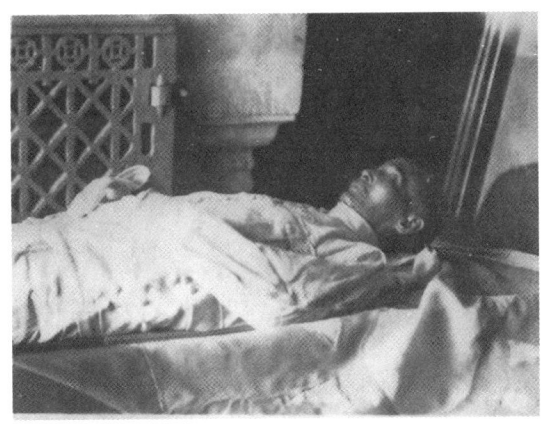

1925年3月12日上午9时30分，孙中山在北京铁狮子胡同行辕辞世

孙中山逝世后，国民党中央成立了孙中山先生治丧处，在铁狮子胡同5号行辕办公。行辕大门，用松柏枝扎成牌楼，上缀素花，横匾为"有志竟成"，竖为"革命尚未成功，同志仍需努力"。

孙中山的丧事办完后，铁狮子胡同孙中山治丧办公室亦告结束。居室空无人住，连同陈设原地封存。1926年，顾维钧回京任财政总长，仍住其宅。1928年年底，顾维钧去欧洲，其宅被国民党北京地方党部占用。孙中山生前住的地方辟为"孙中山先生逝世纪念馆"，1930年，此宅重归原主顾维钧。1931年，顾维钧去南京任中华民国外交部长，其宅无人居住。

铁狮子胡同西口在抗日战争前，国民党二十九军将领张自忠将军在此居住。张将军在抗战中英勇牺牲。为纪念他，抗战胜利后，铁狮子胡同被改名为张自忠路。从此，一条街两个名字，人们随便称呼，均不陌生。

抗战胜利后，顾宅曾由国民党交通部占用。北平解放后，由中华人民共和国交通部接管。1956年由国务院第八招待所使用至今。孙中山当年的住房，几经维修，恢复各纪念室。其间，全国政协曾制作"孙中山先生逝世纪念室"木牌，挂在居室门前的墙上。室内布置，庄重肃穆。1981年，在纪念辛亥革命70周年的前夕，孙中山先生逝世纪念室重新修缮，曾对前来参加纪念活动的海内外来宾开放，供人们参观瞻仰。1984年5月，由北京市文物局核定，经市政府批准，改名为"孙中山先生逝世纪念地"，定为北京市级文物保护单位。

参考文献

1. 刘谨桂：《孙中山先生逝世纪念地》，《北京房地产》1994年第1期。
2. 李明德编著：《北京胡同文化之旅》，中国建筑工业出版社，2005年。

当孙中山遇上袁世凯

1913年3月31日，孙中山与日本驻上海总领事有吉明谈排袁事。

历史的魅力在于它的不可预测性。一个月前，孙中山还是袁世凯的座上宾。路遥知马力，日久见人心。孙中山对袁世凯的认识经历过从怀疑到放松警惕，从信任到"分手"这样一个曲折的过程。

一、情非得已的妥协

武昌起义后，丧失半壁江山的清廷不得已起用袁世凯镇压革命。掌控北洋六镇的袁世凯仗着军事优势，刻意造成南北对峙的局面，向革命党开出即日停战、清帝退位、推举其为临时大总统三项议和条件。1911年12月25日，孙中山自海外归来，反对议和。翌年元旦，孙中山在南京宣誓就职，宣告中华民国成立。这对已做好准备要做大总统的袁世凯来说，无疑是当头一棒。他指使段祺瑞等通电誓死反对共和政体，令前线清军炮轰武昌。面对北方攻势，孙中山也采取了强硬立场，组织六路大军进行北伐。

1912年3月4日，袁世凯借口北京地区秩序未定，拒绝往南京任职致孙中山的电报

但是，由于南京临时政府军事力量薄弱，财政困难，北伐无以为继，革命党

人不得不坐到谈判桌前。尽管如此,孙中山对袁世凯的印象也没有改观。同黄兴关系十分密切的李书城回忆说:"……孙先生和一部分同志,认为袁世凯是一个巨奸大憨,把建立民国的大任托付给他是靠不住的。"可见,孙中山当时对袁世凯是有清醒认识的,只是无力改变现状,只有以大总统的桂冠作为交换条件,以求袁世凯推翻清帝,实行共和。

也正是这个原因,当1912年2月15日,参议院选举袁世凯为第二位临时大总统时,孙中山提出三个限制条件,即新政府必须设于南京;袁世凯必须亲到南京受任;必须遵守参议院颁布的《临时约法》。可谓用心良苦。然而,2月29日,袁世凯在南方的"迎袁使团"面前导演了一场北京兵变,最终以维持北方秩序为借口而拒绝南下。孙中山的"紧箍咒"被老谋深算的袁世凯一一化解于无形。

生米煮成熟饭后,孙中山不得不支持袁世凯。他在1912年7月发表的《中华民国》一文中这样解释:"……目前,我以为我们都不应计较彼此间的分歧,共同致力于全国各方面的团结。自从我为让袁世凯出任民国总统而退职以来,我尽全力支持他并建议一致行动。我深知不和将为国家带来危险。因之,我将运用我所有的影响以努力于国家的统一、人民的福利和我们资源的开发。"

二、"愿袁氏十年为总统"

1912年8月18日,孙中山应邀赴北京与袁世凯晤面。临行前他说道:"无论如何不失信于袁世凯,且他人皆谓袁不可靠,我则以为可靠……"

8月24日,孙中山到达北京。当天晚上,两人举行长时间会谈。袁世凯对孙中山耍尽了手腕。当孙中山提出要让他连任总统,担保十年不换总统时,袁世凯居然一本正经地说:"孙先生,你这不是越谈越远了吗?我只能勉强维持到国会选举新总统的那一天。到了那个时候,我请求你放我回到洹上村去,做个太平盛世的老百姓。"言辞如此恳切,怎不令人感动?孙中山决定到北京"一试(吾)目光",最终却被蒙住了双眼。会谈结束以后,孙中山发表谈话:"袁总统可与为善,绝无不忠民国之意。国民对袁总统万不可有猜疑心,妄肆攻讦。"在随后的欢迎宴席上,孙中山高呼:"袁大总统万岁!中华民国万岁!五大民族万岁!"这反映了此时孙中山对袁世凯的好感和信任。

孙中山还将自己孩子留学美国之事告诉袁世凯。1912年12月17日,孙中山致信袁世凯说:"若阁下于文个人欲有加惠,则窃有一事奉告:文有一男名科,已入美国大学，媳陈氏，又有二女名蜓、婉，旨在美洲中学，据留学章程，后三人尚无官费之资格。欲阁下特别待遇，饬有司准许此四人补给官费读书，使有成就，以免文之私累太重，文感且无既矣。"

三、"奸人非恒情所测"

1913年春，孙中山的心情犹如过山车般，可谓悲喜两重天。2月11日，孙中山以中华民国前总统、全国铁路督办的身份，乘轮船自上海启程访问日本，受到日本朝野人士、华侨和留学生的盛大欢迎与隆重接待。3月20日，孙中山在日本福冈熊本县参观，并出席中国留学生欢迎会，他从日本经济的高速发展，看到了祖国的未来，踌躇满志地说："今日革命成功，祖国前途，大有可为。"然而，就在当晚，他的亲密战友、国民党代理理事长宋教仁被杀手刺杀于上海火车站。两天后，孙中山在长崎收到了黄兴等人的电报："宋先生于二十二日午前四时四十七分，因伤绝命于上海铁道医院。"

突如其来的噩耗，不啻晴天霹雳。23日，"宋案"真相大白，幕后元凶竟是袁世凯！仓促间，孙中山结束在日本的行程，26日回到上海。是日晚，在黄兴寓所商讨应对办法时，众人"相见泪下"。孙中山喟叹："不意海外归来，失此良友，为党为国，血泪皆枯。"31日，孙中山向日本驻上海领事有吉明透露武力讨袁的决心，并希望"各国对袁世凯施加压力，使其退让"。

从此以后，孙中山进行了不屈不挠的反袁斗争，直到袁世凯最终下台。孙中山在1915年的一封信中这样写道："第一次革命，解职推袁，以免流血之祸，张方之难，自身入都而为之解，宣言十年不预政治，俾国人专心信托之，即东游一月，不啻为袁氏游说也。迨'宋案'发生，弟始翻然悟彼奸人非恒情所测，且必有破坏共和之心，而后动于恶，故一念主张讨贼，以爱国之故，不能复爱和平也。"从中不难看到孙中山对袁之认识的变化过程。

参考文献

周新国、丁慧超：《孙中山三识袁世凯》，《炎黄春秋》2002年第8期。

四。月

一封未见回复的"急电"

1923年4月2日,孙中山致电中国国民党驻美三藩市总支部,电文上写着:"同志公鉴:请将存放金山之飞机速付香港,以应急需。港政府近来对吾人态度颇好,机到港后,可另行设法接收,当可无虞,务望火速照办。寄何船?何日开行?电复。孙文,冬。"

从电文中的"速付""务望火速"等字眼即可看出待办事项的紧迫和重要。那就先从关键词:"三藩""香港""飞机""急需"来解开谜团。

三藩市,英文名即 San Francisco,粤语音译为三藩市。它位于美国加利福尼亚州西海岸圣弗朗西斯科半岛,面积47平方英里,三面环水,环境优美,是一座山城,被誉为"最受美国人欢迎的城市"。1769年西班牙人发现此地,1848年加入美联邦。19世纪中叶在采金热中迅速发展,华侨称为"金山",后为区别于新出澳大利亚金矿地墨尔本,改称"旧金山"。在推翻清朝革命斗争中,孙中山曾四次到访,并以此为基地,到美国各地宣传革命斗争,还积极为推翻清朝活动筹款。

至于飞机则是因为孙中山刚刚第三次进驻华南重镇广州,需要用飞机这样的武器进行革命。香港是其海外军备物资内运的重要中转地。两者事关战术、战略,十分关键。

孙中山于1922年6月遭遇陈炯明的叛变,第二次护法失败。1923年2月孙中山重返广州,建立陆海军大元帅大本营,就任大元帅。

○ 中山先生的一天

  此刻陈炯明部叛军仍在东江一带负隅顽抗,急需铲除内患,消弭北伐后顾之忧。支援北伐。孙中山心中的革命最终目标不是偏安华南一隅,他一贯不赞成联省自治,而是消灭军阀,统一全国。这就必须有先进、新型武器做后盾。

  想研制飞机,而广州大沙头机场内的飞机和零配件都不够用。但孙中山在航空这一领域的人和、地利等方面早有储备。早在1916年,他专就飞机的话题,两月内连续四次致电三藩市的同志:比如3月21日致旧金山《少年中国报》电,曰:"请将存款尽买百马力以上适军用之飞机十数台,速付来。"比如4月9日又致旧金山《少年中国报》电,要求飞机寄用时以 Osaki Ukitern 名义,并电告船名。如款项充足,希望多购百五以上马力发动机寄日本,装机体较廉。美、加同志曾习军操决心效力者,请资遣先来日本。1922年3月,又派人联系出资聘请的美国技术人员夏利亚弼、威而德等经由福建、上海于1923年4月行抵广州,展开飞机研制的课题计划。

  1923年5月12日,因后方局势不稳,孙中山自前线返广州,其时部分曾表示降服的陈军蠢蠢欲动,准备再次叛乱。他在广州演说中发出警告:"谁要叛逆,我就拿飞机掷炸弹攻他,可以致他死命。"足以证明孙中山已将年轻的空军视作他手中一支可靠且有威慑力的武装部队。两个月后,由广东航空局主持制造的第一架国产军用飞机"乐士文"一号正式下线,孙中山偕夫人宋庆龄一同前往大沙头参加试飞典礼。

1923年8月9日,孙中山偕宋庆龄视察广州大沙头航空局,并在飞机前合影

参考文献

1. 陈锡祺：《孙中山年谱长编》，中华书局，1991年。
2. 莫世祥：《美国友人与华南早期航空事业——从夏利亚弼在粤港澳地区的航空活动说起》，《近代史研究》1999年第1期。
3. 柳文：《孙中山在澳门创建空军》，《纵横》1999年第12期。

○ 中山先生的一天

1919年苏俄的"第一次对华宣言",馅饼or陷阱

1920年4月3日,北京政府接到苏俄政府"第一次对华宣言"。

苏俄"第一次对华宣言",发表于1919年7月25日,全称为《俄罗斯苏维埃联邦社会主义共和国对中国人民和中国南北政府的宣言》。由于路途遥远、交通不便等原因,北京政府收到正式文本时间滞后了近十个月之久。在宣言中,列宁领导的苏俄政府公开声明"清理前俄历届政府侵华历史遗留问题",放弃沙俄政府在华一切特权。事实果真如此吗?

1917年10月,列宁领导的布尔什维克推翻资产阶级的临时政府,建立了世界上第一个社会主义性质的国家政权。新生的苏维埃政权把争取和平和反对帝国主义的斗争作为对外政策的基础,向交战国发出呼吁:停止世界战争,缔结公正的、民主的和约,实现不割地不赔款的和谈。英、法、美等协约国集团拒绝了该建议,并对苏俄政府进行武装干涉,企图将苏维埃政权扼杀在摇篮中。其中德国和日本是威胁苏维埃政权的两个劲敌。德国在"一战"中战败,失去了对苏俄政权的威胁;而日本是战胜国,"一战"中实力迅速增强,成为苏俄最主要的敌人。为了打破协约国在远东的封锁和干涉,取得对日斗争的胜利,苏俄必须要从协约国内部寻找突破口,而这个突破口就是中国。如果能与中国结为盟友,便可利用中国牵制日本,减轻日本在远东给苏俄造成的压力。可见,苏俄"第一次对华宣言"的出台带有极强的目的性和功利性。

苏俄"第一次对华宣言"扼要

A. 宣布苏俄政府愿意把"沙皇政府独自从中国人民那里掠夺的或与日本人、协约国共同掠夺的一切交还中国人民",主要内容包括"废除与日本、中国和以前各协约国所缔结的一切秘密条约"。

B. 放弃沙皇政府从中国攫取的"满洲和其他地区";无偿归还"中东铁路及其所有租让的矿山、森林、金矿与他种产业"。

C. 放弃庚子赔款。

D. 放弃领事裁判权等。

E. 中国政府驱逐前沙俄政府驻华公使和领事,与旧俄政府断绝一切关系,建议中国政府立即派出代表与苏俄谈判,建立两国友好关系。

苏俄发表"第一次对华宣言"时,中国正处于水深火热中,国内南北对峙,政局不稳;国际上,作为协约国成员,"一战"的胜利方,却在巴黎和会上一败涂地,任人宰割。正当国人痛心不已且无可奈何之际,突然面对邻邦慷慨的让步承诺,则举国上下的心情可想而知。1920年4月3日,北京《晨报》第2版"紧要新闻"栏,以标题为《劳农政府讲和通牒原文》报道了此事。4月5日上海各报同时刊发《苏俄第一次对华宣言》全文。4月11日,中华民国学生联合总会即致电苏俄政府对其发表对华宣言表示感谢,称"我们自当尽我们所有的能力,在国内一致主张,与贵国正式恢复邦交"。新文化运动的重要阵地《新青年》杂志以几近三十页的篇幅,专门以《对于俄罗斯劳农政府通告的舆论》为题,全文刊载了这一宣言的译文,同时刊出了各团体和报纸的反应。

正在宣传十月革命和共产主义思潮的李大钊在《亚细亚青年的光明运动》一文中说:"最近俄罗斯劳农政府,声明把从前罗曼诺夫王朝从中华掠去的权利一概退还,中华的青年非常感慨他们这样伟大的精神。但我们决不是因为收回一点物质的权利才去感谢他们的,我们是因为他们能在这强权世界中,表现他们的人道主义、世界主义的精神,才去钦佩他们的。"

事实上,天上掉下的馅饼并不是完美无缺。在民族主义和大国沙文主义的影响下,苏俄政府对旧俄在中国的侵略遗产未能忘情。

苏俄"第一次对华宣言"的陷阱

A. 宣言中提出废除沙俄政府与中国订立的不平等条约,不包括要废除1858年《中俄瑷珲条约》、1860年《中俄北京条约》和1864年《中俄勘分西北界约记》。这些条约侵占了中国150多万平方公里领土,从"第一次对华宣言"发表至今,这些被占领土并无任何归还。

B. 所提放弃沙皇政府从中国攫取的"满洲和其他地区",混淆视听。中国东北一度沦为日俄"势力范围",但"仍然是中国领土的一部分,从未被沙皇俄国完全攫取"。苏俄政府并不存在"放弃"或"不放弃"的问题,更不存在"自决归属"问题。

C. 关于无偿归还"中东铁路"问题，纯属苏俄权宜之策，并不想真心实施。1923年，加拉罕作为"第一次对华宣言"的签署者公开否认了"第一次对华宣言"中有"无偿归还中东铁路"的内容。

D. 声明放弃的庚子赔款，"并不是中国将赔款送去他不要"，而所谓的"放弃"是指中国不要把这笔钱送给敌视苏俄政府的旧俄使领，并最好把他们驱逐出中国境内。而且提出了诸多附加条件限制干涉中国政府自主支配该款的权利。

……

对于苏俄的宣言，当时北洋政府外交部在回答日本驻华公使的咨询时如此回应："本政府以为劳农代表所言与其行为，不大相符……本政府之意，拟将其搁置，既不与之接洽，亦不明示拒绝。"北洋政府此举与对宣言内容表述存疑有直接原因。

尽管诸多遗憾，苏俄"第一次对华宣言"的发表，开启了中苏建立邦交的序幕，是中苏关系史上的重大事件。以孙中山为代表的南方政府对苏俄印象大为改观，希望"中国南方的斗争与远方俄国的斗争结合起来"，迫切要求"与俄国建立联系"，才有了日后的"联俄、联共、扶助农工"三大政策。

参考文献

1. 王凤贤：《对"苏俄第一次对华宣言"的再认识——基于苏联解体后公布之档案资料的考察》，《学习与探索》2011年第5期。
2. 柳德军：《从两次对华宣言看苏俄对华政策的实质》，《伊犁教育学院学报》2005年6月第18卷第2期。

清末民初时期的女子教育

1924年4月4日,孙中山出席广东第一女子师范学校校庆十七周年纪念会并演讲,勉励师生要明白和实行三民主义。

清末民初的女子教育是怎样的?孙中山的女子教育思想又包含哪些内容?

清末民初的女子教育情况

中国新式女子教育开始于清末新政时期,在清廷颁布的女子小学、女子师范章程中,明确规定以"不悖中国懿媺之礼教,不染末俗放纵之僻习"、教以"为女、为妇、为母之道"为宗旨。辛亥革命以后,在旧式的教育宗旨被修正、新式教育宗旨正式确立的转换过程中,女子教育的范围有所扩大,"男女同校"的禁忌开始松动,更多的女性摆脱家庭的羁绊进入学校。

1912年2月,南京临时政府教育总长蔡元培发表《对于新教育之意见》,从共和政体和民主自由的理念出发,公开否定以"忠君"和"尊孔"为核心的封建教育宗旨。7月,全国临时教育会议通过了"注重道德教育,以实利教育、军国民教育辅之,更以美感教育完成其道德"的教育宗旨。9月以后,"壬子癸丑学制"逐步形成并开始实施。在女子教育方面,新学制改变了女子教育修业年限短于同类男子教育的规定,减少了"女红"课程内容,增加了近代科学知识的课时,并且允许初等小学男女同校,正式承认了女子职业教育等,特别是贯穿其中的男女教育平等的精神和允许私人开办除高等师范学校之外的各类学校的规定,鼓励和促进了女子学校教育的进一步发展。

据统计,自民国建立到1915年,女子学校数量达3000多所,占全部学校2.9%,女校学生数量达18万人左右,占全部学生比例的4.2%,女子学校和女生数量基本上呈增长趋势。相比之下,清末全国仅有428所女子学校、女学生1万多人。

尽管存在着女子教育基本上处于小学阶段,男女同校仅限于初等小学,中学及师范学校为数极少,大学则完全将女性拒之门外等诸多局限,但教育宗旨的转换和教育内容的革新毕竟带动了女子教育范围的扩充,增加了女子受教育的机会,也在改变知识结构的同时强化着女性自觉意识,从而为女性走向更广阔的教育空间奠定了基础。

孙中山对女子教育的看法

孙中山十分注重女子教育。早在1890年《致郑藻如书》中就指出:"远观历代,横览九州,人才之盛衰,风俗之淳靡,实关教化……不识丁者十有七八,妇女识字者百中无一。"孙中山希望通过教育达到"妇孺亦皆晓诗书"的局面。他主张每百户设立女蒙馆一所,以教育女蒙童。

1912年,他在广东女子师范所发表的演讲中把女子教育作为当时最重要的事。他希望广东女子师范师生"谨慎小心,养成国民之模范,即教育乃可振兴。教育既兴,然后男女可望平权。女男平权,然后可成此共和民国"。1922年12月7日,孙中山在松江清华女校欢迎会上发表演说,指出"以世界大势论,地球上只有五、六强国,比较人口,我中华民国最占多数,所缺乏者教育耳……贵校于女子教育既有此基础,务望力事推广,成松江女学之模范,中国女学之模范,则兄弟有厚望焉"。可见他把兴女学、使女子受教育视为致国家于富强、使女性人格独立的力量之一,这已经摆脱了当时盛行的"相夫教子"贤妻良母的女子教育思想。

他还在经济上大力支持创办女子学校。比如,1912年孙中山在复女界共和协济会的函中对女界共和协济会提出开办女子法政学校予以支持,并拨给五千元以作"该会扩充公益之用"。1912年3月,女子北伐光复军管带陈婉衍呈请拨给经费开办复心女校,以培养军事人才,孙中山也很快就批转教育部核办。

他也主张对女子进行三民主义教育,特别是爱国主义教育。1924年4月4日,孙中山在广东第一女子师范学校的演说中指出女子要明白三民主义。他说:"大家要问国事,便要明白三民主义和实行三民主义,明白三民主义和实行三民主义便是诸君对于国家应该负的责任。"并对民族主义、民权主义、民生主义一一作了讲解,要求女师的学生真正做到"教少年男女去做人"。

他认为做人的最大事情是"知道怎么样爱国,怎么样可以管国事"。要求女学生应改变过去那种不问国事的局面,使她们明白民国、懂得民权主义中包括男女平等的道理,为努力建设民国尽力献策。

清末民初的女子教育虽远不能和男子教育相比，但却是国家女子教育的兴起和初步发展的重要时期，经历了从无至有的过程。

参考文献

1. 徐有礼：《论民国初年女子教育宗旨的转换和开放大学"女禁"》，《中州学刊》2008年第6期。
2. 杜学元：《中国女子教育通史》，贵州教育出版社，1995年。
3. 曹大为：《中国古代女子教育》，北京师范大学出版社，1996年。

○ 中山先生的一天

孙中山就任非常大总统

1921年4月5日，孙中山致电蒋介石、张静江、戴季陶、胡汉民、廖仲恺等人，电文称："昨开大会，以外交紧急，不可无政府应付，已决议设立建国政府，并通过克日北伐案。万端待理，务恳诸兄速来商筹大计。"

任职成因：以堂堂正正之旗鼓以与北京政府抗

1917年9月，孙中山因北洋政府毁弃《中华民国临时约法》，解散国会，特由上海南下护法，在广州成立军政府，并当选海陆军大元帅。次年5月，因滇系、桂系军阀对北洋政府的妥协退让和对他的排挤，孙中山毅然辞去海陆军大元帅一职，重返上海，另行策划。

1920年10月，孙中山在上海命令陈炯明、许崇智率驻福建粤军返回广东，讨伐盘踞在广东的桂系军阀陆荣廷、莫荣新，进而平定两广，重建革命政权，并决心以广东为根据地，出师北伐。

1920年11月25日，孙中山偕伍廷芳、唐绍仪、王伯群、伍朝枢等人，乘中国邮船公司"中国号"由上海返回广州。孙中山回到广州后，以"北伐必先正名分，以堂堂正正之旗鼓以与北京政府抗，更足以树风声而资号召"，于是于1921年4月5日，电召亲信蒋介石、张静江、戴季陶、胡汉民、廖仲恺等人，速来广州商筹大计。

任职过程：非常之时行非常之事

1921年4月7日，部分国会议员在广州召开非常会议，议决通过《中华民国政府组织大纲》，并根据其第二条规定选举中华民国大总统。本次会议中出席议员220名，孙中山以218票当选为中华民国大总统。

孙中山于4月23日与广东省长陈炯明商量就职时间。陈炯明说道："中山先生必要做广东总统，请其于5月5日就职如何？盖距国会选出之期亦尚未逾一个月。中华民国国庆为'双十',今孙总统就职为'双五',亦是恰好之纪念日。"孙中山听到后,笑说:"我是广东总统,竞存(即陈炯明)是广东皇帝,皇帝开了金口,我遵命就是。"

广州群众游行庆祝孙中山就任大总统

任职现场:平民总统的简单就职

1921年5月5日,孙中山在广州军政府大礼堂宣布就职,仪式极为简单朴素:在礼堂正中放一长桌,桌上摆设几盆鲜花,孙中山身着平日喜爱的"中山装",站立在长桌正中,向身旁的伍廷芳、唐绍仪、王伯群、伍朝枢等人发表就职讲话,揭露和批判北洋军阀丧权辱国的种种罪恶,宣扬三民主义,勉励大家努力工作,完成北伐事业。

典礼完毕后,孙中山又前往位于永汉路的财政厅大礼堂,接受各界代表和市民的祝贺。孙中山与来访祝贺者一一亲切握手。当时的中外人士和港澳报纸,都一致称赞孙中山为"平民总统"。

参考文献

1. 罗翼群:《孙中山就任非常大总统纪略》,《文史资料选辑第 24 辑》,中国人民政治协商会议全国委员会文史资料研究委员会编,中华书局,1962 年。
2. 陈锡祺:《孙中山年谱长编》,中华书局,1991 年。
3. 刘浩忱:《孙中山先生就任非常大总统见闻录》,《南明文史资料选辑第 1 辑》,中国人民政治协商会议贵阳市南明区委员会文史办公室,内部发行,1983 年 9 月。

孙中山1904年旧金山木屋脱险记

1904年4月6日，孙中山乘"高丽号"邮船抵达旧金山后被美国移民局拘禁于木屋中。经《中西日报》伍盘照、致公堂黄三德等人奔走斡旋，孙中山才在28日获准入境。这是孙中山第二次赴美国，此前于1896年6月至9月第一次到访美国，游历旧金山、纽约等地。

赴美准备

1903年10月5日，孙中山离开日本抵达檀香山，在此见到了阔别七年的亲属，期间母亲杨氏、元配夫人卢慕贞和三个孩子皆由大哥孙眉在茂宜岛协助照料。孙中山在檀香山、火奴鲁鲁、希炉等处与保皇派展开斗争，他多次发表演讲，并改组《檀山新报》，发表《敬告同乡书》《驳保皇报书》。

1904年，孙中山计划第二次赴美国。鉴于第一次游美成效不佳，舅舅杨文纳又表示，在美洲各埠保皇党机关林立，为了减少保皇党人的破坏，争取当地华侨社会的支持，加强革命党人势力，需要与当地洪门人士合作，因此1月11日洪门前辈钟水养在檀香山致公堂国安会馆向洪门介绍孙中山入闱，主盟员封孙中山为"洪棍"，这是当时洪门内比较重要的头衔。

然而，当时美国政府正在加紧排华。1902年4月底，美国参众两院和总统都通过"卡恩法案"，在延续了1882年来美国系列排华法案防止新的华工入境、入籍的同时，卡恩法案则在"禁工"之外，对学生、商人等禁外华人严格定义，并将排华法案推行至美国新占领土菲律宾和夏威夷。孙中山打算1904年3月赴美国，为方便入境宣传革命，防止保皇党人的阻挠，哥哥孙眉、舅舅杨文纳劝他领取檀香山出生证明。3月9日，孙中山向茂宜岛的美国官员呈送了一份证件，说明他于1870年出生于奥阿厚岛，哥哥孙眉为此还找了几个年长的同胞充当证人。3月13日，孙中山在法院宣誓后，领到了出生证明和美国岛居人民所持之护照。3月31日，孙中山乘"高丽号"邮船离开檀香山赴旧金山。

拘禁于木屋

檀香山保皇党人陈仪侃等早已得知孙中山的赴美行程，便预先通知旧金山同党设法阻止孙中山入境。旧金山保皇党遂告知清驻旧金山总领事何祐（何启兄弟），何氏乃向美国移民局透露：有中国乱党孙某将于某日搭某船抵美，请禁其入境，以全两国邦交；更力言孙中山出生地广东香山县，持有的护照是伪造的。

恰逢清政府派皇亲溥伦赴美参加圣路易博览会，预定于4月20日抵达美国，美国政府为避免发生暗杀等意外事件，认为将革命分子与清朝王子隔离较远是最好的办法。于是，下令移民局官员尽量找寻孙中山持用文件的错误，将其拘留三周，俟溥伦离开旧金山后一周再恢复自由。

4月6日，邮船抵达旧金山。刚一靠岸，移民局官员就登轮查验护照，直指孙中山为乱党，所持护照不能取得美国公民权利，要留船听候询问，不准登岸。在"高丽号"度过一夜以后，移民局将孙中山送至码头附近移民局附设的木屋拘禁。囚禁数日，经移民局的审问，孙中山被判令一等"高丽号"返航，便把他驱逐回夏威夷去。

传递消息

在焦躁踌躇之际，孙中山偶然看见一个同他一起被拘留的人在看《中西日报》，注意到报上有"总理伍盘照"字样，想起1895年第一次广州起义出逃时，广东教友左斗山、杨襄甫帮他写过一封介绍信给旧金山华侨基督教领袖司徒南达牧师和伍盘照。于是，孙中山将他伦敦蒙难时的脱险计划再次使用了一次。他找了一位美国报童，委托其帮他送求救信给伍盘照，信文"现有十万火急要事待商，请即来木屋相见。勿延！"并请伍氏酬谢送信者。伍盘照依约来到小木屋，孙中山告知详情，并交付介绍信。

伍盘照与司徒南达认出了孙中山的笔迹，于是商议营救方法，帮助孙中山向位于华盛顿的美国工商部提出上诉。由于伍盘照兼任旧金山领事馆的顾问，他首先与何祐协商，提出孙中山是革命党人，不能指为乱贼，有同乡决定赴华盛顿上诉，为避免扩大事端，不得将此事禀报公使。当时伍盘照和司徒南达的亲友都在国内，为慎重行事，他们走访当地致公堂英文书记唐琼昌，请其设法营救。

出手相救

旧金山致公堂是全美各埠洪门分堂的总部,宗旨虽号称反清复明,然因年代久远,会中分子早已丧失本来面目。唯独总堂大佬(主盟员之称)黄三德与唐琼昌热心革命,听闻孙中山入境遇阻,被拘禁在小木屋中,立刻偕伍盘照同致公堂法律顾问那文(O. P. Stidger)磋商,并前往木屋拜访孙中山了解案情。经那文与美国移民局声明:向美国工商部提出上诉,并按照美国移民法令,在判决之前,提交五百元保证金取保释放。致公堂便以士波福街楼业作保五百元,担保孙中山出外听候判决。

孙中山自此由木屋释放,期间白天在《中西日报》处就餐,晚上在致公堂会所下榻,与该堂职员和当地华侨司徒南达、伍子衍、邝华汰、雷清学、邓千隆等相处极为融洽。4月28日,美国工商部判决书到,承认孙中山的出生证书,允许入境。

1904年孙中山旧金山木屋脱险,诚如冯自由所言:"自丙申年(一八九六)被困伦敦清使馆以来,此为第二次蒙难。"

参考文献

1. 冯自由:《革命逸史》(上),新星出版社,2009年。
2. 陈锡祺:《孙中山年谱长编》,中华书局,2003年。
3. [以色列]史扶邻著,丘权政、符致兴译:《孙中山与中国革命的起源》,中国社会科学出版社,1981年。

○ 中山先生的一天

一年政权　百倍辛劳

1921年5月5日，孙中山就任非常大总统。此次孙中山在广州建立政权的时间并不长，从1921年5月5日至1922年6月16日。一年的时间里，政治风潮波诡云谲。

"知我罪我，听之天下"

孙中山于5月5日就任大总统后，依照国会授权，组织中华民国政府。总统府设在观音山（今越秀山）旧粤督府。对此事件，外界反应不一：广州10万市民举行大会，上街游行庆祝新政府的成立；海外华侨热烈拥护，纽约华侨1000多人游行庆祝；北京政府以"破坏统一""出兵讨伐"来威胁广州政府，徐世昌发布了"讨伐南方令"；广东周边的湘、黔、川、滇等省认为孙中山当选大总统是"非法"的。

面对支持和质疑，孙中山表示他奔走数十年，只知有国，不计其私，"惟欲为'共和'二字积极负责"，"为国谋至忠，为策略至审"，竭志按国民付托建成强国政府，"知我罪我，听之天下"。可知孙中山已置他人非议于度外，专心考虑如何武力赶走北洋军阀，重新统一中国。他致电徐世昌，用辛辣的语言表示："以君之才，立于专制君主之朝，为一臣仆，犹不能有所展布，况于任中华民国之重乎？"称徐不过是"依其肘腋而仰其鼻息"的傀儡罢了，应"即日引退，以谢国人"。

积极争取国际社会的承认

孙中山此次建立的正式政府，是为对抗北方政权的正式政府，故亟待获得国际社会的承认，为此，孙中山做了诸多努力。孙中山就职当天，发表对外宣言，澄清事实，昭告天下。他说，北京自1917年6月已非法解散国会，已无合法政府存在，虽有新选举法制造新国会成立，均无法律根据。广州国会为全国各省各区唯一合法代表机关，他是依据法律选举产生的大总统。希望各国承认广州政府为中华民国唯一政府。还致函美国总统哈定，称美国是民主之母和自由正义的拥护者，希望美国承认并支持新政府，但此函交给美国国务院后，并未能转达给美国总统，哈定未作任何反应。

1921年8月13日，美国政府邀请北京政府派代表参加太平洋会议，孙中山表示北方政府派代表参加，则议决条件绝对不发生效力。孙中山在广州总统府召开国务会议时，商讨派代表参加太平洋会议，彰显南方政府为合法正式政府、代表全国之政府。然而，9月29日，北京政府派员前往美国参加太平洋会议，南方政府的诸多努力付之东流。

直到1921年11月22日，共产国际在机关刊物上发表文章指责北京政府拥有大批军队，导致军阀之间互相征战，实际上是一个残暴、腐败和混乱的军事统治，只有南方政府有着真正的共和与民主。这在某种程度上获得来自国际社会的认同。孙中山还积极争取经由德国前驻华公使居间联络，准备建立中俄德联盟。

财政紧张　辛苦煎熬

孙中山初任总统时，就面临财政问题。早在1921年4月20日，为了阻止孙中山就职，大部分军界领导人聚集在广州，要求解决拖欠军饷的问题。敌视孙中山的报纸也顺势推波助澜。孙中山陷入财政窘境。他在接受采访时说，"我们很清楚自身的力量，也知道我们要干什么"，就是"停止纷争，使中国成为一个统一、完整的国家"。他清醒知道财政吃紧，但希望在统一中国的思想鼓舞下会克服处处遇到的障碍。他坚信能得到所有进步力量和全体人民的支持，必能克服困难，最终解决经费短缺问题。

9月，孙中山批准国民党组织中央筹饷会，致电海外同志时说："文不避艰险，手创民国，迄于今日，已十年，无奈祸变相寻，而真正之共和犹未实现。""文复受国民之付托，戡乱建设，责于一身，自当再接再厉，解人民之困累。""在百政待兴之际，希望热心之士踊跃捐输，以济国家之急。海天遥隔，无任厚望。"孙中山凭借自己为国为民的理想求助于海内外的热血人士捐助革命，以解燃眉之困。

○ 中山先生的一天

1921年7月24日，孙中山、宋庆龄参加
"出征军人慰劳会"举办的义卖活动后留影

发展经济　引导国际开发

孙中山希望发展国民经济，让国家富强起来。他在就任当天的对外宣言中就向天下宣告，要对中国最大资源进行开发，则全世界经此数年大战损耗之后，获得好处。他将抱门户开放主义，欢迎外国之资本及技术。

由此，与各国的联系也在紧密进行中。1921年7月19日，何天炯拜见孙中山，报告宫崎与日本资本家洽谈的情况。孙中山表示何天炯的任务，不在实业，也不在借款，而在于宣传新政府光明正大之宗旨于日本朝野上下，让日本不可对东方有侵略及包办的野心。从前"二十一条"亦须一律取消，两国才有经济提携及种种亲善可言。若日本不改变侵略政策，则小小实业亦不易成功。后经双方交涉，大力寻找可靠之资本家来华投资。从这一点可以看出，孙中山虽然急迫要发展国家经济，但他的所作所为还是建立在维护国家权益的基础之上的。

他还把其著作推介到国外，让世界人们了解中国之资源开发和中国经济构想。

培育军人精神　增强军队力量

在非常时局中，孙中山深刻认识到需要坚强有力的军队维护一方平安，为国家统一奠定基础。1921年5月6日，孙中山前往黄花岗祭奠七十二烈士，盛赞烈士为国捐躯之高风亮节，而现在大盗小盗频起，是非失据，理义不扬，他当将兴复之责担在自己肩膀之上，让烈士之精神重开，并着人奖励议恤各军将士，按官阶分别升授，称他们久经战役，勋劳卓著，非报功之典无以彰显他们崇善之公。此番行事无疑激发军士奋力为国之念。

孙中山还认为必须用革命精神来改造民国，他在广州粤军第一、二师恳亲会上发表演说，指出"专制国家，人民是君主的奴隶；共和国家，人民是国家的主人，官吏是人民的公仆。民国成立十年，那些公仆太坏了，把中国搅得不成样子，以后不用革命精神来改造民国，再没有别的希望。"他还对滇、赣、粤军进行"军人精神教育"，以智、仁、勇军人精神要求全体将士。他说理想的世界是天下为公的世界，要打破政治不平等和资产不平等，建立平等国家。孙中山通过在思想上正本清源，明确将士努力目标，从而达到稳定军心的目的。

孙中山、宋庆龄在韶关督师北伐

西征北讨唯愿统一

广州中华民国政府建立后,北洋各派加紧勾结,准备以武力镇压。直系奉系军阀在天津联合聚会,共商对付广州政府办法。会后更是发表联名通电,反诬孙中山"举动乖张",扬言"当与国人共弃之"。旧桂系头目陆荣廷身在广西,对孙中山在广州建立中华民国政府,如背芒刺,尤其对失去广东地盘,更是急于报复,遂集结广西军队于梧州为中心一线,准备兵分五路向广东出兵。孙中山率军奋起反击,通过周密部署,击溃以陆荣廷为首的桂系军阀,解除了革命政府的后顾之忧,同时使广东、广西、云南、贵州、湖南等地连成一片,扩大了根据地,发展了军事力量。随后又进一步出巡广西,组织北伐,力图扩大战果。正在北伐战争节节胜利、广州国民政府和孙中山声名鹊起之时,孙中山与陈炯明的矛盾激化,陈炯明指挥部将炮轰总统府,致使孙中山功败垂成。

在任职中华民国非常大总统短短一年时间里,孙中山辗转各处,辛劳奔波,但时局多诡,还是未能达成统一中国的愿望。不过,人们可以从他劳碌的身影里看到坚定的信念,这是他之所以成为伟人的品质之一。

参考文献

陈锡祺:《孙中山年谱长编》,中华书局,1991年。

廖仲恺夫妇与孙中山是这样结识的

1877年4月23日,廖仲恺出生于美国加利福尼亚州首府旧金山(今三藩市)一个华侨家庭。童年的他足迹踏遍唐人社区,目睹排华现象,遂萌生爱国心。1896年,廖仲恺为了寻求救民族出水火的"好法子""新道路"到香港皇仁书院攻读西学,接受正规教育。孙中山也曾在这里读书,称得上是廖仲恺的"师兄"。后来,廖仲恺坚定不移地跟随孙中山革命,成为"师兄"的得力助手和亲密战友。

1878年6月27日,何香凝生于香港一个富商家庭。其父何载在香港摩罗上街1号开设了"祥安茶叶行",并经营地产。何香凝身为"千金小姐",从小爱读书,反对缠脚,抱负远大。

1897年10月,廖仲恺与何香凝在广州结婚。1902年冬,廖仲恺夫妇东渡日本留学。几个月后,两人参加留学生会议,会上初次看见了知名的革命家——孙中山。参加那次会议的人相当多,持各种思想和政治见解的人都有。孙中山谈得并不多,但谈到了中国积弱,应该彻底改革,发奋图强。就是这一段短短的令人激愤的演讲词,打动了廖仲恺夫妇的心。等到会议结束之时,何香凝和廖仲恺从旁打听了孙中山的住处,预备以后找机会再和他详谈。

几天以后,廖仲恺夫妇和黎仲实三人一起去拜访孙中山。孙中山谈得很多,从鸦片战争,谈到太平天国,谈到戊戌政变,谈到义和团,谈到中国积弱,清廷腐败无能,所以一定要进行革命。他们听后十分佩服。后来,廖仲恺夫妇又去见孙中山两次,表示想要参加革命,愿效微力。孙中山指示他们在日本留学生中物色有志之士。此后,廖仲恺夫妇就与留日学生展开了广泛接触,进行联络宣传工作。方声洞、林觉民等留日青年学生,就在此时与廖仲恺夫妇相识。在同盟会成立前后,何香凝结识了秋瑾。由于当时不懂普通话,所以何香凝和秋瑾等人谈话时都是采用笔谈的形式。

1905年何香凝加入同盟会。那时盟员中女同志只有何香凝一个。加盟的手续,本来需要两个人介绍。何香凝填的加盟书,只有黎仲实的签名,后来孙中山看了,也签了名字。

那时，廖仲恺夫妇已经搬出学生宿舍，租到房子居住。那年暑假，因为带到日本的钱已经用完，廖仲恺便回广东设法筹钱。孙中山提倡革命的声名，早为日本当局注意。孙中山所居住的旅馆里，又有日本女佣人常常替他收拾房间，她们既看见过孙中山所收发的书信和宣传小册，也看见过前来拜访他的各式各样的人物，认为形迹可疑，就把这些事报告给了日本警察。由此，日本警察对孙中山的行踪，侦查盘问得更严。孙中山为了以后能继续顺利地进行革命工作，派黎仲实找到何香凝。黎告之孙中山在旅馆里开会和收发信件，诸多不便，想把开会及收件的地点转移到何香凝家里，问其是否愿意。何香凝毫不犹豫地答应了。自此以后，廖仲恺夫妇的家就成了革命党人的通讯联络站和集会场所。

不久，廖仲恺从广东回到日本。某天，孙中山、黎仲实和廖仲恺谈及同盟会的组织和主义，廖仲恺有志革命很早，当然十分赞同，于是就加入同盟会了。介绍人是黎仲实与何香凝。当时常来廖仲恺夫妇家中和孙中山开会的人，有朱执信、胡汉民、章太炎、刘成宇、汪精卫等。

此后，廖仲恺一直追随孙中山，成为孙中山的亲密战友。1917年9月，以孙中山为大元帅的"护法"军政府成立，廖仲恺担任财政部次长。1921年5月5日，孙中山在广州就任非常大总统后，组建革命军政府，廖仲恺任财政部次长、代理部长。1923年3月1日，以孙中山为大元帅的海陆军大本营成立，廖仲恺被任命为财政部长，次年1月29日又被任命为大本营秘书长。1923年11月至12月，廖仲恺奉孙中山之命奔赴上海，与北方各支部协商国民党改组及召开"一大"等有关问题，并协助组织上海临时执行部。1925年2月23日，廖仲恺被任命为黄埔军校筹委会代理委员长，为筹备军校殚精竭虑。同年5月9日，廖仲恺又被委任为黄埔军校党代表。1925年8月20日上午10时左右，廖仲恺遇刺，以身殉国。廖仲恺去世后，何香凝继续为实现孙中山、廖仲恺的遗志进行革命斗争。

参考文献

1. 何香凝：《回忆孙中山和廖仲恺》，中国青年出版社，1957年。
2. 陈锡祺：《孙中山年谱长编》，中华书局，1991年。

孙中山与黎元洪

1912年4月10日,孙中山应湖北都督黎元洪的邀请来到武昌。在湖北省军政界举行的欢迎大会上,孙中山就辞去大总统职务一事表示:"功不必自我成,名不必自我居。"

长袖善舞的"黎(泥)菩萨"

黎元洪,字宋卿,1864年10月19日出生于湖北省黄陂县的一个官宦人家,1928年6月3日病逝于天津寓所。黎元洪的一生,极富传奇。

从官宦子弟到海军军官

黎元洪出身于清代武官家庭,父亲黎朝相曾任游击将军(清朝武官,从三品)职。在父亲的影响下,黎元洪从小就对军事操练大感兴趣。1883年,黎元洪考入当时中国最好的海军学校——北洋水师学堂掌轮科就读。1888年毕业后,又辗转在北洋舰队、广东舰队等处任职,并作为广甲舰管轮(海军中层军官)参加了中日甲午海战。在这次海战中,黎元洪因北洋舰队的战败,愤而跳海,但因其他船只帮助而获救。

从新军协统到湖北军政府都督

甲午海战后,黎元洪认识到"丧师辱国,实肉食者为之,我辈岂任其咎"。他怀着满腔热血,毅然前往洋务大臣张之洞编练的南洋新军中任职。在由海军转投陆军的岁月里,黎元洪如鱼得水,仅用了10年的时间,就当上了新军协统(相当于旅长)。

1911年10月10日武昌起义爆发,次日湖北军政府建立。在军政府急需一位"带头人"的情况下,曾参与镇压武昌起义的黎元洪因其社会地位高(新军协统)、资历经验深(参加过甲午海战英雄)、籍贯相同(湖北人)等多方面原因,竟神奇地当选为湖北军政府都督。

从副总统到总统

中华民国建立后,因时势的造化,黎元洪在短短的11年间,曾三次担任副总统(1912年1月至3月,临时大总统为孙中山;1912年4月至1913年10月,总统为袁世凯;1913年10月至1916年6月,临时大总统为袁世凯)、两次担任总统(1916年6月至1917年6月,1922年6月至1923年6月),并先后涉及中华民国史上的"二次革命""护国战争""护法运动""府院之争""曹锟贿选"等诸多历史大事。

黎元洪的一生,活得非常精彩。他长袖善舞,因"厚重寡言,宽裕能容"的性格而被人称为"黎菩萨"。他善于转变,每到历史关键时候,均能从容选择,安然度过,但之后又深陷另一困境之中,因而又被称为"泥菩萨"。

应黎元洪之邀,孙中山于1912年4月9日抵达武汉。
图为孙中山与湖北政界欢迎者合影,前排左五为孙中山,左四为黎元洪

孙中山与黎元洪的三次会面

尽管黎元洪曾作为副总统与孙中山短暂共事,但由于黎元洪身处武昌的关系,他们之间见面的机会并不多。在黎元洪的一生中,他曾与孙中山有过三次会面。

第一次会面:1893年9月,黎元洪随"广甲"舰奉命远航南海到达广州。因

他的拜把兄弟仇思，在军舰上高烧不退，黎元洪特请在广州开设药局的孙中山上舰治病。在孙中山高超的医术下，仇思得到了良好的治疗，并很快痊愈。为表示感谢，黎元洪特别带着孙中山参观了"广甲"舰。

第二次会面：1912年4月9日至13日，应黎元洪的邀请，孙中山到访武昌。短短几天里，黎元洪全程作陪，为孙中山做向导。在武昌期间，孙中山曾就他辞去中国民国临时大总统一事做出以下说明："仆此次解职，外间颇谓仆功成身退，此实不然，身退诚有之，功成则未也。仆之解职，有两原因：一在速享国民的自由，一在尽瘁社会事业"。

第三次会面：1924年年底，为尽快促成国内的和平，孙中山偕夫人宋庆龄北上，于12月4日抵达天津，在张园下榻。此时在天津隐居的黎元洪听闻后，特地前往拜会。孙中山虽然已经重病在身，但还是非常高兴地与黎元洪交谈。

参考文献

1. 刘振岚、张树勇：《傀儡总统黎元洪》，河南人民出版社，1990年。
2. 洪烈九：《黎元洪的传奇人生》，《武汉文史资料》1999年第8期。
3. 裴祎：《孙中山与黎元洪及武汉"中心说"》，《武汉文史资料》2001年第9期。

○ 中山先生的一天

为了反袁孙中山被迫举债

1916年4月11日,孙中山偕戴季陶访东京市市长、贵族院议员阪谷芳郎男爵。同日,中国驻日公使陆宗舆向日政府递交照会,要求给袁政府以友谊扶助,但遭拒。孙中山与袁世凯在日本政府获得的支持度随时局发生着改变。

自1915年12月12日袁世凯宣布称帝、建元洪宪以来,国家就陷入动荡之中。袁世凯的支持者如梁启超等也纷纷弃之而去,袁氏陷入众叛亲离的局面。日本政府随之调整了对华政策,认为"现在,采取让袁彻底退出政治之手段,同时采用扶植我政治势力之手段为有利",开始反对袁世凯,转向在东北扶植宗社党、策划满蒙独立运动;在南方支持反袁运动,资助岑春煊、孙中山及其革命党的事业。

1915年12月25日,蔡锷和唐继尧在云南宣布起义,拉开护国战争帷幕,公开讨伐袁世凯。孙中山在日本闻讯后也加紧部署国内起义。然而,发动战事,谈何容易?首先面对的就是财政军需问题。

革命党人在各地起兵,纷纷要求本部拨款相济,孙中山为此十分焦灼,分别去电旧金山、菲律宾、上海、马尼拉,要求革命党人向华侨、社会各界统一筹款。除此之外,孙中山还频繁地与日本朝野人士接触,谋求支持。此时,早年留学日本的戴季陶充当了翻译和助手的角色。他不离孙中山左右,参加了许多会晤,周旋于商人和政客之中,颇受孙中山器重。

经过多次会谈,1916年2月19日,孙中山等人终于向日本政商久原房之助借款七十万日元。孙中山当即表示,倘若计划之事得以成功,所转借金额,会如数偿还,还将尽其所能使民国之政府及实业家赞助对方事业,以报答好意。其实,久原房之助是秉承日本政府意旨,支持反袁派,图谋利益。3月9日,孙中山通过日俄贸易社社长松岛重太郎的帮助再与久原洽谈三小时,又签署另一借款合同。

战事迫在眉睫,前方军械供应不足,反袁之事困难重重。孙中山、戴季陶、廖仲恺、胡汉民等人加紧筹款。他们在3月下旬频频造访日本有关部门,达十二次之多。他们有时甚至会通宵达旦地与日本商团洽谈,说服他们支持中国革命党人。

1916年4月9日，孙中山、宋庆龄、廖仲恺（后排左二）、何香凝（前排右三）等在日本庆祝帝制取消时合影

1916年6月6日，袁世凯在众叛亲离中忧愤去世，翌日，黎元洪继任总统。其时，孙中山举债已多、不堪重负。据胜田龙夫著的《中国借款和胜田主计》一书称：久原在袁世凯当政期间的二月到四月，总共资助孙中山二百四十万日元，借给岑春煊一百万日元，黄兴十万日元。

袁世凯去世后，战争告一段落，海外华侨来函要求还债的渐多，孙中山为偿还借款之事陷入困境。他在给友人的一封信中表示，此时他财尽援绝，正值困途，无由接济。

孙中山于1916年12月22日致函参、众两院说，辛亥革命过程中所借募款项至今未偿还，反袁又举新债。孙中山申明，以前借募款项都是用于国事。现在共和制度已恢复，政府应介入代为偿还。如果不还，在国家是寡恩，在国民为负义。时局多舛，孙中山为国举债换来的是沉重的负累，即使他欲以发展实业来偿还债务也难解燃眉之急。还债之路任重道远。

参考文献

陈锡祺：《孙中山年谱长编》，中华书局，1991年。

辛亥前传：革命党人的暗杀时代

从某种意义上说，辛亥革命爆发的前十年，堪称"暗杀时代"。暗杀作为一种暴力的特殊表达方式，如今虽为世人所不齿，但自古就有之，起于春秋，常发生在社会黑暗或政治秩序混乱的时期。在孙中山领导的反清运动中，暗杀成为革命党人所热衷的铁血手段。"手提三尺剑，割尽满人头"等，几乎成了当时青年志士们的口头禅。

广东，是辛亥革命的重要策源地之一，成为当时党人开展暗杀活动最早也是最多的地区。据统计，武昌起义爆发前，革命党人在国内和海外共策划了九次暗杀活动，其中七次是由粤籍党人参与实行，在广州施行的四次暗杀三次得手，致使清廷大员二死一伤。

首开暗杀先河的是1900年史坚如刺杀署理两广总督德寿。史坚如是广州人，青年时期经常批评时政，对当局不满。1900年，孙中山派郑士良前往惠州，联络会党发动起义，并派史坚如至广州策动响应。由于广州起义时机尚未成熟，策应郑士良不现实，因而史坚如策划刺杀署理两广总督，以牵制广州军队，缓解惠州起义军压力。

德寿原为广东巡抚，升任署理总督后仍住在巡抚衙门。巡抚衙门后面有一条巷子，巷子的南边是巡抚署围墙，围墙内是德寿的卧室所在之处，北边是百姓聚居之所。史坚如在巷子北边租下一间房子，从这房子下面掘了一条地道，距离德寿的卧室仅十余丈（30米左右），而后埋了炸药。由于对爆炸技术并不谙熟，炸药未完全引爆，威力大打折扣，仅炸毁围墙数十丈，德寿本人被炸得从床上摔出数尺，并未受伤。爆炸发生后史坚如还雇轿亲自去现场察看，在找出暗杀失败的原因后不顾劝阻坚持进城，计划再行暗杀，但他一进城便被侦探认出继而被捕。他始终没有供出同党姓名，备受刑杖后惨遭杀害，年仅21岁。

当时的革命党人几乎都醉心暗杀。黄兴一直存有暗杀思想。同盟会成立不久，他即设制造弹药机关于横滨，聘请俄国人教授，向留日学生传授制造炸弹的技术。同时，他还支持同盟会员在东京本部下设"专司暗杀的部门"。即使以温和著称的宋教仁，也将革命方法概括成"暴动"与"暗杀"。1910年4月，汪精卫刺杀载沣失败入狱，在狱中赋诗："慷慨歌燕市，从容做楚囚。引刀成一快，不负少年头。"

孙中山不赞成去搞代价不值的暗杀行动，却又认为若暗杀无碍大计时，也可进行。对于暗杀活动本身，孙中山拨付15000元支持黄兴在粤港两地组织暗杀机关，并派同志两人赶赴香港，代黄兴去完成暗杀计划。

可以说同盟会的暗杀行为的思想根源非常复杂，可大致归结于两个方面：一是西方尤其是俄国传来的虚无主义及民粹主义，二是中国自古以来的尚侠、尚勇的刺客传统。两者相结合，则是充满血性的个人英雄主义。

尽管暗杀行动一定程度上起到了震慑敌人的作用，有利于推动革命运动的发展，如署理广州将军孚琦被同盟会员温生才暗杀后，各省督抚感到"风声鹤唳皆革党""文武官员寝不安席"。说到底，暗杀不是推倒清廷的根本解决途径，只有起义的军人才能拔本塞源、尽举而复之。这样极端的行为，则是与之倡导的民主、文明渐行渐远。

参考文献

1. 周兴樑：《广东籍同盟会员的暗杀活动》，《孙中山与近代中国民主革命》，中山大学出版社，2001年。
2. 南晨：《辛亥前传：革命党人的暗杀时代》，《文史博览》2013年第10期。

哀悼黄兴

惟公之生，为众所瞻仰，远迩所震惊，群竖所疑忌，国家所尊崇。惟公之死，疑者信之，亲者哭之，无老无幼，无新无旧，皆知今日中国不可无此人。呜呼！是非得丧，本无足论。公殚一生之心血，历二十余载之艰辛，身涉万险，政经三变，国势犹如此，将来或更不止如是也。公虽赍志以殁，公之目岂瞑。文等今日遥望哭公，遵礼祭公，身虽衰老，志犹如昔。起四千余年之古国，挽四百兆涣散之人心，是犹赖公在天之灵。公志其可作耶，尚有以鉴之。呜呼，痛哉！尚飨。

——1917年4月14日，孙中山再次公祭黄兴，并撰写《祭黄兴文》

黄兴其人

黄兴（1874—1916），字克强，原名轸，号厪午。他曾经亲口告诉他人："我的名号，就是革命终极目的。这个终极目的，是兴我中华，克服强暴。"

黄兴出生于湖南善化（今长沙）。1898年，入武昌两湖书院读书。1902年被派赴日本留学，入东京弘文学院师范科学习。1905年7月，孙中山到日本，经日本友人宫崎寅藏介绍，黄兴结识孙中山。孙中山主张把革命力量联合起来，黄兴表示赞同。8月20日，兴中会、华兴会、光复会，以及留日学生中其他团体的一些成员，在东京成立同盟会。成立大会通过《同盟会对外宣言》，以及黄兴起草的会章。会上推举孙中山为总理，黄兴为执行部庶务长，协助总理主持本部工作。

同盟会成立后，黄兴成为孙中山军事上最重要的助手，多次领导起义。如：1904年华兴会长沙起义、1906年萍浏醴起义、1907年防城起义和镇南关起义、1908年钦廉上思起义与云南河口起义、1910年广州新军起义、1911年黄花岗起义和汉阳保卫战……黄兴克服敌我力量对比悬殊、饷械不济、部队素质较差等困难，屡败屡战，百折不挠，表现出伟大的献身精神。1912年1月1日，中华民国南京临时政府成立，黄兴任陆军总长兼任参谋总长，授大元帅军衔，负责全部军事工作。

1915年秋，黄兴应蔡锷之请，积极支持讨袁护国战争。1916年7月，黄兴从日本回国到上海，和孙中山一道致力于讨袁善后和党内团结工作。该年10月31日，因病在上海逝世。

1912年1月28日，孙中山出席临时参议院成立典礼后留影（前排左四为黄兴）

举国哀悼黄兴

黄兴为了救民救国，英勇奋斗了一生，多次死里逃生，却未能战胜病魔，英年早逝，举国痛惜。许多仰慕黄兴的革命人，失声痛哭，马路上，如潮水般拥满哀伤的人。北京政府褒扬他一生缔造共和，功在国家，准予国葬。孙中山亲自为之发丧，又领衔主持丧葬事宜，发出《黄兴逝世通告》，称赞他是肇建民国的柱石。北京国会休会一天，并下半旗志哀。谭延闿感叹："当世失斯人，几疑天欲亡中国。"革命同志中最忧伤的莫过于蔡锷。蔡锷身边的人，怕他知道黄兴去世伤感，加重病情，故意把消息封锁。几天之后，蔡锷无意中在旧报纸上看到了黄兴逝世的消息，顿时悲痛欲绝，病情加剧，苦撑身子，含泪亲笔撰写《祭黄兴文》，表达无限哀伤。亲手撰写了挽联：方期公挽我，不期我悼公，国事回思惟一哭；未以病为忧，竟以忧成病，此心谁与寄同情。黎元洪也撰写挽联：成功却只身萧散，大勇那知世险夷。

《中华新报》发表了一篇动人心弦的《送黄先生归葬湖南哀词》，赞誉黄兴"起匹夫而提倡革命二十余年，奔走海内外，身体力行，流离艰辛，濒于死者数矣。既覆清，复灭袁，诚格金石，义贯日月，功被生民，名垂青史……"

1917年1月5日，黄兴的灵柩自武汉运抵长沙，船泊大西门外中华汽船公司码头。出殡日期定为4月15日。前两日为黄兴遗容瞻仰日。各界瞻仰遗容者络绎不绝。据日本友人宫崎寅藏记述："四月十四日是最后告别日，瞻仰遗容的人比前天更多，直到午夜十二时未断。"4月15日，雨过天晴，长沙上空，万里如洗，天气不冷不热。这一天，全城机关学校放假一天。上午9时，灵柩如期起运。送葬的人群，包括省外代表、外宾、军界、议员及政界、法界、报界、学界、绅界、农界、公界、中小学生等分立街道两旁。整队参加送葬的超过万人。黄兴生前好友张继、李书成、谭人凤、胡瑛及日本友人等专程赶来参加国葬典礼，作最后告别。这样，黄兴的灵柩安葬于长沙岳麓山上。

参考文献

1. 中国社会科学院近代史研究所中华民国史研究室：《孙中山全集》，中华书局，1982年第1版。
2. 萧致治：《黄兴传》，南京大学出版社，2001年。
3. 萧致治、石彦陶：《黄兴与辛亥革命》，岳麓书社，2005年。

一座城市与一位伟人的历史记忆

1925年3月12日,孙中山病逝于北京。为纪念先生的伟大功绩,经广州中华民国陆海军大元帅府批准,同年4月15日将孙中山的出生地香山县易名中山县。

从香山到中山

中山市是目前全国唯一一座以人名命名的地级市。这里古称"香山"。香山得名,据唐朝《太平寰宇记》:"东莞县香山在县南,隔海三百里,地多神仙花卉,故曰香山。"1866年11月12日,孙中山在香山县翠亨村出生。

鸦片战争之后,清朝国门开放,香山开始有学生出国留学,他们中的一部分,如孙中山、唐绍仪、容闳、苏曼殊等都成为中国近代史上的名人。在辛亥革命中,香山是广东第三个光复的县。民国元年(1912),广东省撤销广州府,香山县直属广东省长公署管辖。

在国民党推广孙中山崇拜运动时,中山符号自然而然地进入行政区划之中,成为国家建构孙中山符号的重要表征。孙中山去世不久,就一度有人提议将南京改名中山城,此议立遭同盟会元老章太炎的强烈反对。但是将孙中山故乡香山县改称中山县的建议却顺利实现。1925年4月17日,胡汉民以代理陆海军大元帅名义发布指令:改香山县为中山县,以纪念孙中山先生。1925年10月19日,中山县政府对逐步在开辟建设的县城马路,定名为孙文路、民生路、民族路、民权路、五权路。

1949年10月30日,中山县宣告解放。1983年,获国务院的批准,中山县撤县设中山市(县级),原辖区不变。1988年,县级中山市又升格为地级市,由广东省人民政府管辖。有关孙中山的史迹和纪念设施保存完好,孙中山的思想精神静静流淌在这座珠江三角洲西南部的城市里。

今日的中山符号

孙中山故居纪念馆

1956年11月，中山县成立孙中山故居纪念馆，开始全面管理孙中山故居并对外开放。1986年翠亨村孙中山故居被国务院公布为国家级文物保护单位。

总理故乡纪念中学

1929年，孙科秉承孙中山"谋建设、培养人才、为富强根本"的遗志，提议并亲自筹办"总理故乡纪念中学校"。1931年夏，孙科从南京返乡，由中央政府拨款，地方政府协助，筹建了纪念中学，历时三年校舍落成，于1934年8月正式招生。1949年9月，改名为中山纪念中学。现为广东省首批国家级示范性高中。

中山纪念图书馆

中山纪念图书馆建成于1935年，是一所综合性公共图书馆，隶属中山市文化广电新闻出版局，现为国家一级图书馆。目前，新馆建设正在紧锣密鼓地进行中。

中山公园

1947年，邑人和华侨又倡议将烟墩山建为公园，以纪念孙中山，海内外同乡热烈响应。于是由时任中山县长孙乾任主任委员的"中山公园筹建委员会"宣告成立，专司建园事宜。建园筹委会常务委员张深，决定赴美国募捐建园经费。是年10月28日，筹委会假座西山中山纪念图书馆三楼设宴为张深送行，寄予厚望。

孙文纪念公园

1996年为纪念伟大的民主革命先行者孙中山于中山市中心城区南面，兴中道与城桂路的连接处而建位，共占地358179平方公尺。公园的牌匾是由台湾书法家、岭南派国画大师欧豪年书写。主要由两个平缓的山坡改建而成，分为革命纪念区和综合游览区。革命纪念区以纪念孙中山先生的题材为主，设有孙中山铜像、喷水池以及松园、竹园、梅园和栽种了999株龙柏的龙柏山等景点。

孙中山眼中的"革命空军之父"

1919年4月19日,孙中山致函杨仙逸,勉其协助粤军发展航空事业。

杨仙逸

杨仙逸,原名仙溢,生于檀香山,是著名华侨杨著昆之子。其父杨著昆与孙中山的大哥孙眉既是同乡也是挚友,两家有着长期、深厚的交往。1903年,孙中山在檀香山利哩霞街(Liliha.Street)戏院演说宣传革命,当时杨著昆的家也住在利哩霞街。杨仙逸耳濡目染,对孙中山领导的革命运动十分向往,曾说:"祖国专制若此,大丈夫生不能改良国体,拯同胞于水火,何生为?"因景仰孙中山(逸仙)先生,从而改名"仙逸",并立志投身爱国革命,加入了同盟会。

杨仙逸的父亲杨著昆18岁到檀香山,后从事稻米业,并购入土地建造公寓住宅和商店房屋出租等,成为当地巨富。杨著昆对孙中山的革命主张十分赞同,是早期同盟会会员，多次捐献巨款支持孙中山的革命事业并积极响应"航空救国"的号召，将自己的三个儿子送去航空学校学习飞行。1913年、1918年，先后参与成立"中华飞船公司""图强飞机有限公司"。孙中山曾予以表彰。杨仙逸就是在这样一个充满爱国情怀的家庭环境下长大的，从小就努力学习，立志报国。

少年的杨仙逸曾就读意奥兰尼学校（Iolani Collage）。1879年至1882年，孙中山也曾就读于该校。后杨仙逸积极响应孙中山"航空救国"号召，系统进行了关于航空知识的学习，先后毕业于夏威夷大学、美国加利福尼亚州哈哩大学机械专科、美国加弥斯大学航空系。

杨仙逸由檀香山党部选派，于1916年到纽约州布法罗寇蒂斯飞行学校，中国国民党驻美洲总支部林森等创办的中国国民党空军学校学习，接受了美国空军军事训练。是年10月和11月，分别通过了陆机和水机的飞行考试，领有美国飞行会证书。掌握了水陆飞机的驾驶技术及构造奥秘。

1917年，孙中山在广州成立了护法军政府，命令刚从美国寇蒂斯飞行学校毕业的首届学员张惠长、陈庆云、谭南方等人组成飞机队，由杨仙逸任队长，携机回广州参加护法战争。

1918年6月，广东护法军讨伐龙济光。杨仙逸率领谭根、张惠长、陈庆云，把2架飞机运至海南岛，以海南儋县为基地，协助护法军陆军侦察敌情，对龙济光部队实施猛烈的轰炸。1918年9月，华侨蔡司度、陈应权、杨仙逸等在美国旧金山筹办"图强飞机有限公司"，在其招股章程中就明确宣示："以展布航空事业，图强中国为旨。"

1919年1月，孙中山为了增强援闽粤军讨伐盘踞在福建的北洋军的力量，电召杨仙逸等回国。杨仙逸奉命在福建漳州协助援闽粤军总司令陈炯明组建援闽粤军飞机队，并任总指挥，通过聘请飞行员及置办飞机、炸弹、枪炮等军需品，逐步增强飞机队的实力。

1920年，为把军阀岑春煊、莫荣新赶出广州，杨仙逸驾机从福建回师，沿途轰炸据守淡水、平潭、虎门等地的敌军阵营，掩护部队向广州推进。中秋之夜，杨仙逸带领陈庆云等人驾机直接飞到广州上空，轰炸德宣街督军公署，是广州有史以来的第一次飞机轰炸。援闽粤军地面部队未费一枪一弹即开进了广州，避免了一场大规模的巷战。

孙中山"志在冲天"手迹

　　1920年年底，孙中山派杨仙逸到各国筹款购买飞机、招募航空人员。杨仙逸用所筹到的款项购买了美国产詹尼型飞机10架，准备运回广州时，陈炯明在粤叛变。杨仙逸只好把飞机和枪械暂存于美国三藩市附近的屋仑机场。不料此事为北洋军阀奸细侦知，就以重金收买了外国流氓，潜入机场纵火，10架飞机被烧毁了6架，损失惨重。杨仙逸和战友决定利用剩下的4架飞机到华人众多的地方，作特技飞行表演，继续捐款购机。杨仙逸还动员父亲杨著昆捐款，最后又购买了6架飞机，弥补了损失。这批飞机于1923年5月至6月间，由澳门运抵广州。

　　1922年12月6日，孙中山任命杨仙逸为航空局局长。1923年7月，在杨仙逸主持下，制成中国自行设计的第一架轻型侦察轰炸机。根据孙中山的提议，飞机以宋庆龄的英文名字"罗莎蒙德"（Rosamonde）命名。机头和机身上分别有"Rosamonde"和"1"的字样，此架飞机的中文名为"乐士文1号"。1923年8月12日，航空局试演飞机，杨仙逸将自制的"乐士文"号及新购飞机共10余架，在大沙头飞机场试飞及表演。之后，"乐士文"号曾多次参与战斗。为了表扬杨仙逸的卓越功勋，鼓励其继续努力在中国建立一支强大的空军，孙中山亲笔书写"志在冲天"的横幅赠给杨仙逸作为纪念。

　　1923年9月陈炯明在惠州及附近地区作乱，杨仙逸奉命带兵讨伐。杨仙逸决定大炮轰击、鱼雷暗射、飞机轰炸三方面一齐进行。不幸的是，9月20日杨仙逸在与谢铁良、苏丛山打算把鱼雷运到惠州城下作为爆破城墙用时，因鱼雷爆炸，三人同时遇难。

　　1923年9月27日孙中山下令优恤杨仙逸，对杨仙逸、苏丛山、谢铁良三人均追赠陆军中将，以彰忠荩，而慰烈魂。

　　杨仙逸去世后，安葬于广州黄花岗之东三望岗。1927年1月15日，广东省政府在黄花岗杨仙逸墓立碑纪念。后将杨仙逸之墓迁于今中山市紫马岭公园内。

参考文献

1. 高晓星、时平编:《江苏文史资料第46辑:民国空军的航迹》,海潮出版社,1992年。
2. 郑梦东:《檀山华侨》,檀山华侨编印社,1929年。
3. 冯自由:《革命逸史》,新星出版社,2009年。
4. 华强、奚纪荣、孟庆龙:《中国空军百年史》,上海人民出版社,2006年。
5. 郑梓湘:《中山文史第34辑:民国广东空军沧桑史》,政协广东省中山市委员会文史委员会中山市华侨港澳台人物传编委会,1994年。

孙中山的革命伴侣陈粹芬

在孙中山的身边，曾有一位陪着他出生入死、竭力奉献的女性，一度被世人遗忘，她就是在孙中山流亡期间生死相随的革命伴侣陈粹芬。

年少初识侠义相投

孙中山与陈粹芬合影

陈粹芬祖籍福建，1874年生于香港，因排行第四，人称"陈四姑"。由于父母早逝，她读书不多，但机灵果敢，有一副侠义心肠。1892年，26岁的孙中山在香港西医书院读书，某次在香港屯门基督教堂做礼拜时，经革命党人陈少白介绍，认识了18岁的陈粹芬。两人一见如故。孙中山常言要效法洪秀全，推翻清朝，陈粹芬深为孙中山的革命志向所折服，毅然决然地追随。1893年，孙中山在澳门行医，德技双馨，深受患者欢迎，但因引起葡籍同行的嫉妒和排挤，被迫迁至广州，以悬壶救世为掩护，继续宣传革命。陈粹芬此间仰慕孙中山心似日月，彼此心念交汇，感情渐笃。

患难与共见真情

1895年，广州起义失败后，陈粹芬随同孙中山流亡海外。自此后，在孙中山艰难曲折的救国征途中，陈粹芬无怨无悔地同他患难与共十几年，足迹遍及日本和新马一带。她多次参加起义行动，为革命密运军火，在日本做交通通讯，宣传三民主义，将宣传品分送到南洋各地。在艰苦备尝、颠沛流离的革命岁月里，陈粹芬尽显"女中丈夫"气概。1900年前后，孙中山客居日本，陈粹芬与他共同生活，照料其饮食起居，使孙中山全心投入革命。与此同时，陈粹芬经常接应革命同志，替他们洗衣做饭，照顾大家的生活。

孙中山在策划庚子广州起义时，所需武器弹药，都得从日本、美国等地秘密运进香港。孙中山与海员们约定，以横滨港为中继联络站，居中策应，视形势而定进退。所有密件与军火的起运落地均经陈粹芬手。每当运载军械的邮轮抵埠，她立即独自前往接船，并通报消息，以保万无一失。1905年10月，孙中山被日本政府驱逐到南洋活动，陈粹芬随行。1907年，孙中山在广东边界先后策划4次起义，陈粹芬随侍左右。期间，陈粹芬担任印刷革命文件工作，还煮饭、送水、照顾士兵，终日忙碌，从不言苦。陈粹芬以女性的温柔与细致、热诚干练与勤劳勇敢，使孙中山在亡命异邦、颠沛流离的艰苦生涯中，获得精神支持与慰藉，始终保持旺盛的革命斗志和乐观主义精神。

功成身退

1912年1月1日，孙中山在南京就任中华民国临时大总统，陈粹芬悄然退隐。她视富贵荣华如浮云，从不炫耀自己的特殊身份，朴实无华、行事低调、甘于平淡，从不提"当年勇"。

当时有人认为，陈粹芬襄助孙中山反清创立民国，历尽艰辛，功不可没，而当民国建立后，孙中山与她分离，有负于她。但陈粹芬却说："我跟中山反清建立了中华民国，我救国救民的志愿已达。我自知出身贫苦，知识有限，自愿分离，并不是中山弃我。所以说中山待我不薄，也不负我。"1915年，孙中山与宋庆龄结婚。陈粹芬说："中山娶了宋夫人之后有了贤内助，诸事顺利了，应当为他们祝福。"陈粹芬对孙中山的宽宏大量和理解，是出于她内心对孙中山的敬仰和爱。

陈粹芬与孙中山没有生养孩子，她在槟城抱养了苏姓华侨刚出生的女婴作为养女，取名孙仲英。母女感情笃厚，相依为命，曾在海外度过一段宁静的日子。尽管与孙中山分离，陈粹芬始终记挂关心着孙中山和他的事业。1925年3月12日，孙中山逝世，远在南洋的陈粹芬失声痛哭，在槟城设坛遥祭7天。南洋的侨胞听闻此事，无不为这一份真挚的感情打动。

孙家一员

陈粹芬虽然与孙中山没有举行正式的结婚仪式，但孙家人都视其为家族成员。1932年孙科接陈粹芬母女到广州居住，并委托她照料其儿子孙治平、孙治强兄弟。1937年，养女孙仲英与孙中山的侄孙孙乾结婚，并恢复苏姓。

1912年冬，陈粹芬与孙眉夫妇、孙昌夫妇等合影

1940年后，陈粹芬随女儿女婿一起居住，含饴弄孙，享受天伦之乐。1962年10月21日，陈粹芬在香港溘然长逝，享年88岁。由于种种原因，家人的治丧形

式极为简单,不登报,不发讣告,购地葬于香港九龙荃湾。1992年,女婿孙乾把陈粹芬遗骨迁回翠亨村孙氏墓地安葬,她真正成了孙府的"家里人"。

参考文献

王燕飞:《孙中山的患难夫人陈粹芬》,《文史月刊》2010年第10期。

孙中山：革命军人需要"智仁勇"

1921年4月23日，孙中山在广州粤军第一、二师恳亲会发表演说，指出必须用革命精神来改造民国。

1920年11月，援闽粤军回戈广东推翻了桂系统治，28日孙中山由沪回粤重组军政府。两件事随即摆上日程：成立中华民国正式政府；武力讨伐北方，统一全中国。这需要得到地方实力派的支持，特别是粤军的保驾护航。粤军前身为广东省防亲军，是孙中山1917年在桂系牙缝间竭力争取、缔造的革命党人掌握的部队。为统一军队思想，1921年春，孙中山密集地以不同方式向粤军做动员和宣传工作。

1921年2月20日，广州举行粤军阵亡将士追悼会，孙中山主祭并送挽联："杀敌致果，杀身成仁；为民请命，为国捐躯。"

3月24日，在黄埔检阅海军陆战队后，发表演说，称"有主义的军队是人民和国家的保障"。

4月23日，出席粤军第一、二师排长以上军官在东园举行的恳亲会，谓："以后不用革命精神来改造民国，再没有别的希望"，"诸君，你们应该自己问自己，当兵是为己的，还是为国的？若认做是为己的，这条路走错了。……那么，当兵究竟为谁呢？应该为国。"

4月24日，在广州欢宴海陆军军官及警官会上发表演说，指出军人的事业，唯有革命。

……

概而论之，孙中山把军人革命精神培养提高到了关系事业成败的地位。何谓军人精神？经过一番理论思考后，孙中山于1921年12月10日在桂林整军时提出"智""仁""勇"的标准。

"智"为最基本的要求，孙中山把它放在首位。"智"就是"别是非，明利害，识时势，知彼己"。即分清敌我，识别是非；明了孰利孰害，孰主孰次，正确决策；

认清时势潮流，把握正确方向；知彼知己，心中有数。其中，"别是非"最为重要。孙中山认为，作为革命军人，首先要解决为谁打仗、打仗的目的何在这一根本性问题。他教育革命军人应该为国为民而战，国家和人民的利益高于一切。

"仁"是军人精神境界中最高贵的品质。孙中山将"仁"分为三种，即"救世之仁，救人之仁，救国之仁"。通俗地说，革命军人应当有爱国爱民的情感，救国救民的大志，还要树立进步的政治信念。有无主义、有无信仰是革命军队和军阀部队的根本区别。孙中山认为军人之仁必须以三民主义作指导，"以成救国救民之仁"。在教育革命军人树立远大正确的政治信仰时，孙中山说道，革命军人"要有大志气，不可有小志气。个人升官发财是小志气，大家为国奋斗，造成世界上第一个好国家，才是大志气"，"军队打仗要钱，便不能算是革命军；要大家为三民主义去奋斗，变成革命军"。

对于处于劣势的革命军人来说，孙中山格外强调"勇"："当革命军的人，第一要有胆量"，要"靠胆量，有勇气，有革命的精神"。但是，孙中山反对军阀所提倡的"血气之勇""游勇之勇"，认为军人之勇当是"有主义、有目的、有知识之勇"。这就保证了"勇"的性质和方向。他认为，革命军人要勇敢善战，就得熟悉战略战术，提高自身本领，即"长技能"。还有一点尤为重要，那就是"明生死"，这是能否"勇"的关键。孙中山要求革命军人在战场上舍生忘死、英勇杀敌，"既为军人，不宜畏死，畏死则勿为军人"。革命军人应该持"其生也，为革命而生我；其死也，为革命而死我"的态度，只有拥有了这种革命英雄主义的献身精神，才能"鼓其勇气，以从事于革命事业"。

孙中山关于军人精神的阐述，内容博大精深。以"智仁勇"为核心的宣传教育，过去，对于争取新军倾向反清革命，起了不小作用；当时，对于争取旧军队，改造旧军队同样功不可没。叶剑英在《忆孙先生在桂林》一文中，就高度赞扬了孙中山在争取、教育、改造旧军队方面所做的工作："使他们知道革命军队与普通军队，在政治立场上、战略战术上都有许多不同的地方，给他们注射一些新的血液，树立新军队的精神。"孙中山的军人精神教育思想，对国民党的军队建设产生了深远的影响。然而，尽管孙中山为军队建设做了很大努力，但短时间内并没有从根本上改变粤军的风貌，一年以后发生了陈炯明部兵变。

参考文献

1. 陈锡祺:《孙中山年谱长编》,中华书局,1991年。
2. 孟俭红:《孙中山军人精神教育思想论析》,《西安政治学院学报》2007年4月第20卷第2期。

○ 中山先生的一天

迎接孙中山的广州第一码头

天字码头,俗称"广州第一码头",位于今广州市北京路南端,清朝雍正年间(1723—1735)形成,迄今已有200多年历史。最初只供官用,民船不得在此停泊,因此被称为"天字第一码头"。1839年,钦差大臣林则徐奉旨来广州禁烟,曾在此登岸。孙中山也多次选择由天字码头出行,仅《申报》报导就有八次。

民国元年孙中山第一次回粤,在天字码头上岸。1912年孙中山于2月13日辞去临时大总统职务,让位于袁世凯,4月1日正式解职。3日,孙中山从南京南下沿途考察,取道上海、福州回粤,25日上午11时,孙中山偕子女及廖仲恺等人乘"宝璧"兵轮,抵达广州。

1912年5月2日的《申报》就对此次行程进行了报导,生动展示了当时的场景,新闻写道:孙中山因巡阅虎门炮台,比预计到达时间稍晚了一些。但都督府提前安排了数千人的军队自天字码头起到都督府一带迎接保护。抵达码头上岸时刻,军乐队奏乐,孙中山着礼服,戴高帽,率领随同人员如胡汉民、秘书宋霭龄及其女公子共四人登岸。当时长堤上万头攒动,百姓都以见伟人一面为荣,甚至都忘了拥挤的苦恼。

孙中山上岸后,先到天字码头东边的旧水师公所休息,后往天字码头西边的财政公所出席各界欢迎会,并致词:"今日革命虽已成功,然人民多未明革命真理,故我辈仍不得谓为功成身退。"

1924年11月,孙中山应冯玉祥邀请北上共商国是。11月12日傍晚6时,军政机关、团体、学校和市民2万余人在第一公园举行大巡行之提灯会,欢送孙中山大会。各界人士巡行队手持提灯、"欢送大元帅北上"的旗帜,经过财政厅前,三呼大元帅万岁。孙中山在财政厅参观,凭栏而观,并脱帽答礼。

11月13日,各机关均停止办公一天。学校机关部门都张灯结彩,所有牌子都缀以"欢送"二字。各个警署均各派警察十名、列队到天字码头恭送。8时前,各军政要人纷纷到大元帅府欢送。有胡汉民、谭延闿、刘震寰、许崇智、杨希闵、邹鲁、廖仲恺等数十人。孙中山分别接见。9时50分,孙中山偕夫人乘坐电船出府，到天字码头时，军乐大作，鞭炮连续不断。长堤一带布满军队，鹄立恭送。自东堤东山酒楼前起，依次为骑兵、粤军宪兵、粤军讲武堂生、滇军干部学生、陆军讲武学校学生、桂军军官学校学生，军队则有粤军一连、滇军一连、桂军一连、湘军一连、警卫军一营、武装警察一大队。文武官员则在天字码头站立恭候。孙中山在永丰舰上向欢送者逐一免冠还礼，礼毕。10时20分，永丰舰鸣第一次汽笛，堤岸各军行举枪礼、刀礼。汽笛鸣第三声时，船开动。各军喊敬礼口令，枪、军乐大奏，孙中山立于舰旁，举帽答礼，直至永丰舰驶至白鹅潭时，岸上欢送者始列队而散。谁会料到，这次天字码头的欢送，竟是孙中山与广东的诀别！

参考文献

1. 《申报》1912年5月2日，1924年11月12日。
2. 中国社会科学院近代史研究所中华民国史研究室：《孙中山全集》，中华书局，1981年。
3. 陈锡祺：《孙中山年谱长编》，中华书局，1991年。

○中山先生的一天

晚年孙中山困境中的抉择

　　孙中山晚年改组国民党，创办黄埔军校，实行扶助农工的政策，成为他一生光辉的顶点。他晚年能采用这些新抉择，除本人不断追求进步等主观因素外，苏俄、共产国际的国际主义援助起了关键性作用。

　　1922年4月26日，少年共产国际代表达林由上海经汕头、香港抵达广州。达林此行的目的主要是指导中国社会主义青年团工作，同时与孙中山举行会谈，商讨合作事宜。

　　苏俄首席顾问鲍罗廷曾指出，国民党有许多不足："首先，国民党组织不完善，毫无纪律可言。其次，党员存在许多异己分子——腐败的官僚和投机者。最后，国民党还缺乏广泛的群众基础。"而在人民眼里，国民党"只有领袖，没有群众，只有高级干部，没有中下层干部，严格说不像一个政党，很难在他们身上找到革命的因素"。

　　孙中山也承认："本党分子此刻过于复杂，党内的人格太不齐……"所以历经失败之后，孙中山本身有从根本处着手，整理党务，巩固内力的需求。他热切希望能从俄国经验中寻找到治世良方，与达林进行了深入透彻的交流。

　　会谈中，达林根据苏俄党政高层和共产国际的指示，再次向孙中山提出了同苏俄联盟的问题。孙中山表示希望同苏俄联盟，并在未来的革命事业中能够得到苏俄的帮助。但当前情况不允许，除了担心国民党内部亲英美的力量反对他之外，他还需要平衡一些对外关系，比如防止与苏俄结盟会引起英国采取行动反对他，使时局更为艰难。

　　会谈中，孙中山多次询问达林，苏俄能否帮助他在中国进行大规模的铺设铁路的计划。其中最主要的是建设一条经过苏俄的土耳克斯坦连接莫斯科和广州的大铁路。孙中山还谈及人才缺乏，他很需要后方的组织者、行政人员、发展国民经济的人员。他反复询问达林，苏俄是如何解决此类问题的，并表示希望得到苏俄专家的帮助。

同时，孙中山也表达了对共产组织及苏维埃制度的怀疑，认为中国不存在西方社会那样的阶级斗争。在这种情况下，中国的问题是如何用温和的、建设的方法，预防西方资本主义弊病的问题，而不是用共产主义去提倡阶级斗争，不是用苏维埃制度去实行阶级专政。鉴于达林再三宣传共产主义和苏维埃制度的好处，孙中山建议不要在城市里直接做试验。他慷慨地表示："我给你一个山区，一个最荒凉的没有被现代文明所教化的县。那儿住着苗族人。他们比我们的城里人更能接受共产主义，因为在城里，现代文明使城里人成为共产主义的反对者。你们在这个县里组织苏维埃政权，如果经验成功，那么我一定在全国实行这个制度。"

孙中山和达林会谈时，"对红军的人数、其组织和政治教育很感兴趣"，询问得十分详细。此前在1921年年底，马林向孙中山提出一项建议，就是"要有真正的革命武装，应该设立一所军官学校"。孙中山借此会谈深入了解苏俄的军事建设。后来在黄埔军校开学典礼上，孙中山特别强调，革命军要像苏联红军那样，首先要用革命思想武装自己的头脑，要从自己的方寸地做起，要把自己从前不好的思想、习惯和性质，像兽性、罪恶性和一切不仁不义的性质，都一概革除。

然而，1922年6月16日，陈炯明的部下炮轰总统府，要置孙中山于死地。孙中山被迫避居永丰舰。孙中山在极其失望之余于6月23日通过陈友仁联络身在广州的达林，突出表达了对苏俄关系的重视，表示绝不放弃斗争。孙中山放弃了对西方列强的幻想，从此一心一意联俄，希望得到苏俄援助，使革命得以成功。

参考文献

1. 陈锡祺：《孙中山年谱长编》，中华书局，1991年。
2. 中国社会科学院近代史研究所中华民国史研究室：《孙中山全集》，中华书局，1986年。

春日黄花：悼黄花岗七十二烈士

1911年4月27日（辛亥年三月二十九日），南国广州正沉浸在暮春时节，下午5时30分，黄兴率130余名敢死队员直扑两广总督署，发动了同盟会领导的第十次武装起义。

基于前几次起义失败的教训，革命党人对此次暴动计划较为周密，投入人力、物力和财力也是最多，仅经费一项就募集18万元。然而结果与之前九次起义一样失败，甚至更为惨烈。几日后，有72具烈士遗骸由隐蔽身份的同盟会员潘达微出面收葬于广州东郊的红花岗，并把红花岗改名为黄花岗，故而此次起义又称为"黄花岗起义"。

黄花岗七十二烈士墓

开战之前，自起义的领导人黄兴，到一般的选锋队员如方声洞、林觉民，都曾留下绝笔信与亲友告别，其誓死决战之心昭昭然。

位居黄花岗七十二烈士之碑的第一个名字便是方声洞，留日习医的他来自福建，本来未在预定的成员名单中。获悉起义消息后，他誓死以所学军医知识报效祖国。1911年春，他离日本回国参加起义前，特意偕爱妻王颖、幼子方贤旭到照相馆拍摄全家福留念，此时他已怀必死之决心，然家人并不知此次照相之意义。

同为"选锋"队员的林觉民，是方声洞的同乡，他于1911年4月24日夜写下感人肺腑的《与妻书》："意映卿卿如晤，吾今以此书与汝永别矣！吾作此书时，尚是世中一人；汝看此书时，吾已成为阴间一鬼。吾作此书，泪珠和笔墨齐下，不能竟书而欲搁笔，又恐汝不察吾衷，谓吾忍舍汝而死，谓吾不知汝之不欲吾死也，故遂忍悲为汝言之。……"生死诀别之际，方声洞、林觉民烈士与辛亥革命中无数慷慨赴死的义士们一样，在大义与小爱之间，都曾有过痛苦的抉择。他们的抉择的痛苦，无不洋溢着人性的温情。

如果说成败早在预料之中，那么志士们赴义时的从容与慷慨更令人动容。他们并非亡命之徒，有的不过一介书生，且家境殷实，在物质和精神上都不贫乏，然其爱国的赤诚，救国的热切，惊天泣鬼。参加起义的革命党人喻培伦、林文、林觉民、方声洞等100多人，都是青年才俊，据统计，所有已知的烈士平均年龄只有29岁，总指挥赵声31岁（未参战），副总指挥黄兴37岁。有医学生、法政学生、报界主笔，研制炸弹的专家，制造飞机的工程师，以及优秀的飞行员等，故孙中山痛心道："吾党精华，付之一炬！"

1912年中华民国建立后，黄花岗烈士殉难迎来一周年，广州军政府拨款10万元在原墓地建烈士陵园。5月15日（农历三月二十九，以农历周年为纪念），孙中山亲往黄花岗主祭死难烈士，亲自栽植4棵青松，并为墓园手书"浩然正气"四个大字。在祭文中他流露出无限悲怆之情："寂寂黄花，离离宿草，出师未捷，埋恨千古。"

1921年12月，孙中山为《黄花岗烈士事略》一书作序，写道："是役也，碧血横飞，浩气四塞，草木为之含悲，风云因而变色，全国久蛰之人心，乃大兴奋。怨愤所积，如怒涛排壑，不可遏抑，不半载而武昌之大革命以成。则斯役之价值，直可惊天地、泣鬼神，与武昌革命之役并寿。"1924年5月2日，孙中山到岭南大学参加黄花岗起义13周年纪念会，演说勉励学生发扬黄花岗先烈的志气与新道德。

如今，位于广州市越秀区白云山南麓先烈中路的黄花岗七十二烈士墓园，又称黄花岗公园，被称为民国第一墓园。它是广州作为近代革命策源地的重要见证。1961年被国务院公布为第一批全国重点文物保护单位。1981年和1986年政府两次拨款维修，使浩气重光，1986年被评为"羊城新八景"之一，名"黄花浩气"。

○ 中山先生的一天

参考文献

1. 吕峥:《我以我血荐轩辕:黄花岗起义始末》,《文史参考》2011年第8期。
2. 陈锡祺:《孙中山年谱长编》,中华书局,1991年。
3. 孙中山:《〈黄花岗烈士事略〉序》,《孙中山全集》,中华书局,1985年。
4. 卢洁峰:《黄花岗七十二烈士墓园》,《建筑创作》2009年10月。

浅谈孙中山与梁启超的交往

孙中山、梁启超是中国近代历史上两位重要的人物,一个是革命领袖,一个是维新代表,为了挽救民族危亡而先后登上历史的舞台,他们分属不同的阵营。

1900年4月28日,梁启超写给孙中山一封书信。内容是劝孙中山"乘势"而起,推进自立军勤王计划,"举皇上为总统",希望孙中山采纳此建言,便可事半功倍,共同入主中原,询问孙中山意下如何。然而,除了争取国家独立、发展资本主义之外,孙中山一直保有推翻清王朝的思想。因此,孙中山是不会接受梁启超的建议的。

后来,随着形势发展,革命与保皇两派之间笔战数年,积怨颇深。其实,在早年他们二人却有过一段密切的交往,甚至有维新、革命两党合并之议。

1900年前后的孙中山

孙中山生于1866年,他的故乡广东香山县翠亨村距离梁启超的故乡广东新会茶坑村仅百十公里,与康有为的故乡相隔也不太远。因此,孙中山对康梁大名早有耳闻,亦曾提出与康梁联合的提议,但被康有为拒绝。

康有为的拒绝并没有阻止孙中山对康梁二人的欣赏。在逃亡日本后,孙中山打算在横滨办一所学校,并派人到上海邀请梁启超出任校长。康有为以梁正在《时务报》任主笔拒绝了孙中山的邀请。但这次康有为并没有像之前那样强硬,而是改派徐勤、麦孟华两个学生前去横滨,而且亲自为学校改名为"大同学校",并书写了匾额。同时,梁启超对孙中山也是极为关注的。孙中山伦敦蒙难时,梁两次译载英国国家学会杂志的文章,向国内介绍其出险经过。后来,在孙中山与宫崎寅藏笔谈时更曾引梁启超为同志,称"吾辈另有秘语,非局外人所能知"。这就说明孙梁之间不仅相互敬重,而且是保持联系的。

戊戌政变后,康梁亡命日本,使得孙梁二人有了更加深入的交往。在宫崎寅藏、平山周等人的斡旋下,孙中山、陈少白、梁启超三人在犬养毅的寓所进行会谈,三人讨论了彼此的合作问题。自此,梁启超与孙中山的交往也开始公开化。尤其是康有为离开日本后,梁启超与孙中山的交往更加密切,甚至渐渐公开宣扬起自由平等的"新说"。从梁启超的行动中,我们不难发现他正逐渐从康的营垒趋向革命阵营。

首先,梁启超代表留在日本的13位同门,写了一封《上南海先生书》。信中提到:"国事败坏至此,非庶政公开改造共和政体不能挽救危局。今上贤明,举国共悉,将来革命成功之日,倘民心爱戴,亦可举为总统……"这里,梁启超流露出了明显的革命意图。

其次,梁启超把自己作为康门弟子标志的别号给改了。康有为的学生都以"厂"(ān)字为号。梁启超号"任厂",而为了表示自己脱离康有为的约束,他将"任厂"改为"任公"。

此外,这时梁启超的言论也日趋激进,甚至在自己所办的报纸上公开畅言革命。"抑压之政,行之既久,激力所发,遂生大动。全国志士,必将有米利坚独立之事,有法兰西西班牙革命之举",他自己后来回忆这段时光,说道:"戊戌八月出亡,十月复在横滨开一清议报,明目张胆,以攻政府,彼时最烈矣。"

孙梁二人交往的最高峰应该是商讨两派的合并事宜。据亲历者冯自由记载:梁启超与孙中山的交往日渐紧密,梁启超逐渐赞成革命,他的同学韩文举、欧渠甲、张智若、梁子刚等主张尤其激烈。于是有孙中山领导的革命派与康有为领导的保皇派合并的计划,拟推举孙中山为会长,而梁启超为副会长。梁启超诘问孙中山:"如此安排将置康先生于什么身份地位?"孙中山回答:"弟子作为会长,弟子的老师岂不是地位更为尊贵?"梁启超听后心悦诚服,这一年梁启超到达香港,曾拜访陈少白、商谈两党合办事宜,并推动陈少白和徐勤起草联合章程。

可见,两派之间早期交往甚密。然而,得知此事的康有为大怒,勒令梁立即前往檀香山办理保皇会事务。后来,许多兴中会会员却加入了保皇会,檀香山成为保皇会的大本营。梁启超又募捐达十万之巨,严重削弱了孙中山革命派的财政来源。因此,1900年夏,孙中山写信谴责梁启超背信弃义。从此两人互不信任,分道扬镳。

参考文献

1. 欧阳亮：《梁启超与孙中山》，《成都教育学院学报》2002年第11期。
2. 冯自由：《革命逸史》第六集，中华书局，1981年。

○ 中山先生的一天

理想与现实——孙中山的亚洲梦

孙中山不仅终生抱持以三民主义为蓝图的中国梦,而且还怀有区别于霸权主义的王道世界梦与亚洲梦。

1900年,孙中山与日本友人合影

早在1895年,面对中国被欧美列强瓜分的严重危机,为避免中国以及亚洲各国沦为西欧列强的奴隶,孙中山倡导亚洲各国团结起来抵抗外来入侵,维护亚洲的和平与稳定。

在孙中山看来,亚洲国家具有众多的相似性,有团结和联合的基础,有反抗西方列强侵略、维护亚洲稳定的共同任务,因此,孙中山阐述了关于亚洲国家联合起来共同抵御外来侵略的思想言论,形成了具有鲜明时代特色的大亚洲主义(大亚细亚主义)思想。而在他倡导的亚洲各国的"团结"中,无疑把中日两国之间的"团结"视为重中之重。

1897年8月,孙中山抵达日本横滨。他在与宫崎寅藏等人的谈话中再次阐述了中国革命和亚洲革命相辅相成的密切关系,并把中国革命看成亚洲革命不可分割的重要组成部分。他说中国革命是"为支那苍生,为亚洲黄种,为世界人道"

而兴起，因此他希望日本援助中国革命，"以救支那四万万之苍生，雪亚东黄种之屈辱，恢复宇内之人道而拥护之"。

1913年2月，孙中山以前临时大总统、全国铁路督办身份出访日本。在日本各界为其举行的一次欢迎会上，孙中山对他的"亚细亚"理论进行了新的论述。他说："亚细亚者，为亚细亚人之亚细亚也。中日两国人民，互为亲交。不惟应当除去猜疑，而且如轻信他邦人之说，互为攻讦之弊，不可不断然排去之也。亚细亚之和平，亚细亚人应当有保持之义务。然中国现在则欠乏维持之实力，故日本之责任，非常重大。余希望日本力图中国之保育，而与中国互助提携也。"

孙中山希望日本采取与欧美帝国主义国家不同的对华政策，帮助中国废除不平等条约，共谋东亚之和平。他说："我们中国此刻能不能够废除那些条约，关键不在别国人，完全在日本的国民能不能够表同情，若是日本的国民能够表同情，中国的条约便马上可以废除；倘若不能表同情，中国便一时不能废除。……中国只要得了日本的帮助，想要废除条约是不成问题的。"他还呼吁："亚洲人口，占全地球三分之二，今日一部分屈伏于欧人势力范围之下。假使中日两国协力进行，则势力膨胀，不难造成一大亚洲，恢复以前光荣之历史。"孙中山不仅没有认识到日本是侵略中国的罪魁祸首，反而满怀日本能帮助中国废除不平等条约的希望，这简直就是与虎谋皮，是根本不可能实现的。

在他的晚年，由于十月革命与"五四"运动的影响，促使孙中山对于世界与亚洲的认识出现了新的飞跃。他不仅继续谋求本民族的独立、平等与富强，而且还更为热忱地呼吁建立一个和平、公道、合理的世界新秩序。他不再是简单地以地区与肤色划分世界，而是把整个世界区分为压迫民族与被压迫民族两大阵线。

前者是帝国主义列强，后者是包括中国在内的殖民地与半殖民地国家与地区。孙中山认为帝国主义是世界上民族压迫与民族歧视的总根源，被压迫民族应该与压迫民族中的"受屈人民"联合起来，共同反对帝国主义。孙中山把这种反帝斗争归为民族主义，认为是一个不可逾越的历史阶段。但民族主义并非终极目标，它只是走向世界主义的基础。世界主义的真精神就是反对强权。最好是以俄国人民作为欧洲世界主义的基础，以中国人民作为亚洲世界主义的基础，然后扩而大之，才能实现整个人类的世界主义。可见，世界大同才是孙中山的理想世界，也是他终生为之奋斗的终极目标。

○ 中山先生的一天

1924年11月24日，孙中山、宋庆龄抵达日本神户时与日本欢迎者合影

孙中山晚年的世界主义，不仅是一种政治设计，而且是一种道德诉求，或许也可以说是向东方传统文化的回归。他借用传统的语言描写未来的理想世界，力图以古老的王道与霸道词汇来区分东方文化与西方文化的本质差异："东方的文化是王道，西方的文化是霸道；讲王道是主张仁义道德，讲霸道是主张功利强权；讲仁义道德，是用正义公理来感化人，讲功利强权，是用洋枪大炮来压迫人。"他认为西方世界的长处无非是科学技术与物质文明的发达，"但是说到他们的新文化，还不如我们政治哲学的完全"。他的最终理想是："用固有的道德和平做基础，去统一世界，成一个大同之治，这便是四万万人的大责任。"

参考文献

1. 田玄、季鹏：《孙中山"亚细亚"思想论述》，《民国档案》1991年第3期。
2. 李本义：《论孙中山的大亚洲主义思想》，《江汉论坛》2005年第11期。
3. 章开沅：《理想与现实——孙中山的亚洲梦》，《江淮文史》2012年第2期。
4. 桑兵：《解读孙中山大亚洲主义演讲的真意》，《社会科学战线》2015年第1期。

五○月

孙中山与工人

我们知道，孙中山主张的三民主义之民权主义，就是要实现权利平等，绝不能以少数人压制多数人，不能一部分人奴役另一部分人。他希望通过政治革命，彻底扫除压迫现象，最终实现民众政治地位的平等。

同时，他警觉地意识到要避免资本主义制度下贫富不均、劳资对立的弊病，希望建立"使富者不能以专制剥削民财，贫者乃能以竞争分沾利益"的制度，从而治愈中国的疾苦。在20世纪20年代，孙中山曾向工人群体伸出援手支持他们组织工会，不断发展壮大自己，成为推动社会前进的生力军。

孙中山与劳动节

在孙中山的时代，劳动节纪念活动也多表现为唤醒工人群体对劳动权利的争取。1920年5月1日，《新青年》第七卷第六期出版"劳动纪念专号"，发表了工人生活照片和工人题词，李大钊发表《五一运动历史》。孙中山为"劳动纪念专号"题写"天下为公"四字，以勉励工人群体以天下为己任，发挥劳动者的自身价值。

1922年5月1日至6日，中国工人阶级第一次全国性大会——第一次全国劳动大会在广州召开。此次大会得到了孙中山所领导的广州政府的大力支持，提供了一个安全可靠的会议地点。此次会议到会代表162人，共代表12个城市、百余个工会和30余万会员，通过了包括8小时工作制案、罢工援助案在内的10个决议案，对社会发展产生了深远的影响。1924年5月1日，孙中山出席广州市工

人第一次代表大会。他呼吁广大工人团结起来"组织一个工人大团体","同资本家争地位",并学习俄国工人,做国民的先锋,到最前的阵线上去奋斗。

孙中山与工人

孙中山对工人遭遇十分同情。早年,孙中山辗转于檀香山、广州、香港等地求学和生活,对民间疾苦深有体会。20世纪初,以孙中山为代表的革命党人多次举行武装起义,以推翻清王朝的腐朽统治,几乎每次活动都少不了工人的身影,也使得孙中山有机会与中国的工人群体同甘共苦,更加了解工人。1912年10月,孙中山在对上海中国社会党演讲中,热情洋溢地歌颂了工人对社会发展做出的贡献。他认为世界一切之产物,都是工人用血汗所构成。所以工人不仅是发达资本的功臣,也是人类世界发展的功臣。

孙中山抨击资本家对工人的残酷剥削,工人承受着强有力者的蹂躏虐待,有功于资本家却被资本家所迫害,这是资本家没有良心所导致。1920年10月,孙中山应邀参加上海机器工会成立大会,见证了中国工人阶级第一个工会组织的诞生,并发表长达2小时的演讲。他说,他素来最敬佩做工的人,是因为工人是世界、国家、社会最有益的人,而军阀、官僚、资本家是最有害的人,他要从官僚中夺回民权。孙中山对工人的同情,对工人作用的歌颂,对资本家的猛烈抨击,客观上促进了中国工人的觉醒。

孙中山积极对工会组织进行帮助。孙中山在辛亥革命前后经常乘轮船奔走海外,对中国海员的遭遇和生活看得清楚。1913年,他号召海员组织起来,先后在日本和香港建立"联义社",这是海员的第一个团体。孙中山还颁布一系列政策法令对组织工会予以支持。1917年,孙中山在广州建立军政府,恢复《中华民国临时约法》,规定人民有集会结社的自由。这样在广州首先出现了华侨工业联合总会、茶居工会、藤器工会等一批工会,活跃了南方的工人思想。1920年,孙中山在广州重组军政府时,于《内政方针》中提出"保护劳动""谋工人生计""提倡工会"等主张。孙中山还派国民党党员到工人中去组织工会。在此力量的推动下,广州工会如雨后春笋般纷纷建立,数量之多,远不是上海及北方城市所能及的,这一现象与孙中山领导的广州政府的支持具有密切关系。特别可贵的是,这些工会不是有名无实的"招牌工会",而是拥有广泛的群众基础,是具有力量的群体。1924年10月1日,孙中山颁布《陆海军大元帅大本营工会条例》,规定工人拥有言论、出版、集会等自由以及罢工和组织工会等正当权利，目的"首在确认劳工团体之地位，次在允许劳工团体以较大之权利及自由，三在打破其妨碍劳工运动组织及进行中之障碍，使劳工团体得到渐有自由之发展"。这是中国首个承认工人有组织工会权利的法令，反映出孙中山对工会组织的支持。

孙中山对工人罢工也给予有效的支援。孙中山对工人罢工是同情和支持的。他说，罢工之事，工人不得已而为之。工人受资本家的苛刻对待所以反抗，不能责怪工人。他十分赞成有助于改良劳工情况的运动。特别是针对外国资本主义的罢工斗争，孙中山更是竭尽全力。比如1922年孙中山得知香港海员大罢工爆发后，立即电令广州军政府财政部长廖仲恺筹款支援，并派员到香港慰问。孙中山还在国民党中央党部成立时下设工人部，专门负责指导工人运动，一改国民党此前缺少正式领导工人运动机构的状况。1924年7月广州工人代表大会组织和领导了沙面工人罢工。面临港英政府的不断施压，孙中山不为所动，多次接见罢工代表，鼓励他们坚持斗争，并在政治和经济上给予帮助。沙面工人罢工的最终胜利打破了"二七"惨案后的沉寂局面，成为中国工人运动发展的又一个转折点。

解决工人问题

工人问题是现代政治家必须思考解决的问题。孙中山在考察欧美各国后，忧虑贫富差距悬殊、阶级对立严重等社会问题会在中国重现，期望"举政治革命、社会革命毕其功于一役"。他主张待政权建立稳固后，采取与马克思的革命手段截然不同的四项措施，即首先对社会与工业进行改良和变革，其次将运输业和交通业收归国有，再次运用国家暴力机器直接强制征收所得税，最后大力开办合作社以求公平合理分配，让社会劳动成果为全民所享。对于解决工人问题，孙中山保持乐观态度，认为"中国本来没有大资本家，如果由国家管理资本，发达资本，所得的利益归人民大家所有，照这样的办法，和资本家不相冲突，是很容易做得到的"。

孙中山的理想是当革命成功后，政府通过自上而下的方式，扩大社会生产，节制私人资本，促进公平分配等手段来解除工人的痛苦，调解工人与资本家之间的矛盾，进而实现大同社会。孙中山试图站在超阶级的层面，使中国"资本家和工人的利益相调和"，以此解决工人问题，但在当时社会矛盾丛生、阶级斗争尖锐的历史环境中并没有取得成功。

参考文献

1. 陈卫民:《孙中山与早期广州工人运动》,《史林》1995年第3期。
2. 宋翔:《孙中山、毛泽东工人观比较研究》,《赤峰学院学报》第34卷第10期。

孙中山与康有为：劫波度尽，恩仇难泯

1895年5月2日，康有为联合各省应试举人1300余人发动"公车上书"，要求"拒和""迁都""变法"，资产阶级改良派开始登上政治舞台。

1895年的春夏之交，北京的局势让人绝望。甲午新败，京师门户洞开，朝野上下慌乱之极。《马关条约》签订的消息犹如一道晴天霹雳，云集京师参加会试的举人们公推康有为起草上书，呼吁变法。4月22日，康有为起草了洋洋18000字的《上今上皇帝书》，开出救国药方四味："下诏鼓天下之气，迁都定天下之本，练兵强天下之势，变法成天下之治。"5月2日，康与弟子梁启超带领十八省举人联名上奏光绪，史称"公车上书"。

就在康有为悲情地"跪着造反"时，他的广东老乡孙中山却站着举起了武装反清的革命大旗。1895年春夏间，孙中山与陈少白、杨衢云、陆皓东等在香港秘密筹备起义工作。暴力革命与维新改良，泾渭分明。那么，具有同乡之谊，道义上亦有相近之处的孙与康是否注定了针尖对麦芒，水火不容？事实上，作为后学，孙中山对康有为存有敬意，曾三度主动示好，希望彼此联手，共图大业。

1891年至1894年，康有为在广州创办万木草堂，聚徒讲学，宣传改良主义思想。孙中山亦以行医为掩护，在广州进行秘密革命活动。他的医务所设于双门底（今北京路北段）圣教书楼内，与万木草堂相隔很近，康有为经常到圣教书楼购买"西书"。1894年年初，孙中山乃托人向康致意，希望与之结交。孰料康有为认为自己有功名，是"体制内"的举人，而孙中山却是离经叛道，读"番书"的黄毛小子，心存轻视，提出要孙中山具门生帖，方肯结交。心高气傲的孙中山认为彼此既是为了救国扶危，应平等相待，何以一定要执师生之礼？头一回接触，便没有下文。

1898年戊戌变法失败后，康有为于10月25日避难东京，辗转英伦后的孙中山此时也在日本。在清廷眼中，两个"十恶不赦"之徒尽在邻国，乃一大隐患。当时的广西道监察御史杨崇伊曾奏称"康逆为孙文羽翼""康梁避迹，必倚孙文……中华无安枕之日"。慈禧大为紧张,密收奏折,"即军机大臣亦勿宣示"。

26日,孙中山请"媒人"宫崎寅藏介绍与康有为会晤,为康所拒。对此,宫崎事后说:"孙先生之所以要见康,并非在主义方针上有任何相同之处,而只是对他当前的处境深表同情,意在会面一慰他亡命异乡之意,这实在古道热肠,一片真诚。"孙中山并没灰心,翌年2月,在犬养毅撮合下,派陈少白再约康有为。陈请康"不以私而忘公,不以人而忘国,改弦易辙,共同实行革命大业",实行"革命的办法"。康有为仍以帝师自居,宣称自奉衣带密诏,"惟有鞠躬尽瘁,力谋起兵勤王"以解光绪"禁锢瀛台之厄"。孙中山的努力再次无果。

1900年夏,宫崎寅藏前往新加坡游说康有为,再谈与孙中山"联合革命"。宫崎抵埠不久,便被新加坡英国殖民当局逮捕入狱,罪名是图谋刺杀康有为!事后多方证据显示,这只不过是清廷的离间计。1899年11月,李鸿章受命镇压康梁和孙中山,他将"设法捕逆"的事情交给了刘学询操办。刘学询是广东香山县人,以留学生监督的身份来日本谋划暗杀孙、康二人,久未得手。当宫崎离日后,刘学询立即给康发电:"孙派宫崎、清藤等为刺客行刺足下,已经出发,望予警惕。"惊弓之鸟的康有为将此事密告给新加坡政府。7月9日,孙中山抵新加坡营救宫崎寅藏。在为宫崎等作证担保时,孙中山如是说:"我想要会见康有为,就当前中国的问题征询他的意见,并向他提出我的劝告。不错,我志在驱逐满洲人,而他支持年轻的皇帝。我希望与他磋商,为我们在共同路线上的联合行动做出安排。"对于孙中山释出的善意,康有为还是不以为然。8月12日他致函女儿康同薇:"惟孙假我名,至为大碍,可虑。来此闹成一大案,因我拒之……益明我与彼之不相合也。"

此后,孙中山和康有为愈行愈远,双方围绕保皇和革命两大主题,大打笔仗,磨刀霍霍。孙中山称康有为是毒瘤,"非将此毒铲除,断不能成事";康则诅咒国内的革命形势是"豺虎中原",认定孙中山"必为大害",发誓"穷我财力,必除之"。两人交恶如此,再无回旋余地。1925年3月12日,孙中山在北京病逝;两年后,1927年3月31日,康有为病死于青岛。彼此熟悉的两个陌生人,恩怨交织数十年,历史没有给他们和解的机会。

参考文献

1. 陈锡祺：《孙中山年谱长编》，中华书局，1991年。
2. 汤志钧：《从康有为到孙中山》，《近代史研究》1987年第1期。

○中山先生的一天

孙中山曾积极参与"五四"运动

1919年"五四"运动爆发时，孙中山在上海，他虽然没有直接出面领导这一运动，但却以一个革命家特有的眼光和胸怀，做出反应，对运动给予极大的关注、声援、支持和指导。

"五四"运动爆发前，孙中山避居上海莫利爱路寓所，主要致力于理论著述，总结民主革命的经验和教训，继续寻求救国救民的道路，以唤起新的革命运动，因而与代表革新新力量的学界的联系自然较少，甚至与陈独秀、李大钊等"五四"激进人士未谋一面。

但"五四"运动爆发后，孙中山成为运动的参与者和指导者。孙中山以其领导的《民国日报》等报刊为平台，卓有成效地发挥了宣传报道、新闻舆论的导向作用，对"五四"运动在全国特别是在上海的兴起和发展，起到了很大的促进作用。

1919年5月6日，孙中山指示邵力子，《民国日报》要大力宣传北京学生的反帝爱国运动。此后，《民国日报》倾其全力宣传报道运动情况，分析形势，指点方略，呼吁各界人士声援学生，共同战斗。5月6日、15日连续发表评论赞颂青年学生"寒贼胆而快人心"的爱国斗争。5月12日起，《民国日报》开辟"大家讨贼救国"副刊，6月11日起又办"救国余闻"副刊。孙中山还在6月、8月指派戴季陶、朱执信等人筹办《星期评论》和《建设》杂志，约请胡适、陈独秀、蔡元培等人为《民国日报》和《建设》杂志的专刊写稿，加强文化宣传，报道和支持"五四"运动。

孙中山利用自己的政治声望对被捕的工、学界代表积极予以营救。当他得知北洋军警无理逮捕32名爱国学生时，于5月9日同岑春煊、伍廷芳等六总裁联名致电徐世昌，要求北京政府"洞明因果，识别善恶，宜为平情之处置，庶服天下之人心"。由于孙中山和社会上其他人士的营救以及人民群众的坚决斗争，被捕学生很快获得释放。6月11日，陈独秀因起草和散发《告北京市民宣言》而遭北洋政府逮捕。《民国日报》当即予以报道和声援。9月上旬，孙中山在上海会见徐世昌、段祺瑞的和谈代表许世英时，郑重谈及陈独秀被捕之事，提出严正警告。随后，陈独秀获释，这与全国舆论压力和孙中山的抗议均有关系。

孙中山给予上海乃至全国的学生运动以切实的帮助和指导。1919年5月8日，陈汉明上书孙中山称，南京华侨学生代表大会决议电请各方争回青岛，维护国权，请予赞助。孙中山批云："此间有一分之力当尽一分之力。"6月10日，上海复旦大学文学系三年级学生朱仲华等登门拜访，孙中山面授机宜，要求朱仲华等"要扩大阵线，尽可能设法使上海商界参加到爱国运动中来，要敢于向帝国主义盘踞的租界进军"。当商人罢市一周后，孙中山洞察如果商人支持不了主动开市会影响学生会的威信，他告知学生会注意斗争技巧，在适当时机主动劝商人开市。

孙中山对"五四"新思潮也有其独特的看法。他既从"五四"运动看到了中华民族振兴的希望，找到了激发国民党活力的源泉，也对"五四"运动否定传统提出了不同看法。他认为中华民族的优良传统，比如忠孝、仁爱、信义、和平这种特别的好道德，便是我们民族的精神。不但要保存，并且要发扬光大，我们民族的地位才可以恢复。孙中山分析道："现在受外来民族的压迫，侵入了新文化，那些新文化的势力此刻横行中国。一般醉心新文化的人，便排斥旧道德，以为有了新文化，便可以不要旧道德。不知道我们固有的东西，如果是好的，当然是要保存，不好的才可以放弃。"在孙中山看来，西方文化良莠不齐，不加选择地全盘引进是要不得的；同样，中国文化、中国传统道德也是好坏杂陈，不加区分地连根拔除将祸害无穷。他还对新文化运动中"倡废中国文学之议"表示反对，中国语言文字悠久历史、"流布最广"，以优美著称，"中国文字决不当废也"。孙中山对西式的民主自由观念、个人主义观念等提出批判。他说，中国的问题并不在于个人没有自由，而是民族没有自由。国家、民族利益是至高无上的。个人自由可能对群体力量瓦解，反而无助于国家的和平。孙中山这种有分析有辨别的文化态度，恰是新文化建构所需要的理性态度，这是孙中山比西化派和复古派高出一筹的地方。

"五四"运动是由民族危机而产生的爱国救亡运动和新文化运动的总称，是中国百年史上十分重要的界标。孙中山对"五四"运动的参与及观察，在其政治生命中产生了重要的影响。

○ 中山先生的一天

参考文献

1. 董德福：《孙中山与五四运动关系辨正》，《学术研究》2006年第2期。
2. 傅绍昌：《孙中山对五四运动的声援与推动》，《历史教学问题》2015年第3期。
3. 邵和平：《试论五四运动前后的孙中山》，《河北师范大学学报》1992年第4期。

巾帼不让须眉——宋庆龄与广东女界"出征军人慰劳会"

宋庆龄在美国威斯里安女子学院读书时，就曾预言："中国妇女也将成为同男人们地位相等、平起平坐的伙伴。"这句话，在一百多年前的中国，人们觉得这真是天方夜谭。宋庆龄婚后，作为孙中山的得力助手和战友，经常帮助孙中山处理各种文件，跟随孙中山会见各方客人。

孙中山夫妇于 1916 年 4 月 24 日在东京的合影

1921 年 5 月 5 日，孙中山就任中华民国非常大总统，桂系军阀陆荣廷不甘心退出广东，图谋重占广东地盘，于 1921 年 6 月中旬下令兵分三路进犯广东。孙中山任命陈炯明为援桂总司令，讨伐陆荣廷。

1921年7月初，为了鼓舞将士奋勇杀敌，减轻政府的财政压力，宋庆龄在广州发起妇女界组织"出征军人慰劳会"，并担任会长，何香凝任总干事，进行义卖、义演、捐献等多种形式的筹款活动，后发展成为各行各业、男女各界声势浩大的群众运动。

7月20日，宋庆龄派代表何香凝（廖仲恺夫人）、魏邦平夫人、莫纪彭夫人、汪精卫夫人等七位妇女赴前线梧州、浔州，到各医院慰问伤兵，并携带蚊帐、衣物、药材、水果等慰问品。随后各代表到各兵营及舰队一一慰问。慰劳会代表所到之处，士气倍增。

1921年7月24日，宋庆龄组织妇女们在广州东园开展"出征军人慰劳会"卖物场，孙中山出席开幕礼。孙中山穿白色中山装，上口袋插一朵胸花，右手持文明棍，头戴帽子；宋庆龄身穿白上衣黑裙，右手持伞，左手握皮包。会场门口正上方悬挂横额"报效全场茶点鲜食"。会场门口左侧立一广告牌："注意敬启者：现慰劳会开设卖物场，原为筹款购物转赠军人，故同人、家属、粤民一分子自当

宋庆龄在广州与"出征军人慰劳会"会员

竭尽绵薄，稍尽义务，用特报效，全场茶点鲜食。自阳历七月廿四号（阴历六月二十日）起至七月三十号（六月廿六日）。"下午4点，"场内外通树各种旗帜。所设美术、文具、食物、绣织、玩具、花草、化妆货物、药物、音乐、演具各部，均陈列整齐，布置华美……各部中以美术部各种书画为最美观。所陈书画，皆由各书画家所捐"。其中，"有孙大总统书扇及胡汉民、汪精卫、陈协之、高剑父、何香凝、邹海滨、徐桂农、高奇峰诸人书画"。出席者，除了何香凝和各界妇女外，胡汉民、马君武、唐允恭等到会祝贺。

这次活动的成功举行，显示出宋庆龄的组织才能，对当时北伐起着积极的作用，她以实际行动支援了孙中山的革命事业。1921年8月5日的上海《民国日报》报道称"广州出征军人慰劳会，为孙大总统夫人发起组织，实为我国创举"。"连日在东园卖物筹款，成绩颇佳。"

8月4日，宋庆龄偕同古应芬夫人、何香凝及朱卓文之女公子慕英、慕菲，到广州各大医院慰问伤兵，鼓舞士气。他们"携备蚊帐三百个、及汗衫、仁丹、食物、烟仔等项，亲往医院分给各伤兵，躬亲慰问。由医馆代为宣布。所有病兵，皆欢欣鼓舞，感激非常"。

讨桂战争胜利后，孙中山决定乘胜北伐，先后设立北伐大本营于桂林和韶关，为支持北伐，宋庆龄在广东女界"出征军人慰劳会"的基础上组织"红十字会"，并亲自率红十字会多人先赴桂林，后至韶关，准备进行战地救护。宋庆龄表现出来的身先士卒和献身革命的崇高精神，为日后广大妇女的投身革命树立了榜样。

参考文献

1. 尚明轩：《宋庆龄年谱长编：1893—1948》，北京出版社，2002年。
2. 孙中山故居纪念馆编：《孙中山的亲属与后裔》，中国大百科全书出版社，2001年。
3. 孙中山故居纪念馆编：《中国民主革命的伟大先驱——孙中山》，中国大百科全书出版社，2001年。
4. 盛永华：《20世纪的伟大女性宋庆龄》，广东人民出版社，2006年。

○ 中山先生的一天

陈炯明的掌粤岁月

1921年5月7日,孙中山任命陈炯明为广东省长兼粤军总司令。

陈炯明是近代中国颇具争议的历史人物。"六·一六事变"后,他在国民党的话语系统中,被斥之为"叛徒""军阀",口诛笔伐、不容于世。撇开政治恩怨,事实上他主政广东期间,在建设广府、严禁烟赌、致力教育、发展经济、提倡新文化运动等方面颇有建树,一度使广东蔚为全国"模范"之区,赢得"模范小中国"的美誉。

辛亥广东光复后,陈炯明曾出任广东副都督、代理都督、都督。1916年参加讨袁,成立粤军总司令部,自任总司令。1917年参加护法运动,被孙中山任命为援闽粤军总司令。驱桂回粤后,1920年11月委以广东省长兼粤军总司令。1921年5月7日,孙中山就职非常大总统后,再次任命陈炯明为广东省长兼粤军总司令。这是孙中山第二次重返广州建立南方政权时做出的重要人事安排。

孙中山对陈炯明的重用,足见其能力非同一般。而且这时陈炯明还兼有内务总长和陆军总长之职,可谓以一当四。在不到两年的省长任期里,作为地位最高的广东军政官员,他专心治粤,在地方建设中可谓名噪一时。

广州设"市"

1918年10月22日,广州设立市政公所,负责拆除城垣、规划街道等市政建设事项,为广州正式设市打下基础。1920年9月粤军回师广州后,陈炯明再度把广州设市提上议事日程,指出"查广州为吾粤省会所在地,人民户口之众,生活程度之高,商务交通之盛,行政事务之繁,实为全省之冠,而地域犹分属南海、番禺两县,行政之权未能统一,于一切兴革事宜之进行殊多阻碍,非变更其旧日之区域,统一行政之治权,无以适应时势之需求,而增进人民之幸福"。

为此,1921年2月颁布施行《广州市暂行条例》,成立广州市政厅,任命孙科为首任广州市长,并设立财政、公安、工务、教育、公用和卫生局长。至此,中国近代城市史上第一个建制市——广州市正式成立。在卫生行政方面，特聘专门人才，锐意改革。如对医院、化验室、屠场、市场、浴场，以及药品、食料、饮料、茶楼、酒馆、牛奶房、剧场的管理，检查和取缔妓院。1922年，黄炎培在参观完广州后专门撰文盛赞广州新景象。

继广州之后，省内江门、惠阳、汕尾等地市政厅也相继成立。各地拆城墙、修道路、筑公园，开展市政建设。在此期间，广州开始筹办市政纪念图书馆、第一公园、公共儿童游戏场、公共体育场、美术学校等；举行美术展览、体育运动会；安装马路电灯；在梅花村、竹丝岗建筑新式住宅区，成为模范新区；要求饭馆、旅店、戏院等公共场所，严格执行政府颁布的卫生规则；设立新式屠场，由卫生局监督检查肉类卫生；雇佣清道夫，每天打扫街道，疏通沟渠，改造排水系统；举办卫生知识展览，印制宣传卫生的小册子，挨家派发。

推行自治

辛亥革命后，陈炯明就怀有建设模范省的设想，加之先前在闽南漳州的自治经验，他提出在广东"首倡地方自治，以为各省先导；并以广州为全省首善之区，市政规划，刻不容缓"。1921年6月《广东省自治根本法》起草完成。在全省92个县推行自治；当年年底，在广东省各县推行完成民选县长、县议员。实施民选县长后，他又着手制定省宪。1921年12月19日，省议会通过《广东省宪法草案》。除声明"人民在法律上一律平等，无种族、宗教、阶级之区别"外，还具体规定保障人民的自由。

严禁烟赌，发展经济

1921年1月，陈炯明发布《禁烟布告》和《禁赌办法通令》。经过整治，为害广东数十年"无地不赌"的现象终于禁绝；他又颁布禁烟令，"凡私吸私售鸦片者，一律重罚"，遂使民风大好。他还设立广东经济调查局，发展地方实业；各县设立林业事务所，并在广州设立生丝检查所及蚕种制造所，以改良丝料出产，不到一年，广州市丝厂增至50余家；他积极吸纳港商和南洋华侨投资农业、运输业，并支持港、粤、沪商人筹办资本达到1000万元的股票交易所；在经济趋好情况下，广东全省总商会正式成立。在社会生活上，陈炯明被誉为"清代及民国时期，广东军政首长禁赌最坚决、成效最大的一位"。

提倡新文化，致力教育

当新文化运动在北中国陷入"问题"与"主义"之争时，广东已将新文化运动的宗旨付诸实践。陈炯明力邀中共创始人陈独秀来粤主持教育大局，私立学校兴盛，为全国之最，而义务教育亦得到长足发展。1921年10月至11月，全国教育会联合会第七届年会选在广州举行，以广东提案为参照，制订覆盖全国的学制系统草案，使得广州成为全国教育界的焦点和关注的中心，当时的执信学校成为中国最早实行新学制的学校之一。

1922年4月20日，在各方矛盾纠结与促使下，孙中山下发免职令，准予陈炯明辞去为期不到一年的广东省长与粤军总司令两职。陈自谓："我是拉人力车的人，年来已精疲力竭，今总统已有驾车人物，我正可卸肩。"孙陈决裂后，陈炯明陷入舆论的风口浪尖，最终在国民革命军的东征中彻底失败，落泊香江。值得玩味的是，在人生的最后8年，他完成了对与国民党渊源颇深的美洲致公堂的改组，创建中国致公党，并担任该党总理直至去世。几经风雨，今日的致公党已成为以华侨、归侨侨眷为主要构成的中国大陆的一个民主党派。

参考文献

1. 《陈炯明：主政广东称"模范"一身是非惹争议》，《晶报》1922年。
2. 陈锡祺：《孙中山年谱长编》，中华书局，1991年。
3. 段云章、倪俊明编：《陈炯明集》增订本，中山大学出版社，2007年。
4. 《黄炎培演讲广州市政》，《新建设的中国》，"舆论"，1922年上海民国日报成立六周年纪念增刊。
5. 段云章、倪俊明：《陈炯明的理想和道路——以民主联邦制为考察中心》，《中山大学学报》2008年第5期。
6. 段云章、沈晓敏编著：《孙文与陈炯明史事编年》，广东人民出版社，2003年。

晚清外交家伍廷芳

伍廷芳（1842—1922）是晚清、民国初年的风云人物，曾先后担任过清朝驻美公使、辛亥南北和谈代表、南京临时政府司法总长、北京政府外交总长兼国务总理、西南护法军政府外交总长，且曾一度代孙中山摄行大总统之权，在风起云涌的近代中国社会大舞台上，扮演了一个个令人瞩目的角色。

海外求学进取

伍廷芳出生于新加坡，3岁时随父回广州定居。在青少年时代，伍廷芳目睹了广东人民抗击西方侵略者的运动，国人发愤图强的民族精神深深地感染着他。14岁时，伍廷芳到香港圣保罗书院求学，5年以后，以优异成绩毕业并在香港法院任翻译。港英当局的西式教育和广东、香港独特的社会氛围，使得已经成年的伍廷芳不仅隔绝于科举制道路，而且能够反思中国积弱的原因，并为自己的前途重作规划。1874年，32岁的伍廷芳辞翻译之职赴英留学修习法学。毕业后，伍廷芳成为英国执业律师，是华人获此资格的第一人。

其时，晚清正开展洋务运动，有许多对外交涉事宜，却奇缺懂国际惯例和法律事务的人才。一时间，伍廷芳成为晚清驻外机构争相延聘的对象。然而，伍廷芳一概拒绝，直到直隶总督、北洋大臣李鸿章起用了他。但没过多久，伍廷芳父亲病故，按清朝制度，之后他必须暂时离职居丧。他返香港就业，并于1882年成为首位华人太平绅士和立法局议员。但志存高远的伍廷芳没有挂怀这种"殊荣"，于同年11月再次北上，带着出色的西学素养和稳健干练的办事才能，走进晚清洋务大员李鸿章的幕府，参与对外交涉。

独特外交风格

1886年，在日本长崎，日本巡警与来访的中国水兵起衅斗殴，中国士兵死亡8人，日本死亡2人。日本人不但不道歉还借机生事，欲制造侵华口实。伍廷芳临危受命，与日交涉，初次展示外交才华。他拟出四项解决方略，其中包括将让西方国家介入调解。伍廷芳的方案合乎国际法律惯例，层次分明，确保清政府在政治上进退有据。日本人因忌惮其暴行公之于众，于两月之后主动邀请德国驻日公使出面调停，随后案件审结。

1896年，伍廷芳抵达美国，出任驻美公使。他的使命"首在保护华工"。因当时从美国官方到民间都在歧视和迫害华人，各种侵害华人的事件屡屡上演。伍廷芳处理了不计其数的涉华案件，每一件都"抗辞力辩，笔舌并争"。他在媒体上的持续呼吁，打动了不少美国有良知者，美国的排华浪潮逐步遭到舆论正义的压力。这种压力最终传递到了华盛顿，中美侨务问题逐步朝好的方向发展。可以说，作为一个弱国的外交家，在国际舞台上，伍廷芳充分展示了他强韧的爱国情操，维护了中国人的尊严，表现出中国外交官独特的人格魅力和高瞻远瞩的眼光。

伍廷芳之死

武昌起义后，伍廷芳在上海宣布赞成共和，致函清廷，劝告清帝退位。后出任南方民军全权代表，与袁世凯派出的北方代表唐绍仪举行议和谈判。南京临时政府成立后，70岁的伍廷芳出任司法总长。1917年，追随孙中山赴广州参加护法运动，任护法军政府外交总长。1921年孙中山被非常国会选举为总统，伍廷芳任广州军政府外长兼财政总长，北伐时，曾代行总统职权。

在伍廷芳暮年，身兼数职的他既是孙中山筹建广州军政府的重要支持者，也是粤军统帅陈炯明与孙中山之间个人摩擦的重要调停者，但调停的效果并不明显，最后还是不能避免陈炯明的兵变。

1922年6月16日，陈炯明所部兵变，炮轰总统府，与孙中山公开反目。孙中山下令海军开炮还击。伍廷芳于20日发表辞职通电。

他说："廷于此变故，事前则调节术穷，事后则维持力薄，内惨衾影，外负国人，忧老成疾，心灰意冷，已决意引退。应请大总统辞去本兼各职，其外交、财政两部职务，无从履行，应暂行结束，奉还大总统；其广东省长印信，奉送省议会暂为保存。惟护法之役，本因武力干涉而起，今不能改途易辙，以意见偶有不同，竟致诉之武力，矛盾相攻，内煎太迫，外侮堪虞，隐忧何极。苟非大彻大悟，何以救国救乡，此廷于慨痛之余，而亟盼邦人君子有以处此也。"细读伍廷芳之辞呈,当知其时心境。

6月23日,伍廷芳病逝。孙中山在永丰舰上惊悉此事,即向舰内将士发表演讲,给予伍廷芳高度评价。8月9日,孙中山被迫离开广州,15日在上海发表护法宣言,继续怀念伍廷芳。12月17日,伍廷芳的追悼大会在上海隆重举行,孙中山特派代表居正前往悼念,并宣读祭文。1925年1月,孙中山抱病在身,还为伍廷芳的墓地亲撰长篇墓表,重申:"文自元年与公共事,频同患难,知公弥深,敬公弥笃。"

伍廷芳一生致力于外交和法律等方面的事务,在古稀之年更为创造一个理想国家,不避劳怨,多方奔走,其奋励创拓的精神、正义凛然的人格和蔼然冲挹的风仪令人景仰。

参考文献

1. 袁贺:《弱国强种:晚清外交舞台上的伍廷芳》,《人物》2009年第2期。
2. 丁贤俊:《论伍廷芳——一生求索暮年辉煌》,《第三届近代中国与世界国际学术研讨会论文集·第一卷》,社会科学文献出版社,2015年。

○ 中山先生的一天

"黄埔"筹建时,蒋介石为何"任性"挂冠而去

黄埔军校校长,在当时的国民党内并非是特别显赫的职位,然而对于蒋介石来说,担任黄埔军校校长,却是他政治生涯中一个具有决定意义的契机。正是以此为跳板,蒋介石才得以飞黄腾达,走进国民党军政的权力核心,进而跃向权力的巅峰。

1924年1月24日,正是国民党"一大"期间,孙中山委派蒋介石为军官学校筹备委员长,这原是蒋介石孜孜谋求、志在必得的关键职位。但时隔不久的2月21日,蒋介石却突然留下一纸辞呈,"怫然而行",使军校的筹备工作一度陷于停滞状态。蒋介石为什么要辞职?个中缘由何在?

事情还得从头讲起。孙中山从一系列痛苦的失败中,认识到创建革命武装和发动民众的重要,决心"以俄为师",借鉴俄国革命成功的经验。他顺乎潮流,改弦更张,改组国民党、筹办军校,确立联俄、同共产党合作的新方略。

在此同时,作为孙中山主要军事助手的蒋介石的思想却循着逆反轨迹在发展——特别是他对苏俄的态度。早先,蒋介石对于俄国十月革命的成功,曾给予热切的关注,对革命后的俄国抱有朦胧的憧憬和向往,对俄国共产党援助中国革命表示由衷的感激。1919年,蒋介石曾学习俄语,阅读有关俄国革命的书籍,并撰写过称颂俄国的文章。1923年7月13日蒋又自荐,向孙中山提出:"为今之计,舍允我赴欧(系指苏俄)外,则弟以为无事是我中正所能办者。""如不允我赴俄,则弟只有消极独善,以求自全。"请求孙中山派其赴俄,考察苏俄的政治、党务和军事。

1923年8月16日,孙中山派蒋介石率"孙逸仙博士代表团"启程前往苏联,进行为期3个多月的考察。

但蒋介石在苏俄考察三个多月的结果,却在对苏俄的认识及态度上发生了根本变化。他断定国民党"联俄容共的政策,虽可对抗西方殖民主义于一时,决不能达到国家独立自由的目的;更感觉苏俄所谓'世界革命'的策略与目的,比西方殖民主义……更是危险。"他甚至断言:"俄党对于中国惟一方针,乃在造成

· 240 ·

中国共产党为其正统，决不信吾党可与之始终合作，以互策成功。""彼之所谓国际主义与世界革命者，皆不外凯撒之帝国主义，不过改易其名称，使人迷惑于其间而已。""所谓俄与英法美日者……其利本国而损害他国之心，直五十步与百步之分。"蒋的这些意见和观点招致了廖仲恺等人的批评，孙中山对其反对联俄容共的建议也明确表示不能接受。

令蒋介石更为闹心更感挫折的是，在国民党召开以改组为中心的第一次全国代表大会期间，既未获邀与会，会后选出的中央领导机构中更没有自己的位置，孙中山在2月3日只任命他为中央执行委员会下属的军事委员会中的一个委员。胸怀政治抱负的蒋介石，这时的落寞寡欢可以想见，对孙中山心存不满，也就事出有因了。特别是孙中山要蒋介石专心筹办军校，不必过问党务和军政大事，这对蒋介石无疑是个很大的打击，使他"终日不安，如坐针毡"。因此，他选择了"走"为上计。

2月21日，蒋介石留下辞书，不告而别。蒋离职返乡不久，3月2日给孙中山写了一封洋洋数千言的长信。字里行间，流露出强烈不满。表白自己对孙中山"无难不从，无患不共""为国为党，而又为先生尽力者，殆无其人也！"并抱怨孙中山对他不信任，没有对他专任不疑，没有让他过问党政大事。

对于蒋介石的不告而别，孙中山非常吃惊，随即于23日派廖仲恺代理军校筹备委员会委员长，抓紧筹备工作。25日又派邓演达专程赴奉化，促蒋回粤。对蒋的辞呈，孙中山明确批示："所请辞职，碍难照准。"对蒋介石的辞职行为，孙中山基本上采取了"君子爱人以德"的态度，一方面，责备蒋率性使气，不顾大局，并严令其回粤；另一方面，对蒋又抚慰有加，对他作恳切的说服劝导，并以宽厚优容的胸襟，对蒋提出的若干要求，作了认真严肃的处理。

蒋介石早年任性使气的性格，在他辞职这件事上也是有影响的。青壮年时期的蒋介石，任性暴戾，恃才傲物，锋芒毕露，常为同僚所不容，也常有稍不顺意即拂袖而去的举动。孙中山对他的这一性格深有所知，并曾作过语重心长的批评："兄性刚而嫉俗过甚，故常龃龉难合。然为党负重大之责任，则勉强牺牲所见而降格以求，所以为党，非为个人也。"劝导他不要嫉俗太甚，应有容人之量，更要为主义、为党而牺牲个人所见。

蒋介石非常清楚军校校长一职对他所蕴含的非同寻常的意义。舍弃军校无异于丧失一切，这对怀有很高政治欲望的蒋介石来说，是怎么也不会愿意的。所以当 3 月 26 日廖仲恺再次打电报问他"归否？俾得自决"后，蒋介石即于 28 日复电表示"弟必来粤"。而此时，孙中山已等不及了，又派许崇智请他回来履职。当校长的有力竞争者许崇智告诉蒋介石，自己无心校长一职时，蒋介石这才心满意足地于 4 月 14 日与许崇智相偕回到广州，4 月 26 日到黄埔军校办公。

蒋介石离职黄埔的真实目的已经昭然若揭，他选择在建校最需要他的时候提出辞职，虽有思想政见方面的原因，但主要意在表达对孙中山任职安排的不满和对其事业的"忠心"，引起孙中山对他的加意挽留，进而求得更多的信任、要求更大的权力。"这种行为自可解释为一种以退为进的心术，甚至意含要挟来达到自己的目的。"5 月 3 日，孙中山特任蒋为陆军军官学校校长兼粤军总司令部参谋长，并允诺给予他在人事与财政上更多的权力。此时，孙中山自兼军校总理，廖仲恺出任中国国民党代表，蒋介石在黄埔名列第三。直至次年，孙、廖相继辞世，蒋介石才真正坐上黄埔军校第一把交椅。蒋介石由此迈出了他政治生涯中至为关键的一步。

参考文献

1. 陈国强：《蒋介石辞黄埔军校职原因考》，《近代史研究》1993 年第 6 期。
2. 陈国强：《"黄埔"筹建时蒋介石为何挂冠而去》，《民国春秋》1994 年第 2 期。
3. 王晓光：《1924 年蒋介石离职黄埔原因探析》，《党史文苑》2013 年第 4 期。
4. 孙果达：《蒋介石出任黄埔军校校长之原因考》，《上海党史与党建》2016 年 2 月号。

巾帼英雄千古流芳——黄埔女兵

黄埔军校创办一年后，于1925年6月9日党代表廖仲恺和校长蒋介石收到一封书信，被责问军校为何不招女兵。写信人金慧淑女士是广西灵川人，女子法政大学毕业。她在信中要求黄埔军校招收女生，她自愿做一个革命的女军人。

她在信中写道："木兰从军，千秋共赏；罗兰死节，今古同称。岂以中国二万万之女子，概不能从事革命工作耶？"信发出后，未得答复，她又亲自找到何香凝，请求帮助。何香凝也感到无能为力，难以说情。金慧淑又去黄埔岛，校长蒋介石避而不见，遂又去政治部特别区党部请求，表达了她"受女界党员推举来粤访问"的深刻感受。她说："黄埔陆军军官学校，则谓男女不能同学，似于理有不通，下次招生望本男女平权之旨义，予以招收壮年女生。"并说，中国4亿人口，女子居半，男子从事革命，女子却袖手旁观，救国救民的责任不均。在社会主义国家苏联，女子已开世界先例，走进革命军队。我们革命党力主坚持列宁主义，提倡男女权利平等，为何我国却无女同志军呢？中国两亿女子不能取得从军权，这就不能说是男女平等。

1926年11月底，武汉国民政府决定，在开办黄埔军校武汉分校的同时，招收女生入学。黄埔军校武汉分校招考委员会于1926年11月1日正式成立，并开始在武汉和全国各省、市陆续招生。武汉分校筹备成立时，积极促进招收部分女生。招生的办法是采取公开登报和秘密招考相结合；考生的条件，规定必须具有中学教育程度；报名后，要经过初试和复试以及体格检查，最后登榜录取。初试6000余人，复试4000余人。考试的科目：初试有三民主义、国文、数学、中外史地、博物、理化；复试有国文、党的常识及政治常识，检查身体。先后初试复试各5次，由此可见考试之严格。

这次招生中的女生队，原打算只招40多人，但报名人数太多，1927年2月，被录取的新生开始报到，正式入学的女生183人，后湖南学兵团刚招收的30名女生编入军校，女生队从而扩大为213人。这是黄埔军校史上首批女生，被列为黄埔军校第6期。

○ 中山先生的一天

  女生队和分校本部同住武昌两湖书院，女生队全体学生住在这个大书院东部一个院落的两层楼里。楼上是宿舍，楼下是饭堂。女生队的宿舍、饭堂、课堂和操场是单独的，除此之外，女学生与男学生穿一样的服装，过一样紧张的军事生活，没有特殊的地方。军校纪律非常严格，生活节奏非常紧张。早上军号一响，马上起床、穿衣、梳洗，将被子叠得方方正正像个豆腐块，摆在木板床正中央。10分钟一切要收拾完毕，然后进行操练。在饭堂里吃饭也要军事化，只要队长放下筷子，学生们必须全体起立，没有吃完的要受到批评。从早上5时半起床开始，一直到晚上9时半睡觉，根本没有休息时间。每天8节课，4节学科，4节术科。

  在武汉分校这个大熔炉里锻炼出来的数千优秀儿女，踏上了新的革命征程。

  1927年"三八"妇女节，武汉军校女生队参加了湖北省妇女协会在汉口举行的庆祝会，她们结合收回汉口英国租界的意义，向武汉三镇市民进行宣传。在卫戍武昌的过程中，她们和男同学一起，到汉阳的龟山、明月堤、晴川阁、鹦鹉洲，汉口的大智门、循礼门、玉带门、桥口、江汉关、刘家庙一带担任宣传工作。3月间，在武汉中山公园举行的武汉各界欢迎英国工会代表汤姆先生的大会上，宋庆龄致欢迎词，女生队派了20多名学生担任保卫工作。北伐军和冯玉祥在郑州会师后，一些女生自愿要求参加北伐战争的救护和宣传工作。

  1927年5月，女生队参加了西征夏斗寅叛军的战役，这是女子队短暂历史上最大的一次军事活动。在这次作战中，200多名女兵和男兵一样，全部武装起来，持枪杀敌，与男兵并肩作战。胡兰畦在《大革命时期武汉军校女生队参加平叛战斗侧记》一文中回忆说：女兵的任务更重，不但要拿枪打敌人，还要做唤起民众的宣传工作，另外还要担任救护。在炮火连天的火线上，女生队的学生们紧跟冲锋在前的男学生部队，投入紧张的抢救伤员的战斗。她们勇敢顽强，不顾子弹在头上飞过，把受伤的战友抬下火线，熟练地为他们包扎、换药、喂药。女生队参加这次作战，从出征到返校共34天。在此期间，女学生们历尽艰难困苦，经受了血与火的考验，以自己的实际行动，点燃了人生道路上的耀眼亮点。经过艰苦的战斗，革命军终于击溃了叛军，女生队也立下了战功，获得了写有"开历史新纪元"6个大字的锦旗。

  西征历时1个多月，女生队在战火中经受了洗礼，没有遇到惨烈的惊险场面，也没有大的伤亡。但在撤回武汉的途中，却出了大事故，两批撤回的女兵中，第一批所乘坐的轮船在武汉附近的金口失事，船上的女兵全部遇难。这是黄埔军校也是中国妇女精英的一次巨大损失。

1927年7月20日，黄埔军校武汉分校女生队颁发毕业证书，黄埔军校培养的为中华民族独立而浴血奋斗、为中华民族团结统一而奔走呼号的众多黄埔学生中，很快产生了一批令人景仰的女军官、巾帼英雄。武汉分校女学生英雄辈出，有的成为喋血沙场的革命英烈，有的成为难得的红军女将，有的成为闻名全国的抗日英雄等。

参考文献

1. 广东革命历史博物馆编：《黄埔军校史料（1924-1927）》，广东人民出版社，1985年。
2. 陈宇：《走进黄埔军校的风云岁月》，解放军出版社，2008年。

○ 中山先生的一天

于右任与"竖三民"

于右任（1879—1964），陕西三原人，祖籍泾阳斗口于村，中国近代政治家、教育家、书法家。此外，在辛亥革命时期，他还是著名报人。世称"竖三民"的《民呼日报》《民吁日报》《民立报》三份报纸都是由他创办的。

1908年春夏之交，于右任以个人名义倡导办报，经人协助，募集股金6万元，于次年5月15日在上海公共租界创办《民呼日报》，并担任社长。报纸以"大声疾呼，为民请命"为宗旨，《民呼日报》除宣传同盟会纲领和介绍西方政治学说外，还着重揭露贪官污吏鱼肉百姓的事实。尤其是集中火力揭露陕甘总督三年匿灾不报，侵吞救灾赈款的罪行。《民呼日报》的报道引起了清政府的恐慌和陕甘代理总督毛庆藩的嫉恨，毛庆藩串通上海道、安徽铁路公司和租界指控《民呼日报》"毁坏名誉"，反诬于右任贪污赈款。租界受理后，关押了于右任等报社工作人员。后来于右任虽被释放，但迫于压力，《民呼日报》于8月14日停刊，仅维持了92天。

报馆被封，于右任不仅没有退缩，反而更加勇敢无畏。1909年10月3日，《民吁日报》在上海法租界创刊，此时距《民呼日报》被封不到两个月。关于报纸名称，按照于右任的解释，"呼"与"吁"，字形字义相近，用以表示人民的愁苦阴惨之声，不能呼，唯有吁之。他还说，这其中有幽默的意味，"吁"还可以理解为"于某之口"。《民吁日报》创办后不久，即以大量篇幅揭露日本帝国主义觊觎中国领土的野心和种种侵略行径，高度赞扬朝鲜志士安重根刺杀伊藤博文的英雄行为。由于惹怒了帝国主义，出版48天后被迫停刊，主笔人免于追究，但机器不准作印刷报纸之用。

《民吁日报》查封后，于右任将印刷设备转售商务印书馆，并计划重新办报。在沈缦云、庞青城等江浙富商的赞助下，1910年10月11日，于右任在上海租界创办《民立报》。于右任自任社长，从日本回国的宋教仁担任了主笔。另外还有张季鸾、章士钊等人的加入，可谓人才济济。该报坚持反清爱国的方针，创刊不久发行量即两万份，是当时国内发行量最大的报社之一，也是当时国内影响最大的一家革命报纸。1911年7月,在同盟会中部总会成立后,《民立报》成为该部的机关报和联络机关。1913年"宋案"发生后,于右任在报纸上发表了一系列文章,鼓吹兴师讨袁并声援"二次革命"。袁世凯政府勾结租界当局,迫使报纸只能在租界销售,因此销量锐减,报社陷入经济困境,最终于1913年9月4日被迫停刊。

作为同盟会的元老,于右任长期在国民政府担任监察院长一职。1949年去台后,仍渴望祖国统一。晚年作诗《望大陆》(又称《国殇》):"葬我于高山之上兮,望我大陆;大陆不可见兮,只有痛哭。葬我于高山之上兮,望我故乡;故乡不可见兮,永不能忘。天苍苍,野茫茫,山之上,国有殇。"其乡思之苦,溢于言表,成为千古绝唱。

于右任去世后的1966年,台湾登山队成员在海拔3997米的玉山顶峰,竖起了一座于右任半身铜像。铜像立于高山之巅,面向大陆,脚下是一望无际的大海。一群群海鸥,向大陆方向飞翔。愿故乡可见,不再痛哭。

参考文献

1. 周纯婷:《辛亥前后于右任的新闻思想研究》,南昌大学,2013年硕士学位论文。
2. 张玉龙:《于右任与辛亥革命时期的舆论动员》,《漳州师范学院学报(哲学社会科学版)》2006年第1期。

○ 中山先生的一天

孙中山在翠亨村的故事

翠亨村是孙中山的故乡，他在这里度过了童年和青少年时代。年轻的孙中山活泼好动，爱动脑筋，翠亨村是他最早认识社会的窗口，也是他最早进行社会改革的试验场。斗转星移，沧海变桑田，徜徉在中国历史文化名村——翠亨村，我们还能寻回多少伟人足迹呢？

改村政，小试牛刀

1883年，孙中山从檀香山回乡，船到香港后转乘沙船回翠亨村。此时的孙中山与四年前离开家乡时完全不同了，国外的社会知识和自己目睹身受的体验使他与未见过世面的乡下少年已有脱胎换骨的变化，他开始把自己的理想追求和国家的命运联系起来。回到翠亨村后，他便积极宣传社会改革的必要性。原先，翠亨村每月有一次会议，出席者都是村中的长老。孙中山也被邀出席会议，参与村政事务管理。

1883年的孙中山

孙中山的见识得到了村中长老的赏识，他提出的建议多被采纳。他后来回忆说："予归侍父母膝下也，乡关之宿老以及竹马之友皆绕予叩所闻见，予尽举以告，无不欣然色喜……自治乡政之事多采余说，如道路修改，日夜街道燃灯，为防御盗贼设壮丁夜警团，顺次更代，此等壮丁均须持枪等事是也。"

年轻的孙中山并不满足局部的改良，筹划着更

孙中山回乡设的街灯

大的改造工作。他一度苦劝村中父老修桥、造路，改变翠亨村闭塞的状态，无奈主事者无此雄心，以"无钱办事"搪塞之。后来孙中山在香港求学，时时把英国管制下的香港与故乡对比。香港建筑闳美，道路通畅，"两地相较，情形迥异"，这深深刺激了孙中山。既然无法说服村中父老，他在假期回乡时也曾想单干。然而修路之事涉及邻村土地，易起纠纷，孙中山独木难支。他后来回忆此事，还心有不甘："顾修路之事涉及邻村土地，顿起纠葛，遂将此计画作罢。未几我又呈请于县令，县令深表同情，允于下次假期中助之进行。迨假期既届，县令适又更迭，新县官乃行贿五万元买得此缺者，我无复希望。"

破陋习，"离经叛道"

1883年的孙中山17岁，在海外生活了四年，受到村中同龄人的追捧。其中，小两岁的陆皓东与孙中山最为志同道合。翠亨村中供奉北帝的北极殿是村民虔诚信仰的庙宇。按照村中的习俗，孙中山自小就上契，认北帝为"契爷"（近似干爹），还取了小名为"帝象"。但孙中山对这位"契爷"不以为然，多次鼓动村民不敬神像。

1883年秋，孙中山与陆皓东等几个同伴跑到北极殿，损毁北帝和金花娘娘的神像。他对村民直言不讳："你看我把北帝的手指掰断了，胡子扯掉了，金花娘娘的脸划花了，它们都不能阻挡和躲避，还不是对着我笑眯眯的。它们自己都不能保护和帮助自己，又怎么能够保佑我们呢？"孙中山的行为当然不会让村民"笑眯眯"，村民认为这是亵渎了神灵，大逆不道。最后孙中山的父亲孙达成答应重修被捣坏的神像，并责令孙中山离开家乡，风波才算平息。孙中山后来转往香港求学，这件事成为他人生中的一个重要转折。

建新房，中西合璧

1892年，26岁的孙中山风华正茂，正在香港西医书院读书，此时孙家生活因孙眉在檀香山的创业成功而得到改善。是年，孙眉寄钱回乡，准备在1885年所建旧房的基础之上扩建，改善居住环境。孙中山主导了这项工作，孙中山故居主楼便是他设计和主持修建的。对此，孙科曾忆述："当时的乡下并无所谓建筑师，所以由先父（即孙中山）自己设计、绘图，然后雇了泥水工兴建，至其房子的式样，则大致和澳门西式房屋相似。"

翠亨村的这所房子也许是孙中山一生中自己设计的唯一一座建筑,要知道在1892年以前孙中山的经历中,他没有任何建筑学方面的专门素养,其天赋异禀,让人叹服!今天我们重新审视这所建筑时,孙中山后来在《建国方略》中提到的建屋时所需考虑的涉及经济学、物理学、卫生学、社会心理学的种种因素,一一得到印证。

孙中山故居的最大特点是建筑风格"中西合璧",即外洋内中,在地人戏称这种房子为"西装屋"(好像传统的中式房子外穿了一件"西装"一样)。孙中山把西方建筑风格和装饰与中国的传统建筑相结合,追求个性突出,为传统的翠亨村带来西洋文化的新鲜气息。翠亨村三面环山,东面向海,全村绝大部分民居都是坐西向东,这是根据当地自然条件所形成,也符合所谓"紫气东来"的风水理念。孙中山故居却一反传统,与全村的坐向相反。孙科曾回忆说:"……我们这幢房子确实唯一向西的,许多人都不知其所以然。其实因为新购的这块地皮,建造的房子如仍朝东,正好对着人家的后门,也没有空地,朝西则面对树林,据乡人称那些树林为风水林,不能砍伐,因此索性决定把房子朝西建造,面对天然公园,一反乡人建造房子的习惯,就是这个道理。"为了争取更舒适的生活环境,而一反全村建造房子的习惯,这个举动背后的理念,本身就是一种革新。

孙中山建新房的事在村中自然少不了一阵轰动,而同年发生的另一件事却不让村中父老省心。性慕新奇、好钻研的孙中山与陆皓东在村西门处试验自己制作的炸药,硬生生把牌坊"瑞接长庚"石匾炸出一道裂缝。此事如何善后?没有信史记载。孙中山、陆皓东试验炸药处——翠亨村"瑞接长庚"村门,匾上裂痕清晰可见。1892年后的孙中山放眼全国,放眼世界,小小的翠亨村已经装不下他的理想和抱负。

参考文献

黄健敏:《翠亨村》,文物出版社,2008年。

孙中山与"知难行易"

据上海《中华新报》记载，1917年7月21日，孙中山在广东省学界欢迎会上演讲巩固共和与富强之策。他在演讲中认为，日本之所以强，是"不知有一难字，冥行直逐而得今日之成功也"。因此提出"知难行易"说，强调"国强在于行"。

1918年1月23日，孙中山宴请在粤各报记者，国会、省议会议员，军政官员，多有列席。谈话称：有同志老朋辈劝其下台，"余答以不必作此思想。余一息尚存，惟有打算上台，绝不见难思退也"。在讲话中，孙中山重申"知难行易"与旧学说"知易行难"的对立，二者间"知难行易"乃为真理，并指出旧学说流弊对国人的影响。同年，孙中山撰写《孙文学说》，全面系统地阐述"知难行易"学说。

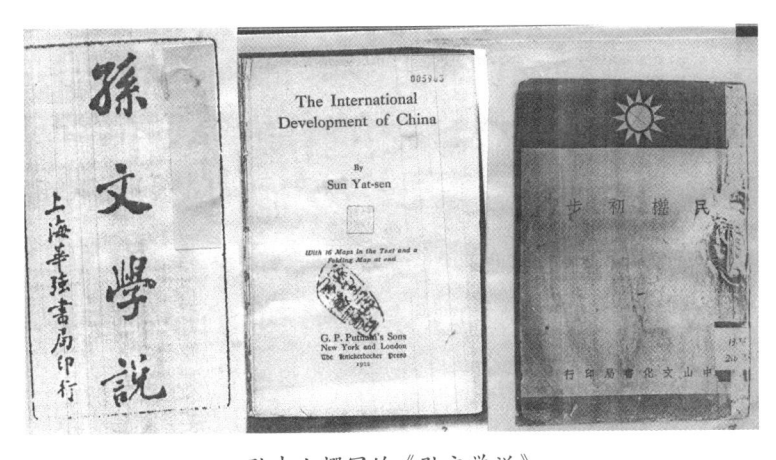

孙中山撰写的《孙文学说》

《孙文学说》主要阐述孙中山的哲学思想，集中讨论了认识论问题。因此《孙文学说》又被称为《知难行易学说》。全篇除自序外，共分八章，即第一章"以饮食为证"、第二章"以用钱为证"、第三章"以作文为证"、第四章"以七事为证"、第五章"知行总论"、第六章"能知必能行"、第七章"不知亦能行"、第八章"有志竟成"。孙中山以大量的科学史实、革命斗争的实际活动以及人类文明进步的历史，反复论证了人的认识过程是行先知后，这是孙中山唯物主义认识论的基本特点，也是其知难行易学说的基础。为了论证知难行易的道理，孙中山通过饮食、用钱、作文、建屋、造船、筑城、开河、电学、化学、进化等十个例子，明确主张人的认识过程是行先知后，肯定行在先、知在后，行是知的基础和来源。可以说，行先知后实际上是蕴含于知难行易说中的一个基本内容，是它的合理内核。孙中山的行先知后思想，是同他对事实和言论、客观和主观关系的唯物主义理解联系在一起的。孙中山认为，"宇宙间的道理，都是先有事实，然后才发生言论，并不是先有言论，然后才发生事实"。他明确肯定知识、言论是源于客观存在着的事实，客观事实是先有的第一性的东西，而主观认识不过是后起的对于它的反映，客观事物是能够不断地被人们认识的，而且随着人类反复的实践和实际活动范围的扩大，人类的知识也就越多，对宇宙万物的认识也就越深刻。在孙中山看来，人的任何知识，不论是关于自然的知识，还是关于社会的知识，都是来源于行，是事实的反映，在认识事物、解决任何问题时，"一定要凭事实"，"不是专靠书"，"一定要根据事实，不能单凭学理"。

"知难行易"学说是民国成立以后，孙中山所领导的事业一再受挫，党内出现各种异议，致使其许多主张遭到反对时，他在总结历史经验的基础上提出的。孙中山认为，革命党人对革命宗旨和革命信仰不笃，奉行不力，其根源在人们受到"知易行难"的传统思维方式的左右。

参考文献

1. 陈锡祺：《孙中山年谱长编》，中华书局，1991年。
2. 《中山墨宝》编委会编：《中山墨宝》第4卷，北京出版社，1995年。
3. 刘望龄辑注：《孙中山题词遗墨汇编》，华中师范大学出版社，2000年。
4. 《建国方略》，《孙中山全集》，中华书局，1985年。

孙中山与"苏报案"

1904年5月21日，上海租界会审公廨宣判"苏报案"，章太炎、邹容分别被判入狱。

1904年5月21日，晚清中国的一次文字狱——"苏报案"，在上海租界经过七次公开审理后，终于有了结果。章太炎监禁三年、邹容监禁二年，罚做苦工，"期满驱逐出境，不准逗留租界"。尘埃落定，这时离"苏报案"发已过了十个多月。

一百多年来，世人关于"苏报案"的介绍、研究，汗牛充栋，但对孙中山与"苏报案"的关系着墨不多。从孙中山的活动踪迹来看，他本人似乎与该案没有交集，事实真的如此吗？梳理案件始末，我们会发现这样一桩惊天动地的历史大案，竟然是由一个几近滑稽的历史细节促成的，其背后就有孙中山的影子。

1896年6月，《苏报》诞生在上海公共租界，在当时只是一份很平庸的小报。1900年，创办者胡璋因其经济难以为继，将报纸转让给陈范。《苏报》开始鼓吹改良变法、立宪，面貌焕然一新。至于后来《苏报》变成激烈鼓吹革命的报纸，则与章太炎担任《苏报》主笔密切相关。章太炎能够在《苏报》上毫无顾忌地宣传革命，又与陈范的态度有关。陈范作为报馆的主人，起初并不赞成将《苏报》办得那么激烈，但不久，他的态度发生了转变。转变的契机，就在于孙中山的影响。

1903年5月，陈范正式聘请章太炎担任《苏报》主笔。章太炎应聘当天，便发了一篇《论中国当道者皆革命党》，并发表邹容《革命军自序》。如此激烈，为陈范始料未及。据章太炎回忆，第二天一早，陈范便来到他床前，直言《苏报》不得如此猖獗，自取灭亡，"务期节次缓和，归于恰当"。面对牙关打战、面容惨白的陈范，章不知所措，面壁无言，做好了辞职准备。岂料傍晚时分，陈范判若两人，握着章太炎的手，出语壮烈，谓："本报恣君为之，无所顾藉。"[1]

---

[1] 章士钊：《苏报案始末记叙》，《辛亥革命》第一册，上海人民出版社，1957年，第388页。

陈范态度为何前后大变？据说是一个叫"钱宝仁"的人在当中起了作用。这个钱宝仁，算得上当时上海滩一位有趣人物。据章太炎说，钱是镇江人，为一流氓，冒充革命党，在张园演说时与陈范相识，"寻与梦坡（即陈范）密谈，自承为孙中山本人，秘密返国，策动革命。梦坡深信不疑。于是一切革命策略，惟钱宝仁之马首是瞻，不自违异。其初读吾论而骇，乃梦坡之本衷，旋改称恣言无悔，出宝仁之指示"。章太炎认为，假如陈范不是听了这个冒充孙中山的钱宝仁的话，便不会允许他这么放言革命，也就不会有"苏报案"："梦坡之愚陋如此，驯至促成革命史中一轰轰烈烈之事迹，恍若神差鬼使而为之。又若钱宝仁不骗人，苏报未必有案者然"。

陈范听了假孙中山的指示，放手让章太炎鼓吹革命。6月1日起，《苏报》实行"大改良"，突出宣传革命，连续刊载《论中国当道者皆革命党》《杀人主义》《读革命军》等文。随后，便发生了震动中外的"苏报案"。陈范接触的"孙中山"是假的，但他对孙中山的崇拜是真的，孙中山的影响也是真实的。

那么，孙中山对"苏报案"的态度如何？

1903年8月至9月，陈范及涉案的中国教育会会长黄宗仰避往日本，曾先后拜谒孙中山。陈范终于见到了心仪已久的孙中山，"日访总理畅论时事"。黄宗仰与孙中山则一见如故，畅谈革命大业，终成莫逆之交。1904年黄宗仰回国，孙中山几次写信给他，叮嘱"如有新书新报，务要设法多寄往美洲及檀香山分售，使人人知所适从……"此时"苏报案"已平息，黄即集资刊印了邹容的《革命军》和章太炎的《驳康有为论革命书》等曾在《苏报》发表的文章分寄南洋和美洲各地，扩大孙中山革命学说的影响。

"苏报案"的另一主角章太炎于1906年6月29日刑满出狱，孙中山亲派代表到上海迎接他赴日本。7月15日，章在东京留学生举行的欢迎会上发表演说，讲出的妙论："……遇著艰难困苦的时候，不是神经病人，断不能百折不回，孤行己意。所以古来有大学问成大事业的，必得有神经病才能做到。"孙章关系进入蜜月期，这段时间两人天天见面，讨论革命方略。

1917年至1919年，孙中山在著述《建国方略》时从政治意义及打击封建统治的角度对"苏报案"做了如下评价："此案涉及清帝个人，为朝廷与人民聚讼之始，清朝以来所未有也。清廷虽讼胜，而章、邹不过仅得囚禁两年而已。于是民气为之大壮……此则革命风潮初盛时代也。"

参考文献

1. 熊月之：《孙中山与上海》，《历史教学问题》1997年第3期。
2. 王坚：《章太炎与孙中山的恩恩怨怨》，《名人传记（上半月）》2011年第7期。
3. 周文杰：《孙中山与诗僧黄宗仰》，《钟山风雨》2014年第2期。
4. 中国社会科学院近代史研究所中华民国史研究室：《孙中山全集》，中华书局，1985年。

○中山先生的一天

南方政府争取列强承认的艰辛过程

1923年5月24日,中国国民党致电各国驻华公使,希望各国立即撤销对北京政府的承认,"希望各友邦对于北京政府之承认,立予撤销,并予中国人民以另行建设一全国公认之政府之机会。"

在20世纪20年代的中国,其实还有一个广州政府作为北京政府的对立面存在。1923年年底,孙中山完成国民党改组准备工作;1927年,南京国民政府成立。南方国民政府为得到国际社会的承认,做出了种种努力。

在国际法上,对一国政府的承认,是指一个主权国家对另一个国家中央政府的唯一性与合法性的承认,以表明承认该政府在国际社会上具有代表其国家的正式资格,并与其建立和发展正常的外交关系。一个主权国家承认另一个国家,但不一定同时承认该国的某一政府;而如果承认了某国的政府,则同时承认了该国家。

广州政府在首脑孙中山领导下,在国际上奔走呼喊,抨击北京政府的非法性及其修约外交,争取民众支持,给列强以压力。1921年孙中山发表对外宣言,列举北京政府的非法性,说明南方政府为合法政府。认为"自1917年6月,非法解散国会,北京已无合法政府存在。虽有新选举法,制造新国会之成立,均无法律之根据"。

在向各国说明北京政府非法性的同时,孙中山又强调自身国民政府的合法地位及权威性,"1913年,国会组织之民国政府,曾经友邦之承认。"

但当时的英、日、美,一边敷衍北京政府,一边试探广州政府。北京媒体曾报道说,各国眼下都要看南方军队发展的速度。各国怕承认之后,广州政府对一切不平等条约及关税法权是否能够做到不当即宣告失效或收回表示怀疑,认为此事与各国关系巨大,很难迅速决断。同时,他们又担心南北两方以后有复合的可能,既然会有这样的可能,那就更无需多此一举。

在近代中国这一特殊的国情下,如果没有取得列强的承认,那么,无论是政党还是政府,都难以理想地完成自己政治角色的转变。

对美，孙中山自南下护法以来就将美国作为理想的外交对象，对美国援助中国革命的期望值甚高，认为美国对于中国的权利索取得最少，因此从 1917 年到 1923 年孙中山不断地写信给美国的历届总统及向美国国民做宣传，希望美国上下能认清中国的局势，认识到中国的北京政府实为一军阀政府，而广州政府才是中国真正合法的民主政府。然而，孙中山得到的是一次又一次的被漠视，一次次的失望。"当美国政府拒绝广东政府代表团作为正式官方代表出席会议时，孙中山博士宣称，会议上做出的任何有关中国的决定都将被视为无效"。尽管如此，孙中山似乎还未失去对美国的信心，还希望美国能有助于中国的和平统一。

对日，在孙中山从事革命的几十年里一直没有停止对日本的联络，在内心深处一直对日本留有一份良好的印象，认为中日有共同的文化背景，利益相关理应相互帮助。事实表明，孙中山对日本的一切良好愿望可谓是"一厢情愿"，日本由明治维新以来所制定的侵华的大陆政策是不会改变的。经历长久的失望和挫折，孙中山也逐渐认清了此点，在批判日本对中国的侵略图谋时也是强而有力的，认为日本的意图大概就是想要在中国扩充势力，当年怎么对付高丽国的手段又施加于中国人，将中国变成日本的殖民地。

对德，德国在"一战"中成为战败国，暂时终止了其外侵的势头，之后与中国签订了较为平等的条约，这让孙中山看到了希望。他希望通过向德国提供在华南的经济特权来换取德国的军事援助及承认广州政府的合法性，"今日中国之外交以国土邻接关系密切言之，则莫如苏维埃俄罗斯。至于以国际地位言之，其与吾国利害相同，毫无侵略顾忌，而又能提携互助策进两国利益者，则德国是也"。尽管孙中山不断地派遣使者赴德考察、游说，但德国处于战败国地位，此时国力也尚待恢复，如果与英美等国不承认的广州政府建立联系，德国政府便不得不有所顾忌。因此当孙中山与派往德国的使者朱和中的信件在《香港电讯》上披露后，德国外交部立即公开否认与孙中山所领导广州政府的任何联系。

事实上，无论是民国以前以革命领袖的身份争取外国的资金支持还是民国以后以政府首脑的身份与西方各国的政要及商界领袖进行的政府形式的外交，孙中山对于寻求各国的财政支持、获得各国的政治承认一直孜孜以求，期望甚高。

直到 1925 年 3 月孙中山逝世，他领导的南方政府也未得到列强的正式承认。

1925 年 7 月 1 日广州国民政府正式成立，次年 7 月开始北伐。随着北伐的胜利进军，经过观望中国政局，列强开始接近国民政府并最终予以承认。

○ 中山先生的一天

　　1928年7月24日，美国国务卿凯洛格关于修约问题致南京国民政府外交部长王正廷照会，声明：我不得不确信中国经过多年的内部战争之后，一个统一的新中国正要出现了，美国人民当然对此抱有希望。我们相信在中国成立这样一种负责的权力机构，足以能够指挥并代表全国人民。1928年7月25日，中美两国签订新的关税条约，表明美国正式承认国民政府。1月3日，日本正式承认南京国民政府。德国亦于8月17日承认国民政府。挪威、比利时、意大利、丹麦、荷兰、葡萄牙、瑞典、西班牙等相继承认国民政府。英国于12月20日，法国于12月22日承认了南京国民政府。随之，国民政府在国联也取得合法地位。

　　1928年12月29日，统治中国东北的奉系张学良通电全国，宣布：东北从即日起遵守三民主义，服从国民政府，改变旗帜（将北洋政府的五色旗换成国民政府的青天白日满地红旗）。此举标志着北伐的结束、国民政府完成统一以及北洋政府的正式结束。

参考文献

1. 李斌：《废约运动与民国政治（1919—1931）》，湖南师范大学博士论文，2011年。
2. 李斌：《关于国民政府"国际承认"问题的探讨》，《求索》2009年第9期。
3. 李乐曾：《孙中山的南方政府与德国》，《上海大学学报（社科版）》1992年第6期。
4. [日] 川岛真：《民国广东政府的外交——从外交来看之广东政府论》，《"近代中国、东亚与世界"国际学术讨论会论文集（下册）》，2006年。

南洋革命党第一人——陈楚楠

1915年5月25日，为筹集军款，组建革命军队，推翻袁世凯独裁统治，孙中山委派新加坡中华革命党副支部长、有着南洋革命党第一人之称的陈楚楠为新加坡筹饷委员，负责该地区的筹款工作。

生活富足的爱国青年

陈楚楠，原名连才、连材，别号思明洲之少年，祖籍福建厦门，1884年出生于新加坡富裕家庭。父亲陈泰创立"合春号"，经营木材生意。

在陈楚楠童年时候，他除进学校学习当地应用的英文与马来西亚文外，还在家中补习中文，深受中国传统文化的熏陶。21岁时，陈楚楠与哥哥陈连宙共同经营"合春园"，种植橡胶，成为早期新加坡、马来西亚橡胶种植业的著名企业家，在当年与橡胶大王陈嘉庚齐名。

受新加坡富商邱菽园的影响，青年时代的陈楚楠对国家大事非常关心。他曾广泛阅读《清议报》《新民丛报》《开智录》等保皇党刊物和《苏报》《革命军》《黄帝魂》等革命刊物。通过阅读不同类型的书刊，参与不同政见的团体，陈楚楠深刻意识到，中国亟待改变，而变革的方向，要么改良，要么革命。

南洋革命党第一人

1901年唐才常汉口举事失败和康有为盗用华侨捐款等事，充分暴露了保皇党人的腐败、堕落，陈楚楠对之大失所望，思想开始转向革命。同年，在革命党人尤列的引领下，陈楚楠接受了孙中山民族民主革命思想，并成为其革命忠实信徒。

1903年至1905年间，陈楚楠相继参加了新加坡"小桃园俱乐部"，声援革命党人章炳麟、邹容事件，组织开办了新加坡第一份革命报纸《图南日报》，并于1905年6月首次面见革命领袖孙中山。孙中山温文尔雅的举止和渊博的学识，让陈楚楠坚定了对革命的信心。

1906年4月，孙中山与陈楚楠等华侨在晚晴园合影（前排左三为陈楚楠）

1906年4月6日，中国同盟会新加坡分会在新加坡晚晴园内成立，陈楚楠被推选为首任会长。在此之后的数年间，陈楚楠领导的新加坡分会成为革命军大本营的所在地，积极响应孙中山的号召，积极开展1907年的黄花岗起义和镇南起义，以及1908年的河口起义的筹饷工作。

高风亮节的革命元老

1911年10月10日，武昌起义，推翻了清政府的腐败统治。同年11月，福建光复。光复后的福建省面临着省库空虚、积欠军饷、民心不安的窘境。陈楚楠在得知家乡的困境后，毅然扛起大旗，以新加坡同盟会老会长身份，在一个月内募捐得13万多元汇回福建，充分体现了他对国家、对家乡的一片赤子之心。

1917年，陈楚楠到广州见孙中山，并被聘为军政府参议。1921年，他又任广州非常总统咨议。1928年至1932年间，陈楚楠被委任多项要职，包括福建省政府委员、福建实业厅厅长等。在福建期间，陈楚楠曾规划创办银行、开发矿山及水产资源，以发展家乡经济。但由于政局的动荡，壮志难酬。

抗日战争期间，汪精卫于1939年投靠日本，在南京成立伪政权。为拉拢辛亥革命元老，他曾以"国府委员"和"中央监察委员"等要职为饵，诱骗陈楚楠赴南京任职，以壮声势。陈楚楠宁可隐姓埋名，坚辞不就。

1971年9月21日，陈楚楠病逝于新加坡，享年87岁。

参考文献

1. 陈民:《辛亥革命时期"南洋革命党第一人"——陈楚楠》,《华侨华人历史研究》1990年第3期。
2. 陈锡祺:《孙中山年谱长编》,中华书局,1991年。
3. 陆茂清:《南洋革命党第一人——陈楚楠》,《炎黄春秋》2011年第12期。

1912年孙中山回乡记

1912年5月27日，孙中山回到了阔别17年的故乡翠亨村。他在家乡住了三天，即前往广州。

1912年4月1日，孙中山卸去中华民国临时大总统职务。"解甲归田"之际，孙中山想到了阔别已久的家乡，4月18日，他从上海启程回粤省亲，5月27日抵达翠亨村。

据考证，孙中山的回乡行程应该是这样的：

5月27日上午八九点钟，孙中山偕秘书宋霭龄，两女孙娫、孙婉及随从乘船离开澳门，约一小时后在南朗崖口村上岸。崖口村与孙中山渊源很深，它是孙中山的外婆家，1871年兄长孙眉就是跟随崖口村的舅舅杨文纳赴檀香山谋生，才改变了孙家的境况，也改变了孙中山的命运，胞姐孙妙茜也嫁于该村的杨紫辉。他随即拜会了已归乡养老的舅舅和姐姐家人。一番酬酢后已临近中午，翠亨村的父老早在村边翘首以盼。约12点，孙中山终于踏入阔别17年的翠亨村，受到元配夫人卢慕贞、兄长孙眉夫妇及老幼乡亲热情欢迎。随行的摄影师为他们的团聚拍下了珍贵的历史镜头。

1912年5月27日，孙中山与亲人在翠亨村家门前合影

合影之后，孙中山与亲人走进屋里，边与亲友叙旧，边吃午饭。这顿团圆饭定是很丰盛的大餐，众人推杯换盏，你敬我谢。唏嘘感慨之余，孙中山在翠亨村的岁月自然成为亲友的回忆话题，毁祖庙、"石头仔"（因受玩伴欺负，幼年孙中山曾用石块把邻居家的锅砸了）、与陆皓东试验炸药……当年的"顽劣"少不了引来满堂的欢笑。待到下午3点，阳光没有那么强烈，午间的疲劳困乏感也消除了不少，孙中山便在亲友的陪同下，视察他所熟悉的翠亨村，中间也顺便看望了陆皓东的母亲。陆皓东于1895年乙未广州起义中英勇就义，乃"中国有史以来为共和革命牺牲者第一人"，作为同乡与战友，孙中山如今见其母代行子孝，自在情理之中。

孙妙茜与陆皓东之母在孙中山故居酸豆树下合影

当晚，孙府宴开十余桌，招待翠亨村及石门九堡一带60岁以上的男女共进晚餐。席间，有父老向孙中山提出"如何兴革翠亨，如何修整祠堂道路"之事，"然先生志气高大，以安定国家为己任之大伟人，此细微之一乡事，不暇注意，故但云：'易的，易的，尔等尽管做去。'因此'易的，易的'之句，竟成翠亨村之口头禅"。

28日早饭后，孙中山应邀到翠亨村西面的石门乡攸福隆村玉秀义学堂，参加当地群众的欢迎茶话会。会后与孙眉等亲友一起，来到了他们所熟悉的南蓢墟。南蓢祖庙的广场上早已披红挂彩，醒狮舞动。孙中山除接受南蓢代表程廷昭等乡绅的欢迎《祝词》外，还接受了专程从县城石岐赶来的香山四大两都共进社会长林锡翰等的欢迎《祝词》。林锡翰激动地在孙中山面前朗声敬颂："维中华民国元年五月二十八号，前总统孙中山先生大驾旋里，本社同人，鼓舞欢欣，谨拜手而为之颂曰：公之兄弟建不世之奇勋，争愿一望颜色，以膺崇拜之心。料先生关情桑梓，必有至论伟略，使都人得享共和幸福也。"孙中山当然不忘在乡亲面前宣扬三民主义、实业救国的伟论。

孙中山回乡时家乡人民的祝词

午宴后，孙中山到左埗村同源的孙氏宗祠寻根拜祖、会见宗亲。孙中山、孙眉兄弟在整饬一新的祠堂里静默、追忆先祖从东莞迁徙香山的历程。在热闹、温馨的气氛中，孙氏兄弟及亲属与族亲叙旧茶话，合影留念。据左埗村老人的忆述，会亲期间，孙中山曾鼓励过左埗叔侄多做实业工作，为民国的铁路事业多做贡献。到了下午4点左右，由于孙中山等第二天要启程往广州，便先行返回翠亨村收拾行囊，孙眉夫妇及卢慕贞等则"在此饮完酒才回"。

5月29日早饭后，孙中山、宋霭龄与两女儿辞别了卢夫人、孙眉夫妇等亲友，在翠亨村民的欢送下，前往广州。

参考文献

邹佩丛、张咏梅：《民国元年孙中山与亲人的左埗之行——兼论1912年5月孙中山回乡省亲的活动日程》，《团结》1999年增刊。

国会不复　纷争不止——孙中山与护法

1919年5月28日，孙中山在上海发表《护法宣言》，指出"须知国内纷争，皆由大法不立""今日言和平救国之法，惟有恢复国会完全自由行使职权一途"。

护法之始：《中华民国临时约法》的废止

1916年6月6日，意图建立"洪宪帝制"的袁世凯在一片唾骂声中黯然死去。中华民国的统治权由黎元洪和段祺瑞继承。黎、段两人上台之初，为尽快稳固统治，收买人心，恢复了袁世凯废止的《中华民国临时约法》和解散的民初国会。

此后不久，黎、段两人因幕后"金主"（美国与日本）在利益上的根本矛盾，爆发强烈冲突，史称"府院之争"。为对付手握军政大权的段祺瑞，黎元洪先是以总统身份撤销了段祺瑞的总理职务，紧接着又引"辫帅"张勋入京。张勋在入京后，不仅未能起到黎元洪的预想效果，反而还在1917年7月1日拥立溥仪复辟。这一恶果直接导致《中华民国临时约法》"被抛弃"，国会亦被再次解散。

7月3日，段祺瑞以讨逆军总司令名义发出讨伐张勋的通电，并在当月12日攻入北京，赶走张勋。重新掌握北京政府大权的段祺瑞为便于独裁统治，顽固地拒绝恢复"被抛弃"的《中华民国临时约法》和被解散的国会。

护法过程：孙中山的两次努力

为维护《中华民国临时约法》，恢复国会完全自由行使职权，孙中山曾在1917年7月至1918年5月间，1920年8月至1922年8月间，先后两次在广州举义护法。

1917年7月17日，孙中山乘船由上海回到阔别已久的广州。在抵达广州后，他在两个月内连续发布13次宣言、命令、通电和谈话，坚持"主权在民"，坚持法治，反对段祺瑞"以个人私欲代替法律"的"人治"，要求实现真共和。紧接着，孙中山又在广州召集原国会成员，召开国会非常会议，以"恢复《临时约法》"为目的，组建中华民国军政府，并担任海陆军大元帅职。在孙中山的努力下，中华民国军政府争取到了滇系军阀唐继尧和桂系军阀陆荣廷的暂时支持，并组织了一次颇具声势的北伐。但由于滇、桂系军阀并非真正拥护护法，他们与一批政客联手，排挤和反对孙中山，加上财政的困难等原因，1918年5月21日，孙中山黯然离开广州，第一次护法失败。

1920年8月，孙中山麾下的援闽粤军由福建誓师，讨伐桂系。在3个月间，援闽粤军将陆荣廷的桂军全数赶出广东境内。11月28日，孙中山重返广州，并在广州再次组建政权，次年5月5日任中华民国非常大总统。他在就职演说中指出，要"竭志尽诚，以救民国，破除障碍，促成统一，巩固共和基础"。为一统两广，为北伐做准备，孙中山在1921年5月28日令麾下军队出师广西。到8月4日，广西全境光复。在初步稳固两广后，孙中山于同年12月，在桂林设立北伐大本营，计划重整护法旗帜，北伐中原，以成戡乱之功，完成护法意愿。但由于粤系将领陈炯明的背叛，孙中山的第二次护法又是以失败而告终。在1922年8月9日，孙中山再次离开广州。

护法教训：提高认识　思想转变

两次护法的失败，并没有让孙中山垂头丧气，反而让他愈战愈勇。在回到上海休息的日子里，孙中山回顾了护法的经历，提高了认识，转变了思想。

第一，通过事实的教育，孙中山认识到唐继尧、陆荣廷等和北洋军阀一样，都是护法运动的大敌，深切地意识到过去只着眼于依靠军阀是错误的，只有人民群众的力量才是可靠的。

第二，孙中山接受护法缺乏革命党领导遭致失败的教训，感到在革命党的组织和宣传上必须重新下工夫的重要性。1924年1月，他在苏俄和中国共产党的帮助下，召开国民党"一大"，改组国民党。

第三，在对外方面，孙中山对以英、美、日为代表的西方资本主义国家在护法期间的不作为甚至偏帮北洋军阀政权而感到不满。他从俄国十月革命的新时代曙光中看到希望，开始转变外交路线，并最终确立联俄的政策。

参考文献

1. 尚明轩:《首次护法运动中的孙中山》,《近代史研究》1986年第6期。
2. 谢本书:《两次护法战争时期的孙中山》,《"孙中山北伐与梧州"学术研讨会论文集》1999年11月。
3. 中国社会科学院近代史研究所中华民国史研究室:《孙中山全集》,中华书局,1985年。

孙中山演讲世纪留声

1924年5月30日，孙中山应上海中国晚报社社长沈卓吾请求，在广州"南堤小憩"作题为《勉励国民》留声制片演讲，号召国民猛醒，立志拿革命的主义去救国，以求中国与列强并驾齐驱。为方便全国受众收听，演讲内容特使用普通话和广州话（粤语）两套语言进行灌录。后《中国晚报》将其制成国语及粤语唱片，向国内外各地广为发行，使革命家孙中山的声音从此"得永与国人相接"。

孙中山演讲唱片

沈卓吾（1887—1931），幼名孔才，江苏如皋人，早年因宣传革命而流亡日本，在横滨得识孙中山并加入同盟会。1920年沈在上海创办《中国晚报》，任社长，开始借助媒体传播革命思想。1923年，沈创办留声厂，想利用现代技术盘活媒体的多种经营。在为孙中山录音的请求获准后，1924年5月4日上午，他带上两名录带技师由上海转经香港赶往广州，8日早上六时抵达。而就在他们抵达的前一天，孙中山却"政躬不豫，头痛失眠"，此后数日不会客，政事也交人代理。两周后，病情仍不见好转，乃移居白云山继续疗养。已赶到省城的沈卓吾和他的同事，对此颇为忧虑。因收音日期迟迟不能确定，他们只能忍受着岭南夏日的湿热、蚊虫叮咬，在狭窄的旅舍里翘首以盼大元帅早日康复。当听到孙中山病笃的谣传时，愈觉焦躁不安，但其初衷不曾稍减。约一周后，正式开始录音前的各项准备，期间风雨兼程，甚至带病工作。据沈氏日记述："十三日，偕技师往南堤俱乐部视察，准备布置收音室。十四日，将所携收音机件运往南堤俱乐部。十五日，收音机件装置完成，是日起，作种种准备。余忽患痢，仍每日力疾赴俱乐部，天复多雨，殊觉烦闷。"到5月22日，时任广州市长的孙科"莅临俱乐部，视察收音设备，谈悉大元帅已痊可"。后又经孙科"因便得请总理乃就长堤小憩勉为讲演"。在将近一个月的等待后，5月30日，沈卓吾终于接到来自大元帅府的通知，告本日可以收音。沈记述：是日"下午五时，孙大元帅果由大本营乘以汽艇莅俱乐部，扈从仅二人，并无戒备。余早已率同技师，屏息以待；孙公服灰色中山装，身高五尺一寸，当将收音喇叭高度校正，并敬谨禀告收音上一切心得，当蒙首肯，旋即起立演讲，态度从容和蔼，发音高低适中，计收国语四面、粤语两面，孙公虽在病后，毫无倦容，共历四十分钟而退，仅最后略现气急而已"。

为让更多民众听懂演说内容，演讲专门录制两个版本，一段为国语（普通话）版，4片，依次标为《勉励国民第一》至《勉励国民第四》，内容分别是警醒国民、革命救国、革命党的责任；另一段是带檀香山口音的粤语版，2片，标为《勉励国民第一》《勉励国民第二》，内容与普通话版基本一致。录制完毕，沈卓吾等仅在广州停留一天，便启程返沪。"六月一日，机件装箱完毕，乘船赴港。二日，上午零时半抵港，移乘日船伏见丸，船行三日均平稳。五日，上午抵沪，此行已逾一月，大功告世，可喜也已。"回到上海后，他们将录音制成全套三张（国语两张，粤语一张）每分78转的胶木唱片，并于当年下半年以《勉励国民》《告诫同志》为题由大中华唱片厂向海内外发行。其录音技术成熟到可由一般技师操作录音、制作出版电木唱片，这在当时的欧洲也仅是刚刚开始了十来年二十年的事。

孙中山一贯重视媒体的舆论导向和宣传力量，这是中国革命家利用现代声像技术宣传政治思想的最早一次尝试。而且这还是一次双赢的合作，年轻的《中国晚报》借此扩大了它在业内的影响。事后，沈卓吾要求每天在《中国晚报》报头上加印一行字："国父声音之所寄托"，并将所办的唱片厂命名为中山留声厂，连续十余年向海内外发行孙中山演讲唱片，尤其在孙中山离世后，其销量、利润甚至远超百代公司高亭唱片。沈曾风趣地称，孙中山之子孙科尚无遗产可继，而他却靠留声机片一辈子不愁吃喝。无疑,客观上也为宣传孙中山的革命思想尽了很大一份力。

据沈卓吾之女沈美德回忆,1937年春她奉母命将孙中山留声片的铜模捐于国民党中央执行委员会。据悉,现存世的这套世纪唱片全球不足10套。作为革命者、务实的实业家和敬业的传媒人,沈卓吾为孙中山录制的唯一的一段存世录音,成为中国唱片史上的"王中之王"。

参考文献

1. 陈锡祺:《孙中山年谱长编》,中华书局,1991年。
2. 沈美德:《中山先生留声始末》,《世界日报》(上下古今版)1989年4月23日。
3. 周丽君、鞠九江:《沈卓吾为孙中山录音留声》,《档案天地》2013年第11期。
4. 大风:《关于沈卓吾一二事》,《快活林》1947年第64期。
5. 《沈卓吾:曾为孙中山录音留声》,《北京青年报》2013年8月22日。

六．月

奉安大典与孙中山符号的建构

1929年6月1日,南京国民政府举行了规模宏大的奉安大典,即孙中山灵榇移葬南京紫金山仪式。孙中山符号由此得到强化性建构。

奉安宣传与孙中山符号的建构

奉安大典的宣传方针是向全国人民宣传总理遗教,告诉民众孙中山一生的事业是"领导中国民族独立、文化复兴、民生发展之国民革命运动",从而实现对大众的教育,团结人心。

为了让民众充分了解奉安大典的重要性与神圣性,强化人们对孙中山的认识与记忆,奉安委员会自1929年5月13日开始,就在全国各大报纸上刊登奉安公告,奉安大典遂成为全国新闻热点。

南京国民政府宣传方式简明,包括编发各种宣传品,讲演总理革命之伟大精神及史略,演放有关总理革命之各种影片,奏演哀乐及留声机之总理演说片,张贴各种迎榇图画、照片等。

为扩大影响,国民党专门开通迎榇宣传列车,规定"车停各站时,任人围观"。列车两旁均布置图画、标语及文字,皆简明扼要,目的是使"各地劳苦民众得有简要之概念",有两条标语极为醒目:"把中华民族从根救起来"和"对世界文化迎头赶上去"。

奉安宣传使孙中山符号及其政治意涵得以成功传播。

奉安大典的前奏：奉移与迎榇

奉安大典虽然在南京举行，但它是一个从北平肇始、迄于南京、全国各地普遍参与的空前的纪念仪式。奉安大典的前奏主要是奉移与迎榇两大仪式的链接和组合：自北平碧云寺至浦口全程为奉移仪式，而由浦口至中央党部礼堂则是迎榇典礼。

1929年5月26日，孙中山灵柩从北京移送南京安葬。
图为北京街头万人空巷的送灵情景

孙中山的灵榇从北平西郊碧云寺启程，沿途经过北平、天津、河北、山东、安徽，到达江苏南京，行程达上千公里，沿途采用了不同的运输方式：第一路段是从北平西山的碧云寺至前门的火车站，采用人力抬。第二路段由北平前门火车站至长江北岸的浦口，采用火车。第三路段自浦口过长江，采用海军威胜军舰。第四路段自下关中山码头至中央党部，尔后再至中山陵，采用汽车。

奉移与迎榇过程中，党政官员及各界民众均齐集沿途所经各站，设祭致奠，规模宏大而隆重。各地民众都怀着崇敬和虔诚的心情迎榇。5月28日凌晨，当灵车行抵曹老集车站时，突降大雨，但车站两旁以青年学生为主体的群众队伍，依然肃立在站台上，"一任风淋湿他们的衣裳而一丝不动"。可见，迎榇活动得到了民众的积极响应。

奉安大典的正式仪典

1929年5月28日，孙中山灵榇到达中央党部礼堂，由国民党中央委员轮流守灵，于5月29日至31日公祭三天。5月31日下午6时，举行封棺典礼。

6月1日为"奉安日"。当日凌晨2时，相关人员齐集；4时开始移灵典礼。4时15分，狮子山炮台开始鸣礼炮101响，灵榇移出大门，抬上缟素的灵车，前往紫金山。男宾执绋而行，女宾乘车随行。前有铁甲车及骑兵连开道，两侧有200名军校学生组成护灵团护卫。迎榇大道沿途搭起松柏牌楼、青白布牌楼及救护棚等51座，瞻仰送殡的群众达50万人，航空署并派五架飞机回翔空中致敬。灵车经过，万众脱帽致哀。

9时05分，巨幅遗像到达广场，不久，各国专使、外宾也列队到达，登上第一层石级平台恭候。9时20分灵车缓缓开到广场，停在灵舆前。家属下车，进黑色布幔中肃立于灵榇之侧。9时30分，由杠夫将灵榇移入灵舆，起杠上行，40名乐手奏哀乐前导，宋庆龄率领众亲属等女眷在布幔内步行送殡，执绋人员在两侧恭扶前进。随后，灵榇停于祭堂中央，肃静片刻后，由宣赞员宣赞，奏哀乐行三鞠躬礼，献花圈，读诔文，蒋介石主祭，胡汉民等陪祭。礼毕，由杠夫将灵榇移入墓室安放。这时，狮子山炮台响起101响礼炮，全国民众停止工作，默哀3分钟。12时正，奉安完毕。在祭堂内参加大典的人员依次进墓门瞻仰。然后回到祭堂，全体集合，再行鞠躬礼，奏哀乐。最后，由宋庆龄率领孙科夫妇、戴恩赛夫妇等将墓门关闭，备极隆重的奉安大典告成。

奉安大典的社会记忆

在南京举行奉安大典的同时，全国其他地区也举行各种公祭仪式、宗教纪念仪式等。各级各类学校也纷纷举行奉安纪念活动，借此在青少年中植入孙中山符号。各类民间仪式的融入，使奉安大典具有鲜活的特质，更易于为民众接受，强化了奉安大典的全民参与性，有利于孙中山符号在民间的传播。

远在昆明的聂耳在日记中写道，"在我的预料中，理想着今天定要天晴——因为是奉安纪念，少不了青天白日照耀在总理的柩前"，但昆明下着小雨，是"天为总理而流泪！"

参加过南京奉安大典的人们，对仪式记忆更为深刻，沈松林作为大学生代表参加"护灵",几十年后依然记得"人们见到孙中山遗容时,失声痛哭频频挥泪"。

资深院士陈太一在回忆录中写道,南京举行奉安大典,他在江苏宜兴读小学,开始学唱《总理纪念歌》。

事实表明,奉安大典对于当时的中国人产生了不同程度的精神影响,这一旷世盛典带给人们的是关于孙中山的共同记忆。

参考文献

1. 郭必强:《奉安大典的政治观察:以蒋汪为中心的讨论》,《南京社会科学》2010年第10期。
2. 陈蕴茜:《国家典礼、民间仪式与社会记忆》,《南京社会科学》2009年第8期。

你可知道,革命党发动起义的武器来自"海淘"

纵观辛亥革命时期革命党领导的历次武装斗争,所用武器的购运呈现出两大特点:一是采取一事一议的"项目制",由于革命党在国内没有建立革命基地,因此只能单独为每次起义准备所需武器;二是海外购运,即借用革命派在海外的关系网络,从海外(日本、越南等地)购买武器,并通过外籍船只等工具运送回国内。

一、武器的主要来源

从各次起义的武器来源来看,革命派开展武装斗争所需的武器来源,无外乎四个主要渠道,即自制、赠送、缴获与购买,其中购买是武器的主要来源。

(一)自制

1907年成都起义有党人自制炸弹,负责制造炸弹者为税锡畴,弹形如竹筒,每枚约重十两,厚约二三分,上复以螺旋盖,盖心一小孔如黄豆大,弹内底中心安一铁茎,茎下粗上细,出盖口约二三分。先于弹内实满弹药,然后再盖住,将要爆炸时,始于铁茎顶端扣上四办火,一触即发。这是税锡畴经反复试验而制造而成的。

1911年黄花岗之役自制炸弹占了一定数量。炸弹制造地点主要设在香港:"此次举事,在港时设一实行部于摆花街,专制造炸弹。"临近起义时间,又移至广州甘家巷,制炸弹者为李应生,紧接着喻培伦、方声洞从日本回国,也参与到制作炸弹的行列。最初计划制成烟幕弹及爆发弹五百颗,由于起义日期迫近,仅制成了三百颗。

1911年武昌起义中也有自制武器,如在汉口俄租界总机关办公地点一所(即宝善里14号),制造炸弹及办理旗帜文告,结果,10月9日,革命党人在宝善里制作炸弹时不慎爆炸。这次著名的"爆炸"事故险致武昌起义夭折,使得起义不得不提前仓促发动。

（二）赠送

1900年惠州起义的军械有部分是日本友人梅屋庄吉赠送的。因为军械缺乏，在香港的日本友人梅屋庄吉闻讯，立即组织人员将一批军械秘密运往三洲田山寨。

1906年策划广西起义时，郭人漳正好在广西任职，送给谭人凤步枪和手枪数十支，要他仍回湖南去活动，准备响应广西的起义，后因消息泄露，计划失败，谭人凤也逃到日本。

（三）缴获

1900年惠州起义中曾数战数捷。沙湾之战"由统将黄福率敢死士八十人袭清军于沙湾，阵斩四十人，夺洋枪四十杆，弹药数箱"。沙湾之战佛子坳大捷，"生擒归善县丞兼管带杜凤梧，及敌兵数十人，杀守备严某，夺洋枪七百余杆，弹五万发，马二十头"。永湖大捷"夺洋枪五六百余杆，弹数万发，马三十余头"。1907年防城起义革命军袭取防城后，"得枪四五百杆"。1908年钦、廉、上思起义"计革党四次获胜，当以初二日为最，四次共得快枪四百余杆，弹药无算"。

（四）购买

事实上，自制、赠送、缴获都无法满足革命派开展武装斗争的武器要求，因此，购买成为革命派解决武装斗争所需武器问题的主要方法。

1895年广州起义的武器是由杨衢云在香港购买，然后由在香港招募的士兵同船运回广州。

1900年惠州起义的武器一是从清军购买，"时有健儿六百人"，而"洋枪仅三百杆，子弹各三十发"，"虽由附近清军防营密购枪械若干，但仍不敷所用"。二是试图获得台湾的军事援助。终因日本政策的变化，援助计划未能实现。三是计划从日本来运送武器至惠州。这批武器原本是菲律宾独立军通过孙中山从日本购买的武器，因为菲律宾革命军在国内的活动暂时受挫，因而答应将从日本购买的武器借给孙中山革命党使用。

1904年长沙之役的武器是从国外购买，随后由水路运往内地。黄兴与龙璋、杨守仁等筹得23000余金，备购枪械。当时湖南巡抚奏折中提到此次起义的武器来源是自国外购进："在外国买有洋枪三百多枝，九月初间到湖口，月内即可运到湖南。东洋学生，已回来多人，约期起事等情。"

1907年防城起义的武器是会党由云南、广西两省交界处运至国内的，后占领防城时缴获一部分枪支。由于武器缺乏,孙中山曾经计划由日本购买一批武器接济防城起义,因为交通不便与党内意见分歧,最后改运接济汕尾起义。也就是说,防城起义实际上是在没有武器供应时发动的。

1907年皖浙之役的武器是从上海购买,徐锡麟到上海购买后堂九响枪50杆,子弹2万粒;声言枪200杆,子弹20万粒。

1908年钦、廉、上思起义是从河内商人中购得。同年河口起义是向越南商人购买。1909年至1910年广安、嘉定诸役的武器是从日本购买。1911年黄花岗之役中武器的来源是四个渠道:日本、安南、暹罗、香港,据《黄兴胡展堂之报告书二件》,在日本购枪628支,由西贡购160余支,在香港购30余支。

1911年武昌起义发动的武器有自上海购买与从新军购得。至武昌起义成功发动,战事频繁,革命军武器供应主要通过中间人从外商购得。亲历武昌起义的一位知情人透露出了"中立"之下的军火交易内幕:"同船有泰来洋行五金房买办陈吉生(宁波人)频来亲余,陈吉生此行为洋行招揽军械生意,疑余为民军中人,亦意于余,苟需军火,不拘多少,俱可代购。余询以各国现守中立,何以尚能出售,陈吉生笑曰:中立者政府言之耳,个人营业与政府无涉,若用军政府名义,与洋行交易使为破坏中立,若用个人名义何碍中立。各国洋行商人对于此大宗买卖甚为注意,争先恐后,惟恐其不得也,余乃恍然。"

从上述资料中不难发现,武器购买仍有不同的渠道,主要有国内购买与海外购买两种:国内来源于从清军、从上海、从广州购买三个主要渠道;海外则主要有从日本、越南等国购买,另外香港购买也应当归入此列。其中,海外购买成为革命派解决武装斗争所需武器的主要手段。

二、海外购运的主要路线

革命党人是依照怎样的线路将武器由海外运送至国内的?从各方的记载中,大致可以推测出三条运输线路:

(一)日本—香港(或台湾)—东南沿海一带

1900年惠州起义原定运送线路应当是台湾—厦门。汕尾起义大体的运送线路:先是日本购买,然后运送至广州防城或者惠州汕尾。1911年广州黄花岗起义是由日本、安南、暹罗三处购买的武器全部集中在香港,再由香港运往广州。

（二）日本—上海—长江流域或者内陆各省

1904年长沙之役，当时湖南巡抚奏折中提到此次起义的武器来源就是从国外购进，然后通过湖口，运送到湖南。1909年至1910年广安、嘉定诸役的武器是从日本购买，然后运至四川。

（三）越南—云南、广西交界—钦、廉地区

据1907年防城起义后清军探报："自防城起事后，清军见会党所用皆新式枪，异常精利，料必有人接济，于是四处侦察"，"军火系由云南、广西交界，广南地方运入西省，得由百色转运南宁等一带地方藏匿。然后或水或陆偷入钦、廉"。可知，武器由云南、广西交界运送至钦、廉地区，但是武器的源头是在哪里呢？

1908年钦、廉、上思起义是从河内商人中购得，"先向河内法商购得盒子炮百数十杆，并由冯自由在香港购取子弹。托河内西安两轮船买办同志彭俊生黎量徐等私运至海防，交刘岐山等设法送至中越边境"。即越南—云南、广西交界—钦、廉地区。

总之，从来源来分析，虽然自制、缴获与赠送占据一定比例，但是从各次起义来看，购买这一渠道仍然占绝对多数，其中又以海外购运占据了很大的分量。另外，从上海、广州洋商购买也可看作是间接的海外购运。从运送来看，大量武器因为来自海外，因而才会产生如何由海外运送至国内起义地点的问题。

参考文献

1. 简婷：《辛亥革命时期革命派领导的武装斗争》，湖南师范大学博士学位论文，2011年。
2. 陈绍伯：《同盟会在四川的几次武装起义》，《辛亥革命回忆录》（第三集），文史资料出版社，1981年。
3. 冯自由：《戊申马笃山之役》，《中华民国开国前革命史》（中编），《民国丛书》第二编（76），上海书店，1959年。

唐绍仪与孙中山的"君子之交"

1912年6月3日，孙中山专电挽留总理唐绍仪，劝他顾全大局。

唐绍仪无心恋栈与两个月前孙中山的解职不无关系。唐绍仪自1874年赴美留学，1881年学成归国，长时间沉浮于宦海，脑中的民主共和思想被深深地封固起来。但武昌起义爆发后，唐开始了与孙中山的交往，逐渐转向共和民主。在辛亥南北和谈中，唐绍仪虽为北方全权代表，却倾心共和，有时甚至不惜违背袁世凯的旨意。民国伊始，孙中山便挂印而去，唐加入了同盟会，组织所谓"同盟会内阁"，因袁世凯对他不满，被迫辞职。

唐绍仪和孙中山，两位香山老乡，他们在民国初年为反对独裁专制、维护民主共和而携手合作，然而在实现共同目标所采取的手段和方法上，两人又存在着重大分歧，以致最后在政治方面分道扬镳。但两人是君子之交，并未反目为仇。

孙中山和唐绍仪的分歧始于1921年5月，孙中山就任非常大总统，在广州组建中华民国政府。唐偕眷返回香山唐家湾故里，或远走沪上，以避免正面冲突。

孙中山与唐绍仪在总统府前合影

道不同，难以为谋。孙中山主张以非常手段建立激进的革命政权，而唐主张通过"政党政治"以与北洋军阀平分政权。唐绍仪一贯重视国会问题，力主召集正式国会，否定北洋军阀的毁法行为。他反对北京政府军人专政，也不同意孙中山主张的武力北伐，认为单凭武力不可能打倒北洋军阀和统一全国。正因如此，唐绍仪与广东地方实力派首领陈炯明憧憬联省自治，在革命发展道路问题上与孙中山发生了原则性分歧。孙陈矛盾可说愈演愈烈，但孙唐分歧没有发展为冲突。

政见不同，难道注定成为敌人？孙中山和唐绍仪的回答是"否"。唐绍仪1862年出生于香山县唐家湾（今珠海唐家），比孙中山年长4岁，唐家湾距翠亨村仅20多公里。两位能成君子之交有难以割舍的乡情为基础。早在辛亥南北和谈时，唐与孙在上海初次相见，因"同乡里，彼此一见，以乡音倾盖，握手称中山，似故交"。在反袁和护法运动中，两人共进退，更增彼此间的乡谊友情。在孙中山的革命生涯中，常以粤籍同乡情谊争取上海潮州帮工商业者的支持。1920年11月，孙偕伍廷芳、唐绍仪等会见了上海潮州会馆三帮董事会的代表，认真听取他们反映桑梓疾苦。在孙中山同旧桂系斗争时，唐绍仪是站在孙中山这一边的。

在民初历次重大政治斗争中，孙中山与唐绍仪主要是携手合作的。1921年孙科接任广州市长后，制定了若干市政条例，遭到陈炯明亲信的暗中抵制，他们企图借此夺取市政大权。唐绍仪、伍廷芳等在军政府政务会议上支持孙科，挫败了陈炯明的阴谋。1922年6月陈炯明兵变控制广州后，即派部下邀唐绍仪回穗维持局面，国内舆论亦支持唐出山，希望唐"出维局面，以弭兵祸"。唐出于种种考虑，终未应允。

孙中山逝世后，唐绍仪于各种场合表现出对他的敬意。如在上海隆重举行的追悼会上，唐亲任"主祭"，会场壁间挂有其与章太炎等的挽联。他派儿子唐榴亲往北京守灵致唁，还与章太炎发起组织民间纪念会，自任总干事。在对报界发表的谈话中，唐推崇孙中山在中国民主运动的首要地位，说"中山先生一生，从事于民治政府之运动，今遽逝世，全国当同表哀悼。余与中山先生同省同县，余等相识，已四十年，及民国肇元，余等当相共事，革命势力之所以臻于强健，与舆论之所以集中于民治运动，要以中山之力为多"。

值得称道的是，唐与孙中山的家人比如孙科、卢慕贞也一直保持着私人的过从和友谊。

1929年2月，孙科、胡汉民等提请国民党核准改中山县为全国模范县，实施训政。年近七十、与孙科过从甚密的唐绍仪欣然就任中山县训政实施委员会主席，后又兼任中山"模范县"县长。同年8月，唐绍仪抵乡，随即发电邀请孙科回乡共商"训政建设大计"。时任铁道部长的孙科于9月23日抵香港，会同母亲卢慕贞回乡共襄盛举。是晚唐绍仪夫人吴维翘在香港半岛酒店为孙科一行设宴洗尘。9月27日至29日，中山县训政实施委员会第二次全体会议在唐绍仪的私邸唐家共乐园召开。唐绍仪主持会议，孙科在会上提出"规划翠亨乡一带为全国模范农村"方案，决定筹办总理纪念学校（今中山纪念中学）。

唐绍仪有言："总理为柱石，我们为砖瓦木碎，我们建造一所房屋，柱石固然是重要材料，砖瓦木碎也不能不需要。建国纲领，以县为自治单位，我们砖瓦木碎材料，正合在一处建筑起来，为县自治努力。"他希望"以二十五年时间，把中山建设妥当"。

晚年的唐绍仪服膺孙中山的建国理念，在中山县的治绩颇为卓著，短短几年间，实业、教育、文化、交通等均取得了较大的发展，受到时人的赞扬。

参考文献

1. 张晓辉：《唐绍仪与孙中山的交往》，《五邑大学学报（社会科学版）》2009年第4期。
2. 黄德强：《1929年孙科回粤始末》，《中山社会科学》2015年第5期。

"从中山信徒到中共烈士"——杨殷

杨殷（1892—1929），又名杨观恩，字典乐，号命夔，别号孟揆，化名李荣、李云峰等。1892年8月29日，出生于广东香山县翠亨村一个殷实之家。

杨殷的堂叔杨鹤龄是孙中山的同乡好友。受堂叔的影响，杨殷从小就对孙中山非常敬仰，跟随孙中山革命。他曾随孙中山的大哥孙眉到各地宣传革命，练就了演讲才能。曾协助孙眉运送武器，做事干练，深受孙眉赏识。1911年年初，19岁的杨殷加入了中国同盟会，做秘密联络工作，来往于澳门、香港、广州、香山等地及南洋一带联络同志和会党，收集情况，传送情报。他为革命而奔走，与三合会、洪门等绿林好汉广交朋友，团结各方力量。

1912年4月，孙中山辞去大总统职务，取道上海、福建，回到广东，在广州与翠亨村乡亲见面，叙话乡谊，杨殷也参加了此次聚会，众人一起合影留念。1912年8月杨殷由同盟会会员转为国民党党员。

宋教仁被暗杀，使杨殷十分气愤。杨殷少年时学过少林拳术，常随孙中山出入。1914年，杨殷得知袁世凯的心腹爪牙、上海镇守使郑汝成大肆屠杀中华革命党人，便决心效法荆轲，行刺郑汝成，替同志报仇。摸清了郑汝成喜欢一个人骑着东洋马在街上溜达，以显示威风的习惯后，有一天，杨殷获悉郑汝成外出的消息，立刻携带炸弹扮作路人在路边等待。当郑汝成趾高气扬地招摇过市时，杨殷从怀中掏出炸弹掷向郑汝成，将其炸伤落马。杨殷趁着混乱进入附近的一间理发店，若无其事地让理发师替他剪头发，巧妙机智地避过了军警的搜捕和追查。尽管郑汝成并未被炸死，但是杨殷的行动替革命党人出了一口气，受到大家的高度称赞。从此，杨殷在革命党人中声望大增。

1917年9月，在桂、滇系军阀势力的拥戴下，孙中山在广州建立了中华民国护法军政府，当选为中华民国海陆军大元帅。杨殷在大元帅府参军处任副官兼孙中山侍卫副官，积极参加护法斗争。

杨殷的亲友曾一度劝其到南洋经商，可他却对亲友说："自鸦片战争后，我堂堂大国，竟任由外人凌辱，民众日穷。孙先生领导辛亥革命推翻了清王朝，建立了共和制。可孙先生创立的革命事业，如今被袁贼所毁，我等党人怎么能等闲视之？眼看着已建立起的共和制毁于一旦，重新受封建专制统治，是可忍孰不可忍！假如大家都置国家危亡于不顾，中国不是愈益沉沦，不可救药吗？"杨殷婉言谢绝亲友相劝，仍追随孙中山革命。

1918年5月，孙中山因受桂系军阀的挟制而被迫辞职，杨殷在护送孙中山、宋庆龄离粤赴沪后，也愤然离开了大元帅府参军处。

后来，杨殷加入了中国共产党，从一个民主主义者转变为马克思主义者，义无反顾地投入轰轰烈烈的革命运动中。

杨殷由民主主义革命战士转变为共产主义战士是受到马克思主义理论的熏陶，而这种熏陶同孙中山身边形成的学习与借鉴马克思主义氛围是分不开的。早在1896年孙中山在伦敦蒙难获救后，便开始涉猎马克思主义著作，回国后又带回许多社会主义书籍。他称赞"马克思所著的书和所发明的学说，可说是集几千年来人类思想的大成"。他甚至说："实行其社会主义之政策者，实鄙人所深望也。"在马克思主义影响下，孙中山思想也发生了一些变化。他反对"资本家专制"，向往社会主义，主张"以俄为师"，以致后来奉行"联俄、联共、扶助农工"，并最终促成第一次国共合作。孙中山对马克思主义的研究，尤其是"五四"运动后，引发了同盟会及后来的国民党内部其他人对马克思主义学说研究的热情。但马克思主义在中国广泛传播，又引发国民党内研究马克思主义者的分化。有的人昙花一现，甚至后来专与中国共产党为敌。有的则脱离国民党旧阵营，开始新的飞跃，成为中国共产党的中坚力量。杨殷就是由民主主义者转变为共产主义者的重要代表人物之一。"五四"运动爆发后，杨殷广泛阅读了《共产主义ABC》、《共产党宣言》、《社会主义政治经济学》及《资本论》等马克思主义著作，开始认真研究起马列主义来，并最终接受了马克思主义。在孙中山的影响下，杨殷不断超越自我，由普通群众成为民主主义革命者，并投身于工人运动，不断改造社会，同时也改造着自我。最终又完成了新的超越，成为共产主义战士。他继承了孙中山的精神，同时又不断开拓，为中国革命做出了巨大贡献。

参考文献

郭昉凌:《杨殷传》,广东人民出版社,2012年。

宝岛曾留下他的足迹——孙中山与台湾

1895年6月7日，日本占领台北，台湾人民展开抗日武装斗争。孙中山对台湾怀有深刻的感情，在领导中国民主革命的过程中，孙中山等革命党人将革命思想带到了台湾。

一、兴中会台湾分会的成立

1895年春，孙中山和陈少白、陆皓东、郑士良等人在香港成立兴中会总部，随即派杨心如到台湾，宣传革命主张，发展壮大革命组织，指导台湾的抗日革命斗争。1897年9月，陈少白奉孙中山之命赴台湾建立兴中会台湾支部。

日本甲午战争后的国策，在于"消化"台湾，并准备吞并朝鲜。因此朝野都做出日本的外交政策一向是与中国友好共抗西方列强的姿态，而这种虚伪的外交手腕，对中国知识分子、政治活动家，更是尽力使用。对于以孙中山为代表的革命者，反对或想要推翻清政府的活动，日本朝野均有默识，是采取同情而不阻止的态度，有人相助，有人相阻，但最终不会促其顺利进行，更不愿意在其本土（包括台湾殖民地）进行涉及军事化的活动，从陈少白抵台一事，也可略见端倪。

"日本政府恐中国人运动台湾人反对他，所以检查中国人进口岸非常苛刻"。当陈少白放弃在台南发展兴中会后，才重回台北，以杨心如的朋友为基础，"创立了一个支会，找进了五六个会员"。这就是孙中山等在台湾试图以它为基地发展兴中会组织的结果。

二、第一次赴台，孙中山在此领导惠州起义

孙中山此次赴台，是为接下来的惠州起义做准备。因此，他使用化名吴仲，在内田甲特派士族清藤幸七郎的陪同下，于1900年9月28日抵达基隆。日踞"台湾总督府"民政长官后藤新平不仅立即向上汇报，并且致电内务省请求："关于孙逸仙渡台之事，已知悉该人等阴谋，我政府是否不予妨害或过问，尚在犹豫，

· 287 ·

望指示。"当日,内务省总务长官复电说,"对孙文阴谋要采取防遏方针,特别是对我国人援助其事,因有碍外交,必须严格阻止"。

与此同时,日本外务大臣于9月30日和10月2日先后致电给日本驻上海、汉口、厦门和福州的领事,告诉他们孙(文)已抵基隆,"其一行如向清国渡航。台湾总督当向所到之地领事发电报,注意日本人登陆,防遏其阴谋";又开列了参与孙中山活动的四十五名日本人的名单,日本政府的态度很清楚,就是要阻挠华南起义的发动。然而,孙中山对于这一切都始终不知,他对在台湾的现状很满意,以为获得了大显身手的良机,能够尽力剿平土匪。

惠州起义军在10月下旬因孤军无援被迫解散。日本驻台湾政府于11月初对孙中山下了逐客令。他们通知孙中山说,"由内地来的电报,要把革命党人都驱逐出境,所以我现在来特请你明日即乘船归国"。11月20日孙中山启程离开。

三、"二次革命"失败后赴台,支持苗栗起义

直到1913年,反袁"二次革命"失败,孙中山、黄兴被迫逃亡,孙中山方和胡汉民于8月4日赴台准备与黄兴会合,以定下一步决策。孙中山遂偕胡汉民从福州乘船取道台湾东渡日本,途中在台湾停留,住在台北市"梅屋敷"酒店。孙中山住台期间一方面深入了解台湾的风俗民情、游览名胜古迹,另一方面积极会晤翁俊明、杨心如等台湾革命党人,指示他们继续开展革命斗争。

日本外务大臣竭力阻止其停留台湾或赴日本,给台湾总督的电文说,"帝国政府认为,以防止与此次骚乱有关之领袖来本国为上策",要求台湾总督用适当方法,"劝告孙、陈赴日本以外之其他地方"。日本政府一方面不愿孙中山等留在日本"产生种种麻烦";另一方面也不愿孙中山等完全落入美国保护圈,从而失掉政治筹码。由于孙中山离开台湾后执意想留在日本,后来日本政府允许他暂时留下,黄兴则去了美国。

孙中山此次赴台,正值台湾同盟会会员罗福星发动反抗日本殖民统治、维护祖国统一的苗栗起义,孙中山给予支持和指导。为推动台湾的革命活动,1912年8月,孙中山和黄兴指示罗福星率领十二志士前往台湾开展革命斗争。罗福星到台后,积极从事抗日活动,组织"华民联络会馆",筹划台湾起义。1913年3月15日,罗福星在苗栗发动起义,发表以"赶走日本,恢复台湾"为宗旨的《大革命宣言》,参加起义的人员达95000多人。由于日本殖民当局惧怕孙中山深入宣

传革命思想，进一步唤醒台湾民众的民族意识，因而采取名为热忱接待实为警备森严封锁其与台胞直接见面的方法，使孙中山的革命活动受到极大限制，在台作短暂停留后，孙中山非常郁闷地离开台湾。

四、孙中山第三次赴台

护法运动失败后，孙中山愤而辞去大元帅职务离开广州，并于1918年6月6日偕胡汉民等人从汕头乘船前往日本，途经台湾，并于次日下午抵达基隆。在启程去日本前夕，他便得知台湾人民自辛亥革命以来革命情绪高涨，回归祖国的呼声越来越强，因此，他准备前往台湾，和台湾同胞见面并宣传他的爱国主义精神、革命主张和统一思想，以唤醒台湾人民的民族意识。据随行的戴季陶称，中山先生原拟在台湾稍作停留，借机向台胞"发表意见，宣传主义，唤起民族意识，鼓吹爱国精神，台湾同胞也很喜欢，以充分的热诚，准备欢迎。然而台湾总督府，用尽阻挠方法，不使我中山先生与台湾同胞晤谈。总理一到台湾，台湾官宪即派员到船中，招待总理一行；直驱到台北，翌晨便开船向神户去"。由于日本殖民当局害怕孙中山宣传革命思想和爱国主义精神，唤起台胞抗日救国斗志，蛮横无理地拒绝了孙中山上岸的请求。

在以孙中山为首的革命党人的影响和指导下，台湾人民自1912年至1915年，先后在南投、嘉义、台中、台南、苗栗和台北等地，多次发动反抗日本殖民统治的武装起义。与此同时，罗福星、林祖密等一批台湾同胞在孙中山的鼓舞下回到祖国大陆参加辛亥革命并在台湾领导抗日运动。

1924年冯玉祥在北京发动政变，邀请孙中山北上共商国是。11月13日，孙中山由夫人宋庆龄陪同，抱病北上。孙中山从广州乘船，途经台湾，这是孙中山第三次也是最后一次台湾之行。

1925年3月12日，孙中山逝世，举国悲痛。在北大的台湾学生吊唁他的挽联，表达出对孙中山离世的悲痛："三百万台湾刚醒同胞，微先生何人领导？"

"四十年祖国未竟事业，舍我辈其谁分担！"

参考文献

1. 张寄谦:《清末民初孙中山和梁启超等人与台湾的关系》,《台湾研究》1994年第1期。
2. 张寄谦:《清末民初孙中山和梁启超等人与台湾的关系(续)》,《台湾研究》1994年第2期。
3. 李本义:《孙中山促进台湾回归祖国的实践及其历史影响》,《湖北大学学报(哲学社会科学版)》2007年第3期。

孙中山的平均地权思想

1912年6月9日，孙中山在广州行辕举行谈话茶会，向记者、议员等再次说明平均地权之意义，解释广东都督拟交省议会议决之换地契收税案，希望议会及报界"能通过而鼓吹之"。在广东，由胡汉民、廖仲恺等人主持，省议会已议决实行土地抽税法，先更换地契，确定契税抽值标准，然后照价纳税。孙中山认为，"果能以此绝大之建设，先施行于广东，则其功比改革政体更远大"。广东成了孙中山实施平均地权的最早的试验场。在他看来解决土地问题是发展实业的首要条件，"地权既均，资本家必舍土地投机业，以从事工商，则社会前途将有无穷之希望。盖土地之面积有限，而工商之出息无限，由是而制造事业日繁"。由此开始，民生主义就可次第实行了。

平均地权是孙中山民生主义两大经济纲领之一，其宗旨在变革旧的土地制度，用征收地价税和土地增价归公的办法，实现"土地国有"，消除地主从地租及地价增涨中获得暴利的可能性，同时避免工商业发达后土地涨价而出现贫富对立的社会问题。

孙中山平均地权思想的起源

孙中山游历欧美时既看到其经济的高度繁荣，也敏锐地感受到其社会的严重危机：农民破产、工人失业、劳动者贫困加剧，贫富悬殊严重，社会矛盾尖锐。他当即认为中国的落后可以转化为优势。只要能事先计划好社会的变迁，在物质繁荣之前，积极探求正义与公平的经济制度，防止物质成就引起社会混乱。可见，孙中山早期所渴望的并不仅是以西方的形象创造一个社会，而是计划一个更高形式的社会秩序。

孙中山在英国时，进一步领略到西方政治、经济理论的迷人魅力。他的平均地权思想受英国经济学家约翰·穆勒和美国经济学家亨利·乔治的社会经济思想影响。

约翰·穆勒（1806—1873），生活在资本主义社会大发展但又是社会大混乱、大变动时代，当时英国贫富两极分化严重。他积极探索折中、调和的方法，达到改良资本主义制度的目的。他认为高昂的地租和土地炒作是造成分配不公和经济结构扭曲的主要原因。他主张用征收土地税的方式消除社会的不平等和土地投机行为。他指出，土地是天然产物，不是谁生产的，地主通过占有土地，要求在生产物的分配中分享一份，违背了社会正义的一般原则。他强烈反对地主靠地租过着不劳而获的寄生生活，主张对地主的地租征税，消除地主土地私有制度。当然不是没收全部财产，而是没收由于事情的自然发展而增加的财富，用它来造福于社会。他认为私有制的含义是对个人拥有其劳动和节欲的成果给予保证，而不是对没有任何功绩、也不作任何努力的人也给予保证，那样不但不会促进私有制合理目标的实现，而且会同这一目标相抵触。

亨利·乔治（1839—1897），一生致力于土地问题的研究和土地改革运动的宣传。他认为土地被私人占有是社会贫富不均的主要根源，主张征收单一的地价税归公共所有。1879年，他的著作《进步与贫困》出版，在当时的美国和西欧产生了广泛的社会影响，掀起了一场世界性的土地改革运动。他说，所谓"进步"这种新力量，"好像一个巨大的楔子，不是在社会底部打进去，而是在社会中部穿过去。那些在分裂点以上的人们，处境上升了，但是那些在分裂点之下的人们被压碎了"。不断暴涨的土地价格和地租，不仅吞噬着工人的生活福利，也在无情地破坏着生产力本身。因此，亨利·乔治把斗争的矛头指向了土地私有制度，认为是这种不平等的制度造成了贫困和萧条。不过，他认为没有必要充公土地，只有必要充公地租。

孙中山平均地权思想的实施要领

征收地价税不仅是一个财政手段，更是一个平等社会的蓝图，是对"大合作社会"的想象与大同社会的追求。孙中山在辞去临时大总统职务之后，广泛宣扬他的"平均地权"思想，其具体内容归纳起来包括："核定地价"、"照价纳税"、"涨价归公"、"照价收买"以及"土地国有"等几项。对此，他在1906年同盟会的革命方略及《民报》周年演说中都阐述过。1924年，他在手书的《国民政府建国大纲》第十条中，再次对此作了较为简明的概括："每县开创县自治之时，必须先规定全县私有土地之价。其法由地主自报之，地方政府则照价征税，并可随时照价收买。自此次报价之后,若土地因政治之改良、社会之进步而增价者,则其利益当为全县人民所共享,而原主不得而私之。"

从以上表述可以看出,孙中山寄希望于平均地权来实现其天下为公的理想。"核定地价""照价纳税""涨价归公""照价收买"四个环节若能发挥作用,就可以消灭城市土地投机和农村土地兼并,杜绝靠炒卖土地大量吞食社会进步所带来的巨额地价增益的现象,并促进土地的开发利用,达到"地尽其利,地利共享"。把全国的土地税和"增价归公"的钱用于政府所有财政开支、公共福利等事业,使全国人民过上富裕生活。

参考文献

1. 韩剑锋:《孙中山土地观渊源探析》,《理论与现代化》2012年第2期。
2. [以色列]史扶邻、高申鹏:《孙中山的早期土地政策——"平均地权"的起源与意义》,《中山大学学报论丛》1992年第5期。
3. 夏良才:《论孙中山与亨利·乔治》,《近代史研究》1986年第6期。

○中山先生的一天

最后的杰作：晚年孙中山竭力捍卫国共合作

在共产国际和苏俄的积极努力下，新生的中国共产党几经权衡，终于在第三次全国代表大会上决定共产党员以个人身份加入国民党，实现国共合作。当共产党的掌舵人陈独秀将这个决定正式告知孙中山时，国民党掌舵人的心情又如何呢？

实际上，国共两党在1922年年初就有了合作意向，然而却在合作方式上发生争执，当长达一年半的政治博弈终于尘埃落定，孙中山肯定是长吁一口气。

不可否认，孙中山的联共主张有争取苏联援助及林林总总的因素考虑，但他是真心实意欢迎共产党人加入革命的统一战线。早在1922年9月，陈独秀、李大钊便在孙中山的亲自主盟下加入了国民党。1924年国民党"一大"时，宋庆龄曾经问孙中山"为什么需要共产党加入国民党"，孙中山指出："国民党正在堕落中死亡，因此要救活它，就需要新鲜血液。"

广州各界群众游行，祝贺中国国民党"一大"的召开

于是在1924年1月国民党第一次代表大会选举国民党中央执行委员会时，

共产党员李大钊、谭平山、于树德、毛泽东、林伯渠、瞿秋白、张国焘、于方舟、韩麟符、沈定一当选为中央执行委员或中央候补执行委员，约占委员总数的四分之一，并有多名共产党员在国民党中央领导机构中担任重要职务。

然而，革命有暗涌，国民党内反对合作的声音从未停歇，并有愈演愈烈之势。在国民党"一大"前夕，就有邓泽如、林直勉等11人联名上书孙中山，反对共产党加入国民党，理由是"此次改组，陈独秀实欲借俄人之力，耸动我总理，于有意无意之间，使我党隐为彼共产所指挥"。孙中山对上书批示："目前革命工作情绪低沉，需要新血刺激，所以这次党中吸收了更多的知识青年共同从事革命工作。""以此生力军加入，推动吾党前进，对革命前途大有乐观。"由于孙中山、廖仲恺等力排众议，国民党右派最初破坏国共合作的阴谋未能得逞。

很快，国民党右派又卷土重来。1924年6月，邓泽如、张继、谢持提出《弹劾共产党案》，声称"共产党员和青年团员加入国民党确于本党之生存发展，有重大妨害"。孙中山对此旗帜鲜明地予以驳斥："共产党员加入国民党是完成国民革命的需要，也是完全符合各族人民共同愿望的。"国民党一些元老，如张继、冯自由等反对改组最激烈，孙中山气愤地说："你们怕共产党，不赞成改组，可以退出国民党""你们不赞成改组，那就解散国民党，我个人可以加入共产党"。孙中山的儿子孙科不赞成改组，孙中山把他从中央委员的名单中勾掉。这一切表明了孙中山坚持改组国民党，坚持国共合作的决心。

孙中山为解决联共政策所引起的各种误解、反对和纠纷，表明要坚定维护国共合作的决策，于1924年7月初发表《中国国民党关于党务宣言》，再次重申联共主张，明确指出："凡有革命勇决之心，及信仰三民主义者，不问其平日属何派别，本党无不推诚延纳"，要求全体党员"屏除疑惑"。在8月23日国民党中央政治委员会第六次会议上，孙中山指责，有些老党员的做法是不能容忍的。他特别举出弹劾案发生后仍十分活跃的冯自由为例，当场宣布要以总理的身份，"开除冯自由出党"，同时警告："如果在全会以后还有同志说不了解我的主义，再无端挑起是非，我们将采取对冯自由一样的方法来对待他们。"

孙中山并不是一个人在战斗，共产党人坚决主张与国民党右派进行斗争。1924年7月21日，陈独秀与秘书毛泽东共同签署了《中共通告第十五号——对国民党右派的斗争》。同时根据中共中央的部署，陈独秀、恽代英、瞿秋白、蔡和森等连续发表文章，坚决维护国民党"一大"的政纲。

○ 中山先生的一天

  晚年的孙中山与中国共产党以民族和人民的利益为依归，求大同存小异，成立革命的统一战线，并竭力加以维护，从而迎来了轰轰烈烈的大革命高潮，顺应时代的发展潮流。正如宋庆龄所说的："孙中山为中华民族和中国人民进行的四十年的政治斗争，在他的晚年达到了最高峰。这一发展的顶点是他决定同中国共产党合作，一道进行中国的革命。"

参考文献

1. 徐云根：《陈独秀与孙中山及第一次国共合作》，《上海革命史资料与研究》（年刊）2008年。
2. 杨奎松：《革命（叁）：国民党的"联共"与"反共"》，广西师范大学出版社，2012年。

孙中山借义和团运动对清政府三"箭"齐发

1900年6月13日,义和团进入京津地区,掀起了一场席卷中国北部的反帝爱国运动。对于这次义和团事变,孙中山有着清晰的认识和理解,并针对这次事变造成的清政府统治危机,做出了一系列的安排和部署。

在义和团运动如火如荼之际,身处国外的孙中山在清政府进退失据之际,既想利用义和团同时又在镇压义和团,既向西方列强宣战又暗地里图谋妥协的时候,他决定利用这一有利时机,三"箭"齐发,一举打倒清政府的统治。

第一"箭":谋求帝国主义列强的支持

自1895年广州起义失败后,孙中山流亡海外。在海外期间,他逐步产生了引帝国主义列强为后援的思想。身处日本的孙中山,先是走访了法国驻日本公使阿尔芒,就法国政府为他提供军事援助一事进行商谈。紧接着,又与陈少白等兴中会骨干致函英国驻香港总督卜力,要求英国政府助力改造中国。最后,又联络日本知名人士、军政大臣,企望中日合作,日本政府助他"一臂之力"。

第二"箭":寻求同汉族官员合作

义和团运动期间,孙中山为削弱清朝政府的统治力量,曾寻求与以汉族官员为主的清朝洋务派、南方实力派合作。他先是与郑士良、杨衢云等人由日本乘船前往香港,准备与时任两广总督的李鸿章合作,谋求两广独立。接着,他又前往上海,设想联合清朝政府内的各"革新派"人士,以两江、两广为基础,组成南方独立政府,与清政府对抗。

第三"箭":积极策划起义

1900年10月6日,在谋求帝国主义列强和寻求同汉族官员合作失败的背景下,郑士良受孙中山委托,率领会党群众600余人在惠州三洲田山寨起义。在转战惠

○ 中山先生的一天

州平山、龙岗、淡水、梁化等多地，起义军发展到2万多人的大好形势下，因迟迟得不到海外补给，以失败告终。

不同于当时资产阶级改良派和保皇派对义和团运动的全面否定、污蔑。孙中山对于义和团运动的兴起和败亡，有着自己客观的评价和见解。

1924年9月，孙中山在中国国民党为"九七"国耻而发表的宣言中，详细而深刻地分析了义和团运动爆发的三大原因。他认为义和团运动是在帝国主义的侵略下爆发的。帝国主义瓜分中国的阴谋行径使中华民族面临国破家亡之灾，帝国主义的经济侵略令中华民族无法生存而面临着灭种之祸，帝国主义的宗教侵略耗夺了中国人的精神。在此基础上，孙中山得出以下结论："中国自有历史以来，以和平为民族之特性，有时不幸遇着他民族的侵略，才不得已而抵抗。……我们对于义和团事件何以发生的一问，可以无疑无贰的回答：'是因为帝国主义逼着他发生的！'"

在1924年关于三民主义的讲演中，孙中山讲到义和团1900年6月在杨村一带反击八国联军入侵的战斗。他谈到"他们（指义和团成员）总是用大刀、肉体和联军相搏……其勇锐之气，殊不可当，真是令人惊奇佩服"。"经过那次血战之后，外国人才知道中国还有民族思想，这种民族是不可消灭的"。

孙中山同时指出了这次义和团运动的弱点与落后性。他认为义和团有"排外之心而出狂妄之举"，盲目笼统地排外；义和团的斗争方法有愚笨的一面。他评价说：义和团不懂利用地形来蔽体，而只会"用咒符"来"避弹"，不知铳炮之利用，而只持白刃以交锋，方法笨劣。最后强调："义和团还有一个极大的错误，想倚靠满洲来驱逐洋人，贸贸然的揭起'扶清灭洋'的旗帜，遂致为满洲所利用，徒然牺牲。"

参考文献

1. 江中孝：《论孙中山在义和团运动期间的活动及其对义和团的态度》，《广东社会科学》1997年第2期。
2. 周兴梁：《孙中山对义和团的认识和论述》，《文史哲》1998年第1期。

孙中山与容闳

容闳（1828—1912），广东省香山县南屏镇（今属珠海市）人，原名光照，族名达萌，号纯甫，英文署名 Yung Wing。1854年夏毕业于美国著名的耶鲁大学，成为中国留学美国的第一个大学毕业生，是中国近代著名的教育家、外交家和社会活动家，是中国留学生事业的先驱，被誉为"中国留学生之父"。

孙中山与容闳第一次会面

1900年9月1日，容闳由于报国无门，懊丧地从上海去日本，而此时孙中山自日本来沪活动，因清廷大捕革命党人，无法在沪停留，只得原船折回日本。这就促成两人在患难途中巧遇。

化名"中山樵"的孙中山与化名"秦西"的容闳，经容闳的堂弟容星桥的牵线，在赴日本长崎的游轮上相见了。此时，容闳已是72岁，而孙中山是34岁血气方刚的青年，这两人一见如故，在去日本的船上共同畅谈了救国之道。他们抵横滨，合住旅社，闭门密谈甚久。据日本外务省档案记载："孙逸仙同乘'神户丸'的清国人秦西（容闳）在本地上岸后赴南山手町库利夫旅馆处投宿……孙与平田晋昨晚5时到旅店访秦西，一直密议到晚上9时半左右方才归宿。"

相似的学习经历

容闳，1828年出生在一个贫苦的农民家庭。从1835年进入澳门郭士立夫人学校，1842年迁香港就读，到1847年随布朗夫妇赴美留学，在这十二年中，容闳学习英语和西方近代自然科学，也兼听中文教师讲授四书五经，接受的虽不是完整意义上的西方教育，但是教会学校对其观念上的影响却不容忽视。

1847年1月4日，容闳跟随布朗夫妇踏上了留美的征程。1850年夏，入读耶鲁大学。在整个大学期间，中国的可悲状况时时出现在容闳的脑海中，那令人痛惜的一幕幕，使他的心情一直都很沉重。他认为中国的年轻一代应当享受与他同样的教育利益,这样通过西方教育,中国将得以复兴,变成文明富强的国家。

而孙中山13岁时,在大哥孙眉的资助下随母亲赴檀香山。1879年入读火奴鲁鲁意奥兰尼学校,1882年毕业后就读于奥阿厚书院。1886年孙中山入广州博济医院学医,1997年转学香港西医书院,1892年毕业。毕业后,孙中山先后在澳门、广州行医。在目睹了下层百姓的穷苦与上层官僚的腐败,对比了国内的落后与国外的进步后,孙中山认识到"医术救人所济有限,若单凭自己的医术,做好一个医生,只能为一部分人治病,医道纵然再高明,也不可能从根本上解决中国的贫弱问题,也不能使广大贫苦群众真正摆脱苦难,而'医国'比'医人'更重要"。

孙中山与容闳的多次交往

1908年11月,光绪帝和慈禧太后相继逝世,保皇党失去了诉求目标,无法再号召华侨继续"保皇"了,实力大减。此前,康有为在财务问题上公款私用令容闳十分不满,他在1908年8月17日致谢缵泰的书信中就强烈谴责了康有为及其保皇党。此后,容闳与保皇党渐渐疏远。这时,倡导"中国革命计划"以推翻清政府的美国人荷马李和布司找到了容闳。他们希望物色一位合适的中国政治反对领袖,商量后认为孙中山最为合适。容闳在美国旧金山制定了一个庞大的《红龙计划》,就是向华侨筹款,以加速革命的进程。

1910年2月孙中山致函容闳:一、向美国银行借贷一百五十万至二百万美元,作活动基金;二、成立一临时政府,任用有能力人士,以管理光复省区城市;三、任用一个有能力之人统率军队;四、组织训练海军。

1910年2月至3月中旬,经容闳联系后,孙中山与荷马李、布司在美国洛杉矶举行了多次会谈。双方同意成立一个结合所有反清力量的"革命联合组织",孙中山为联合组织的总理。孙中山任命荷马李为军事指挥官,赋予领导各方革命武力之权力,任命布司为海外财务全权代理人,为联合组织商治贷款,筹集资金。虽然孙中山承诺对所借款项事成之后加倍偿还,但是布司根本无法在注重现实利益的美国商界筹到他所希望的款项。布司筹款的失败,使得容闳大失所望,甚至对孙中山的革命事业都持怀疑态度。1910年11月10日,容闳致信布司,批评孙中山的革命主张不适合中国。1911年1月,孙中山第四次抵达美国时,没有与荷马李、布司会晤,也没有拜访容闳。

1911年10月10日,武昌起义爆发。当得知武昌起义成功的消息后,已身患中风卧病在床的容闳异常激动,让儿子代笔给孙中山等革命派写了一封贺信。12月29日,容闳在写给谢缵泰的信中还吩咐道:"在南京参加就职典礼的时候,假如你见到他,千万替我向他致以衷心的祝贺。"孙中山也没有忘记容闳,1912年2月其在当选临时大总统不久,就写信邀请容闳回国:"素仰盛名,播震环宇,加以才智学识,达练过人,用敢备极欢迎,恳请先生归国,而在此中华民国创立一完全之政府,以巩固我幼稚之共和。"

孙中山的"鹄盼"没有实现,1912年4月21日,容闳病逝。

参考文献

1. 陈锡祺:《孙中山年谱长编》,中华书局,1991年。
2. 陈申如:《容闳与孙中山》,《学术研究》1991年第6期。

○ 中山先生的一天

革命著勋劳，乡邦立楷模——陈少白

"四大寇"是指青年时期的孙中山、陈少白、尤列、杨鹤龄等四人。他们以兄弟相称，在香港期间，因志趣相投，常聚在一起，畅谈反清革命之言，鼓吹民主共和之事。陈少白是"四大寇"中年龄最小的一位。在中华民国建立后，他因青年时期与孙中山称兄道弟的经历和对中国民主革命的巨大贡献而被民众亲昵地称为"国叔"。

"四大寇"（前排从左至右分别为杨鹤龄、孙中山、陈少白、尤列）

孙中山的同窗之"弟"

陈少白，原名闻韶，又名白，号夔石，1869年8月出生于广东新会县外海乡。他的父亲陈子桥既是一位基督教教徒，也是地方乡绅。在此背景下，陈少白从小就受到中西文化的共同熏陶。1888年，在家人的影响下，陈少白进入广州格致书院就读。在校期间，陈少白的三叔陈麦南常给他看一些西文译著。陈少白从中看到世界局势的变化,并接受了西方先进思想的启蒙。他常与人说:"革命思想,多得于季父。"

与逸仙情同兄弟

1890年,陈少白前往香港办事期间,在传教士区凤墀的介绍下,认识了当时正在香港西医书院读书的孙中山。两人一见如故,成为知交。在此后不久,陈少白就由广州格致书院转到香港西医书院就读,成为孙中山的同窗。自此,两人朝夕相处,畅谈时政,共谋推翻帝制、建立共和的革命事业。这段特殊经历,据孙中山的好友冯自由回忆说:"在革命同志中,孙中山称之为弟者,仅少白一人。"

革命事业的中流砥柱

1894年冬,孙中山在美国檀香山成立以"驱除鞑虏,恢复中华,创立合众政府"为宗旨的兴中会。

在党务建设方面,陈少白颇有功劳,成为孙中山最亲密的战友和革命助手。在1895年至1911年间,他先后协助孙中山在香港建立兴中会总会,在广州、横滨、台湾、越南建立了兴中会分会。在香港将兴中会、哥老会、三合会等合并成立了兴汉会。在发动起义方面,陈少白也策应有力。1895年至1911年间,他先后直接或间接参与了乙未广州、惠州、广州黄花岗等多次起义。在乙未广州起义中,他是孙中山献策定计的谋士;在惠州起义中,他负责后勤组织和联系;在广州黄花岗起义中,他负责起义失败后的革命党人转移等善后工作。

在思想宣传上,陈少白也居功至伟。1890年,他在孙中山的要求下,返回香港创办了被史学家赞誉为"革命日报之始祖"的《中国日报》,并长期组织该报工作。1905年至1911年间,他又开创了"粤省创造白话剧之先河",先后组织了广州采南歌剧团、香港振天声剧团和香港振天声白话剧社,并亲自撰写《文天祥殉国》《熊飞起义》《自由花》等宣传革命的剧目。

功成身退泽被一方

1911年10月,武昌起义爆发,广东宣布独立,陈少白曾短暂担任外交司司长。

1912年中华民国成立,外交权归中央,他便辞去这一职务,致力发展交通事业,成立粤航公司。1921年,孙中山就任非常大总统,陈少白被聘为总统府顾问,参与国是。但过了不久,他便辞官归田,回故乡定居。回乡后,陈少白又受乡亲委托,先后担任乡事委员会主席、保甲局长、乡长兼新会县第四区区长等职。任职期间,他主持修筑金溪桥、石咀桥、大康路、杏林路、中华路等多条路桥,又曾担任乡第一小学名誉校长,带头捐资兴建三座校舍,筹办外海中学,还提倡绿化、美化环境、禁烟禁赌等。

参考文献

1. 卢立菊、付启元:《千秋大业垂青史 一代高风想布衣——记国民革命先驱陈少白》,《炎黄纵横》2006年第9期。
2. 黄柏军、郭昉凌:《陈少白:做事不做官的革命家》,《源流》2011年第21期。

人民有难国家有责——中山先生倡导的社会保障体系

1924年6月18日，国民党党立贫民医院正式成立，由何香凝等任监察员。这是孙中山实施社会救助主张的重要实践，也是凝结在他灵魂深处的为民思想的一次体现，反映了孙中山对弱势群体的深切同情。

仁爱——人民有难国家有责

在孙中山早期的革命实践中，他时常用"时不我待""适者生存"等言语激发时人不畏时艰、勇于抗争的斗志。在1912年10月对上海中国社会党的演说中，他首次公开对当时盛行的"竞争"式社会进化论调提出质疑：动物之强弱，植物之荣衰，皆归之于物竞天择、优胜劣败。国家强弱的战争，人民贫富的悬殊，被视为天演淘汰的例子。然而，强权虽合于天演进化，而公理实难泯于天赋的良知。物种或许是以竞争为原则，但人类应以互助为原则。毕竟人类社会是由低级向高级、由不文明向文明而渐次演进的。后来，孙中山还深刻地指出，正因为人们"各私其私"，才使中国成为世界上最弱、地位最低下的国家。因此，他主张继承传统的"仁爱"，借鉴西方的"博爱"，以救助的方式扶助贫弱疾苦。

在孙中山对未来社会的构想中，教育方面，"凡为社会之人，无论贫贱，皆可入公共学校，不特不取学膳等费，即衣履书籍，公家任其费用"。养老方面，"设公共养老院，收养老人，供给丰美，稗之愉快，而终其天年，则可补贫穷者家庭之缺憾"。医疗方面，"设公共病院，贫者不收医治之费，而待遇与富人纳资者等"。

早在1894年，孙中山在《上李鸿章书》中指出："夫国以民为本，民以食为天，不足食胡以养民？不养民胡以立国。"在这里，他以精练的语言论述了国家要体恤民生的观点。孙中山曾指出，德国俾斯麦执政时代，以国家力量救济工人痛苦，国家规定工人的养老费和保险费。他极为赞赏建立各种社会保障制度来促进民生。他还批判中国统治阶级把对百姓的社会救助看作是"恩赐"，提出了"人民有难，国家有责"的理念。

博爱——率先垂范救民于水火

孙中山毕生忙于革命运动，而且真正掌握国家权力的时间十分短暂，这影响了他的一系列社会救助计划的实施，但即便如此，在他两次担任大总统期间，对当时严重的自然灾害还是予以深切关注，并及时组织社会救助活动，以慰民生。

1912年，孙中山就任中华民国临时大总统，恰逢此时"上自皖南各府，下逮镇扬苏常，绵延千余里，淹没百余处，汪洋一片，遍地哀鸿"。孙中山"每一念及我同胞流离颠沛之惨相，未尝不为之疾首痛心，寝食俱废"。为了动员军队参加"修筑千里长堤"工程，民国政府组织了"救灾义勇军"，孙中山亲任"主勇军正长"，以示对救灾活动的支持。针对江苏一带的严重灾情，孙中山除令江苏都督另筹抚恤方法外，还拨款1万元，交由实业部切实散发进行救助。

强国富民——倡导近代社会保障事业

在社会救助之路上，孙中山还充分发挥国内力量和借助国际资源。孙中山曾对当时的华洋义赈会给予支持和援助。他还会见国际红十字会的调查员詹姆森，商谈有关赈灾款项及运输救灾粮食等事项。

1912年3月，新成立的中华民国公布南京政府官制，设立民治科，将公益慈善等社会救济事业及其监督管理纳入政府的日常事务，显示了孙中山实施新式社会救助的决心。1920年11月下旬，孙中山在广东重组军政府，亲自兼任内政部长并颁布内政方针，设立十二个局和两个所。其中社会事业局有六项主要事务：育孤、养老、救灾、卫生防疫、收养废疾、监督公益及慈善各团体。

孙中山并非孤立地奢谈以国家为主体的社会救助，而是将社会救助与发展实业紧密相连，通过发展实业，为社会救助创造坚实的物质保证。他曾说："中国乃极贫之国，非振兴实业不能救贫。"为此，他制定宏伟的《实业计划》，通过疏通旧运河，开凿新运河，充分发挥江河湖泊防洪、航运、水利的综合作用，变水患为水利；发展交通运输业，以便灾害发生之时，可以"以此之丰，济彼之荒"；开辟商港，使"货物流通，苦乐可均，而饥馑之灾亦可免矣"。

孙中山对社会救助的思考主要是他内心对以"仁爱"为核心的儒家道德观的

认同。孙中山所设计的"强国富民"社会救助体系反映了人民对"国泰民安"的理想社会的长久渴望，但是在当时的社会状况下，这些构想缺乏实施的健康社会环境。不得不承认，要使"大同世界"出现，必须要有高尚的思想与强健的能力为先。尽管如此，孙中山倡导建立的民国社会救助体系还是成为中国近代社会保障事业的开端。

参考文献

1. 赵艳芝、张冰：《孙中山互助论的仁学渊源》，《前沿》2011年第12期。
2. 王峰、曹莉莉：《简析孙中山民生视角下的社会救济理念》，《学理论》2012年第26期。
3. 刘峰：《论孙中山的社会救助思想及实践》，《湖南城市学院学报》2007年第1期。
4. 高中华：《孙中山的社会救济观述评》，"孙中山北伐与梧州"学术研讨会，1999年。

○ 中山先生的一天

孙中山与李鸿章可曾谋面

　　1894年6月，身为医生的孙中山关闭了自己的诊所和药房，又通过关系辗转找到此时身处上海的名流郑观应、王韬等人写了几张介绍信，北上天津，伺机寻得圣眷优隆、权势煊赫的直隶总督、北洋大臣李鸿章接见一面，企图在李的幕府谋得一职，以一展经世之才。此前孙中山精心撰写了一篇《上李傅相书》，对清政府怎样才能"富强"提出见解。他认为"欧洲富强之本，不尽在船坚炮利、垒固兵强，而在于人能尽其才，地能尽其利，物能尽其用，货能畅其流——此四事者，富强之大经，治国之大本也"。他建议清政府仿照西方资本主义制度，兴办学校，培养人才；设立管理农业的机构，发展农业生产；开矿山，修铁路，开办近代工业；实行保护近代工商业的政策等。

　　1894年6月下旬，孙中山和同村好友陆皓东到达天津，寄寓法国租界佛满楼客栈。他们手持沪港两地一些名流写的介绍函拜见李鸿章的亲信幕僚罗丰禄、徐秋畦等人，述说了自己的想法和要求。罗、徐等收下了介绍信及孙中山的上书，均允诺相机协助。

　　孙中山的上书很快投递给了李鸿章，李鸿章似乎也就孙中山在这封上书中提出的要求作了批示和安排。孙中山在这份上书中强调农政之兴尤为今日中国之要务，表示愿意出国考察农业，以便拯救农业、农村和农民。

　　对于孙中山的这个要求，李鸿章欣然应允。他责成罗丰禄代领农桑会出国筹款护照一本交给孙中山。至于接见面谈的请求，据冯自由在《中国革命运动二十六年组织史》所说："时中日二国因朝鲜东学党乱事，交涉紧张，鸿章藉辞军务匆忙，拒绝延见。"

　　诚然，李鸿章不见孙中山最直接的原因是军务繁忙。这一点是孙中山最大的不满和不理解。但实事求是说来，李鸿章此时确实繁忙不堪无暇他顾。当年4月，朝鲜东学党起义爆发，紧接着中日之间为是否派兵前往朝鲜镇压发生持续不断的争执。待到6月初，李鸿章听信袁世凯所谓日本"志在商民，似无他意"的错误判断，决意"遣兵代剿"，遂派直隶提督叶志超和太原镇总兵聂士成率军赴朝，行镇压起义之事。

李鸿章的决策正中日本下怀,日本遂借机出兵朝鲜,并迫使清政府同意由中日两国共同监督朝鲜改革内政的方案。到了6月下旬,也就是孙中山、陆皓东抵达天津的时候,正是中日交涉最为紧要的关头,中日双方虽然尚未以兵刃相见,但由于利益攸关,战争大有一触即发之势。此后不到一个月,战争就真的爆发了。正是在这种情势下,李鸿章处理军国大事应接不暇,何来逸致闲情延见孙中山这一介白衣,纵然借口军务繁忙,予以拒见,也在情理之中。对此,陈少白在《兴中会革命史要》中也写道:"那时候,刚刚中日大战,打得厉害。李鸿章至芦台督师,军书旁午,老夫子把孙先生的大文章送到李鸿章那边去,李鸿章是否看过,就不得而知了。不过后来李鸿章说:'打仗完了以后再见吧。'孙先生听了这句话,知道没有办法,闷闷不乐地回到上海。"

"拒见"一事随孙中山此后"势"和"能"的增长变得水涨船高,似乎成为一件不得了的大事,而在当年确为一件稀松平常的小事。尽管孙中山有这么多社会贤达写的推荐信,可他毕竟人微望轻,尚且不论李鸿章是身居要职的当朝重臣,仅其七十一岁之高龄,拒与一个名不见经传的二十来岁毛头小子闲聊乱侃一通,似乎情理亦可通。

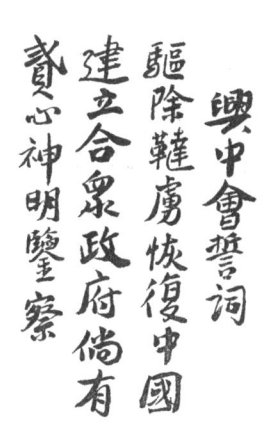

兴中会誓词
驱除鞑虏恢复中国
建立合众政府倘有
贰心神明鉴察

兴中会入会誓词

显然孙中山并不这么认为,因为他把这次上书看得太重了,真可谓破釜沉舟、孤注一掷。他不仅关闭了药房,斩断了退路,辗转奔波,历尽曲折,结果仅获一纸护照，这种强烈的挫败感不能不对他造成沉重的精神压力。

李鸿章的拒见，使历时近半年的上书求强活动最终失败，冷却了孙中山寄改良愿望于洋务派的热情。更为重要的是，孙中山由此对整个体制彻底失望，"于是怃然长叹，知和平之法无可复施，然望治之心愈坚，要求之念愈切，积渐而知和平之手段不能不稍易以强迫"，由此激起了他推翻清廷、造就共和的决心。孙中山于当年11月在檀香山成立兴中会，提出了"驱除鞑虏，恢复中华，创立合众政府"的政治主张，并于次年发动了广州起义，从此开启了矢志民主革命的生涯。

参考文献

1. 冯自由：《中国革命运动二十六年组织史》，上海商务印书馆，1948年。
2. 马勇：《揭秘：孙中山曾孤注一掷投靠李鸿章》，人民网，2013年5月28日。
3. 李敖：《孙中山研究》，中国友谊出版公司，2010年。
4. 黎澍：《孙中山上书李鸿章事迹考辨》，《历史研究》1988年第3期。
5. 苑书义：《"孙中山劝李鸿章革命"说质疑》，《历史研究》1991年第2期。

六月

孙中山早年办报二三事

孙中山曾说："革命成功极快的方法，宣传要用九成，武力只可用一成。"而宣传的利器，在当时则非报刊莫属，盖其受众广、传播快，能有效弘扬革命思想及奠定民意基石。

"蒙难"与"诋毁"促进孙中山办报的决心

孙中山与报刊结缘甚早，就读香港西医书院期间，已常阅读、投稿于《循环日报》《万国公报》等主张改革的报章。毕业后，他便与友人创办《镜海丛报》，针砭时弊之余，亦报导革命活动的消息。及至兴中会成立，他更把"设报馆以开风气之先"列为一项任务。

当时孙中山沿袭晚清报人的理念，办报仍以"启蒙民智"为主，宣传革命为次。然而，随着下面两件事情的发生，这种理念也渐渐扭转过来。

1896年，孙中山于伦敦被清公使馆人员诱捕拘禁一事，经伦敦《地球报》等报道后，舆论哗然，英国政府遂逼迫清使馆释放孙中山。经此一事，孙中山深感舆论之威力，遂认定报纸为最有效的宣传工具："觉革命主义之借报纸宣传，收效必能速于置邮，是无疑也。"

另外，当时康有为、梁启超办《清议报》《新民丛报》等报刊，力倡立宪保皇之论，并对革命党人口诛笔伐，许多侨胞因而转向保皇派，致使革命党人在海外备受冷遇，筹款之事难有寸进。孙中山曾感叹这是"革命进行最艰难困苦之时代"。为抗衡保皇派的舆论攻势，孙中山决定筹办一份属于革命党人的报刊，重夺舆论阵地。

创立《民报》重夺舆论优势

接下来几年，孙中山创办、资助了多份报刊，当中最重要、最知名的当推《民报》。《民报》于1905年11月26日创刊于东京，乃中国同盟会的机关报，以月刊形式发行，每期五六万字。

《民报》的主要任务有二：一、宣传革命思想；二、扫除革命障碍。革命党人通过《民报》与保皇派展开论战，澄清革命理念，批判立宪之说，如《民报》第3号即发表《〈民报〉与〈新民丛报〉辩驳之纲领》一文，揭示革命与保皇两派的原则分歧，又发起针对《新民丛报》的大规模论战，围绕种族革命、民权实践问题展开激烈辩论。

《民报》的编撰者皆一时俊杰，如章太炎、胡汉民、陈天华、章士钊、宋教仁等，尽管《新民丛报》有梁启超坐镇，但辩论起来，还是寡不敌众。通过这些辩论，世人总算了解到革命党人的真正理念和能力，许多改良派的支持者也纷纷转投革命派的怀抱。《民报》的发行量曾高达1.7万份，足见其受欢迎程度。

《民报》经费问题与同盟会的分裂

《民报》有助于宣扬革命，却因经费问题暴露了革命派的分裂。

事缘1907年，日本政府、商人分别赠予孙中山五千元及一万元，以资助其革命事业。潮惠起义在即，他遂把大部分款项留作起义之用，仅将两千元作为《民报》的经费。

时任《民报》主编的章太炎认为，办报经费紧绌，两千元根本不敷应用，同时亦对孙中山接受日本政府资助极为不满，盛怒之下竟把民报社悬挂的孙中山照片撕下，并在照片背后写上"卖《民报》之孙文应即撤去"等字。一时之间，有关孙中山"受贿"、挪用革命经费等流言更是四处风传。于是，章太炎、刘师培等召开大会，要求罢免孙中山总理职务。在大会上，"倒孙派"与"挺孙派"竟因意见不合而大打出手。幸得黄兴等领袖稳住局势，才避免同盟会进一步分裂。

另外，章太炎常于《民报》讨论国粹及宗教，偏离宣传革命的宗旨，导致销量下跌，孙中山对此颇为不满，故于1909年派汪精卫到东京秘密筹备出版《民报》第25号。

章太炎得知此事后，大感愤怒，撰写《伪〈民报〉检举状》，指责孙中山公器私用："昔之《民报》为革命党所集成，今之《民报》为孙文、汪精卫所私有。"此文后经保皇派喉舌《南洋总汇新报》转载，乘机对孙中山和革命党大肆进行辱骂和攻击。有关流言更传至欧洲，孙中山遂致函身在巴黎的吴稚晖，要求他在《新世纪》周刊上撰文为其辨正。《新世纪》由吴稚晖、李石曾等于1907年6月22

日创办，曾得孙中山资助，是当时华语世界最早的"无政府主义"刊物之一，颇受留法的中国学生欢迎。其后，"挺孙派"也在各大报章撰文反驳章太炎，甚至斥其为"满洲鹰犬""中国革命党之罪人"。至此，"倒孙派"与"挺孙派"的分歧，已完全沦为意气之争，致使会务停顿，几陷分裂。

幸好同盟会内部派人暗中调查孙中山的经济状况，发现其母、兄生活艰困，根本没有贪污革命巨款，有关资料公布后，流言方渐渐止息。可惜，争论过后，同盟会内部分裂之势已是无可避免：章太炎、陶成章等于南洋重组光复会，正式与孙中山、同盟会分道扬镳。这也间接导致《民报》的停刊。

参考文献

1. 程慧：《同盟会两次"倒孙"风潮》，《文史精华》总第255期。
2. 罗永雄：《传播实践的转向与舆论思想的演进——论孙中山舆论传播观的形成》，《重庆工商大学学报（社会科学版）》2013年6月。

○ 中山先生的一天

"持大节，尚廉信"：护法名将程璧光

1922年6月23日，海军各舰通告，表示海军全体只服从孙中山。驻粤海军面对陈炯明的巨款诱降，不为所动，这离不开一个人的教诲与坚持，这个人就是1918年死于暗杀的海军总长程璧光。

程璧光（1859—1918），广东香山县（今中山市）南萌人，孙中山的同乡，16岁入福州水师学堂学习，曾亲历中日甲午海战，之后被解职归籍。1895年年初，孙中山建立兴中会广州分会，时任清廷海军镇涛舰管带的程璧光弟弟程奎光秘密入会。程璧光在弟弟的再三劝说下勉强加入了广州兴中会。第一次广州起义失败，程奎光壮烈牺牲，程璧光因惧受牵连而远避南洋，与革命党人中断了联系。

1896年春，在李鸿章的推荐下，程璧光在海军衙门复职，参与清末的海军改革。1911年5月，受命出使英、美、墨西哥、古巴等国，武昌起义爆发时，程尚在英国未归。民国成立后，程一度远离军界、政坛。1916年6月，早年还是程璧光直属部下的黎元洪继任总统，他力荐程出任海军总长。随后两年，可谓是程璧光政治生涯中的"黄金时期"。

袁世凯死后的北洋政府，山头林立，府院之争愈演愈烈。倒向日本的段祺瑞拒绝恢复民元《临时约法》，叫喊武力统一南北，企图建立独裁统治。其主张与亲英美的黎元洪背道而驰。1917年5月，海军总长程璧光连同伍廷芳等内阁成员集体辞职，段祺瑞内阁处于瘫痪状态。程璧光及海军的态度使孙中山很受鼓舞，认为"海军拥护共和，义声久著于全国"。孙中山深知，海军的向背，对护法成败具有举足轻重的作用。为此，他对拥黎反段的程璧光寄予厚望，以为"现在国家之武力在海军，而海军之权力在程总长"，只要争取到了程璧光，就等于争取到了海军。1917年6月23日，在沪联合反段势力的孙中山主动函邀程璧光到哈同花园会商大计，奠定了双方联合行动的基础。

7月1日，张勋悍然冒天下之大不韪，拥废帝溥仪复辟。黎元洪仓皇出走，形势骤变。3日，孙中山在上海寓所邀集程璧光、林葆怿及其他海陆军官会议时局，

· 314 ·

讨论对策。会议中程璧光代表海军陈言，"中国人决反对满清专制复活，至海军全体誓不承认帝制"，孙中山补充指出："这不但是共和与帝制之争，还是全体国民反抗武人专制之争。"通过这次会议，海军决定和孙中山一起南下护法。

7月22日，程璧光与第一舰队司令林葆怿率领第一舰队中的"海圻""飞鹰""舞凤""同安""永丰""福安""豫章"等十舰南下广州。8月5日，抵达黄埔港。广东省各团体如省议会、华侨俱乐部及国会议员前往迎接。翌日，孙中山偕程璧光、林葆怿等舰员10余人出席广东各界欢迎南下护法海军大会。程璧光在会上发表演说，谴责北京政府"藉共和之名，行专制之实"，表示"我海军万难坐视，决计争回真共和，非至约法国会恢复，我海军将士不肯罢休"。孙中山亦发表演说，号召全国人民行动起来声讨段祺瑞，恢复合法国会。

护法舰队的南下，确实对孙中山第一次护法运动起过积极作用。虽然在很长一段时间里，海军并未直接参加对北洋军阀的军事活动，但它在精神上给护法人士以巨大的鼓舞，并增添了北洋政府进攻南方的疑虑。

1917年8月26日，支持护法的广东省长朱庆澜为北洋军阀不容，被调往他任。卸职前，他为了不让省长亲军20营兵力被桂系督军陈炳焜所吞并，与程璧光、陈炯明等人商议对策，决定把省长亲军20营改编为海军陆战队，由程璧光节制指挥，同时仍以亲军司令陈炯明为海军陆战队司令。就这样，孙中山获得了创建粤军的最早兵源。

1918年2月26日下午，担任广州军政府海军总长的程璧光被刺身亡。孙中山以海陆军大元帅名义签署讣电，高度评价他首倡大义，率舰南下护法的勋劳。3月1日，国会非常会议根据孙中山的咨请，颁布命令为程璧光举行国葬荣典。1919年1月20日，追授为海军上将。

为增添护法海军的荣誉，树立为国家效劳的精神，孙中山于1920年10月在广州举行隆重悼念程璧光的活动，并在海珠公园侧竖立起程璧光的铜像，让各方人士瞻仰，并由同仁撰写碑文，对程璧光高度评价："故海军上将程公璧光，治海军四十年，于民国五年任海军总长。持大节，尚廉信，屹然为天下重。六年乱作，奉黎大总统命南下，遂与今总裁孙公定大计，偕今总裁林公率舰入至广州，倡护法，国命赖以弗坠。七年二月二十六日，被刺于海珠军次，天下痛惜，相与范金铸像，垂哀思于无穷。"

参考文献

1. 陈锡祺:《孙中山年谱长编》,中华书局,1991年。
2. 汤锐祥:《援闽粤军的创建与护法舰队》,《中山大学学报论丛》1992年第5期。
3. 林家有:《孙中山与中山舰》,《中山大学学报(社会科学版)》1998年第6期。

"学霸"男神孙中山

要想成为"学霸",必须天资聪颖。孙中山具备这样的天赋。1875年,孙中山入村塾冯氏宗祠读书。据二姐孙妙茜回忆:"总理少即聪颖,惟以达成公家计不丰,故至十岁,始正式入乡塾读书。"孙中山对启蒙读物《三字经》《千字文》,"瞬即背诵无讹",以至于老师不久就授以四书五经。他还敢于反对不求甚解的传统教学法。据美国作家林百克的《孙逸仙传记》记载,入学一个月后,孙中山再也忍受不了呆板的教学,他造反了:"我对这些东西一点不懂,尽是这样瞎唱真没意思!我读它干什么?"老师惊骇地站起来,拿出戒尺,在手中掂量,但手臂很快就无力地垂下来。因为,孙中山是全塾最善于背诵者,打他恐不能服众。

冯氏宗祠外景

1879年,孙中山在兄长孙眉的资助下,随母亲赴檀香山入读意奥兰尼学校。该校由英国圣公会于1862年创立,是一所介乎高小与初中之间的学校。教师几乎全为英国人,以英语授课。孙中山入学之初,完全不懂英语,老师让他先坐着静静地观察十天,他竟渐渐体会到了英语的拼写方法,读写进步神速。第二年后,代数、几何学、生理学、拉丁文和绘图课也进步很快。1882年夏天，孙中山从意奥兰尼学校毕业，英文文法考了第二名，由夏威夷国王加拉鸠亲自颁发奖品。

孙眉对孙中山的学习天赋又惊又喜，他把自己财产的一半划给孙中山，使其能安心读书。1882年年底，孙中山顺利通过了奥阿厚书院的入学考试。1883年1月15日正式上课。第一年的科目有实用算术、地理、英文文法、美国历史等，全部用英语授课，孙中山这时已是应付自如了。要不是在校期间痴迷基督教，为兄长孙眉不容，孙中山应该会继续在檀香山接受欧美教育。1883年秋，他被兄长勒令回乡。他在总结檀香山所受教育时，甚为感慨："忆吾幼年，从学村塾，仅识之无。不数年得至檀香山，就傅西校，见其教法之善，远胜吾乡。"

1884年4月，孙中山辗转到香港中央书院（1894年后改名为皇仁书院）继续他的中学学业。当时的校长是一位中文名字叫胡礼的英国人，他1882年到中央书院任校长后就不断创新，通过让学习优异的学生参加剑桥地方试（Cambridge Local Examinations），希望把中央书院尽量提升到英国本土中学的水平。孙中山身在其中，受惠不浅，他重点学习了高级英语约十五个月的时间。1886年夏，孙中山离开中央书院时，英语作文言辞之流畅、思想之成熟已达到"让人骄傲"的地步。1916年7月15日，孙中山在上海出席尚贤堂茶话会上说："我亦尝效村学生，随口唱过四书五经，数年以后，已忘其大半。但念欲改革政治，必先知历史，欲名历史，必通文字，乃取西译之四书五经历史读之，居然通矣。"

1886年秋，孙中山到广州博济医院学习医科。刚入学，孙中山从西方教育中所学到的那种独立思考，马上让他鹤立鸡群。事缘该院考虑到中国"男女授受不亲"的传统，禁止男生到产房做接生实习。孙中山对院长嘉约翰牧师进言："学生毕业后行医救人，遇有产科病症也要诊治。为了使学生获得医学技术，将来能对病者负责，应当改变这种不合理的规定。"嘉约翰院长从善如流，接纳了他的建议，从此男生也能参加产科的临床实习。

1887年10月，孙中山转入刚成立的香港西医书院学习，该校由康德黎医生提议创办。孙中山于9月报名入学，当时没有"统一入学考试"，但必须要通过康德黎医生的面试。

10月1日，孙中山参加了西医书院成立典礼，成为该院首届学生。在这里，他念了五年英国式的正规医科。读医科是非常艰难的，孙中山的天赋在西医书院期间显露无遗。要知道，医科学生都巴不得争分夺秒把时间花在书本上，而孙中山却参加了很多鼓吹革命的"课外活动",就是这样,他也没有落下功课,还拿了奖学金。半年后,他便获得随恩师康德黎出诊的资格,为洋人治病。

孙中山(前排右二)与香港西医书院同学

1892年7月,孙中山参加毕业考试,当时应试共有17人,仅两人顺利过关,孙中山便是其一。十二门科目中,他有十科考了优等成绩,其中,医学、产科、卫生与公共健康学获第一名。7月23日,西医书院举行首届毕业典礼,香港总督罗便臣为孙中山颁奖。是晚,教务长康德黎自掏腰包设宴招待出席典礼的五十多位贵宾,孙中山作为应届优秀毕业生位列其中。

据同期毕业的另外一个优秀生江英华回忆,港督罗便臣曾向北洋大臣李鸿章举荐学识优良的孙中山,然而孙中山已志不在此,清朝的腐败使他不愿供职朝廷。经过在广州、澳门的短暂行医后,孙中山终于认识到悬壶不能济世,开始走上排满反清的革命道路。

○ 中山先生的一天

参考文献

1. 陈锡祺:《孙中山年谱长编》,中华书局,1991年。
2. [澳大利亚] 黄宇和:《三十岁前的孙中山:翠亨、檀岛、香港1866—1895》,生活·读书·新知三联书店,2012年。

孙中山早年在澳门的轨迹

孙中山的家乡翠亨村与澳门相距仅37公里。13岁时他经由澳门乘船前往檀香山大开眼界。孙中山从香港西医书院毕业后,曾于1892年9月至1894年1月前后在澳门短暂行医。可以说,澳门是孙中山迈向世界的门户和踏进社会的舞台。

澳门社会对孙中山的帮助

早在孙中山香港求学期间,他常常利用周末假期前往澳门与好友杨鹤龄、陈少白、尤列聚会,交流反清的革命思想,期间常为澳门华商诊疗疾病。孙中山的医术得到大家的认可,也为他日后得到澳门华商的帮助奠定了基础。

孙中山从香港西医书院毕业后想进入镜湖医院担任华人西医师。由于镜湖医院由华人设立,向来以中医中药施治疾病,对西医西药持怀疑态度,所以颇有难度。澳门华商卢九、何连旺、曹善业、吴节薇等人助孙中山一臂之力,尽心引荐,孙中山本人也反复申请,并声明"充当义务,不受薪金",镜湖医院破例聘用。孙中山由此成为澳门第一位华人西医。

孙中山进入镜湖医院之后,尽管医术高明,但华人社会对他及其西医西学多持怀疑态度。为此,华商领袖不遗余力,以各种方式积极推介孙中山的人品和医术,其中包括在《镜海丛报》刊登广告。渐渐的,孙中山以"神乎其技"的医术获得广泛的赞誉。孙中山由是声名大振,慕名病患日多,其医务发展迅速,异常忙碌,被称为国手。

在镜湖医院担任义务医席不久,1892年12月18日,孙中山为拓展医务,托香山籍华商吴节薇担保,向镜湖医院借钱开创中西药店一间。此时澳门华商曹有、曹善业父子等钦佩孙中山的赠药善举,对"立竿见影"的西医也颇为热衷,除了"知见"孙中山"揭银"外,还将草堆街80号提供给孙中山作为居住与赠医之场所,并给予资金支持,见证和参与了中西药局的筹款、选址及开办。经过半年多的筹备,中西药局于1893年7月底"开市"。孙中山的医务发展更为顺遂,他在药局诊症，在街外赠药，诊金收入也颇为可观，"一年的医金收入计算一下，竟有一万元之多"。

然而，孙中山这样一位年轻华人西医，被称为"国手"，病患盈门，对镜湖医院乃至澳门的中医是一种巨大的冲击与压力，招来葡医以及中医的排挤、妒忌。同时，此时的孙中山、陈少白、尤列等经常聚于澳门杨鹤龄寓所，谈论时政，"所谈者莫不为革命之言论，所怀者莫不为革命之思想，所研究者莫不为革命之问题"，而支持孙中山"悬壶济世"的华商曹有、曹善业、卢九、何连旺、吴节薇等人因拥有资财，捐有官衔，深得清政府"眷顾"，对孙中山改造中国的政治言论"心有疑虑"，反应冷淡。孙中山渐渐觉得在澳门无法施展其抱负，在种种原因之下，1894年1月前后，孙中山离开澳门赴广州另创门面。

孙中山对澳门社会产生的影响

孙中山早期在澳门的活动，无疑给镜湖医院乃至澳门华人社会带来了另一种意义的"革命"，他所鼓吹的"改造中国"的"政治言论"，对新一代华商及华人青年转向支持或参与革命产生直接影响。他离开澳门后所从事的波澜壮阔的革命事业，以及中国内地所发生的翻天覆地的变化，则将澳门华人的政治视野带至更广阔的天地，尤其是更加关注祖国的前途和命运。

孙中山早年在澳门的行医及革命言行皆为其以行医为入世之媒的表现，一年多的短暂行医后，他走向更广阔的天地去实现振兴中华的理想。

参考文献

林广志：《澳门华商与孙中山的行医及革命活动》，《历史研究》2012年第1期。

孙中山亲题"教子有方"背后的故事

在徐州市睢宁县双沟镇的大路旁，矗立着一座长3米、高1.4米的石碑，其上镌刻"教子有方"四个大字，在朝阳下光芒闪烁，分外显眼。在石碑的左下方，题字者的醒目名字，更令人对这块石碑心生敬意与好奇。敬意是因为题字者正是孙文，人们不禁好奇，到底是谁有此能力，得到孙中山的题字？

孙中山亲书"挽辞"赠予追随者

其实，石碑上"教子有方"四个大字，是孙中山于1917年写的挽辞，赠予黄埔军校教官陆福廷刚去世的父亲陆荫培。陆福廷是孙中山早期的追随者之一，创建黄埔军校有功，颇受孙中山的赏识。

陆福廷出生于1889年（光绪十五年）的安徽双沟镇一个书香门第。其父陆荫培是清朝同治年间的恩贡，于乡里之间设馆授学，故陆福廷自幼便随父亲学习。他聪敏好学，志向远大，同时又以"孝顺父母"闻名乡里。他曾先后受业于南京两江师范学堂及保定陆军军官学校。

毕业后历任安徽陆军教习、北京陆军炮兵团团长等职。然而，他有感北洋军阀腐败，唯有孙中山才是真心为国，故于1916年毅然抛下高官厚禄，南下广东追随孙中山。就在翌年，其父陆荫培病逝，为回乡奔丧，他不得不暂时离粤返皖，临行前孙中山亲书"教子有方"四字，一来表示对其父的追悼，二来也是对陆福廷的褒扬。

在往后的日子，陆福廷又历任黄埔军校筹委会委员、国民革命军总司令部交通处长、全国铁路运输总司令等，在北伐及抗日战争中，对战时补给和后方勤务有重要贡献，种种佳绩，足见孙中山并没有看错人，陆荫培也确实是"教子有方"。

题字背后："孝"的强调和反思

除陆福廷以外，孙中山在其他追随者如蒋介石、朱卓文、傅亦僧等的双亲去世时，也曾题赠"教子有方"作为挽辞。其目的除了感念追随者的多年效劳，以题字彰显其荣耀，更重要的是，希望通过有关举动，重新强调中国传统文化中"孝"的价值和意义。

孝是中国伦理道德观的主要元素，所谓"百行以孝为先"，它既能维护家庭、宗族的稳固和延续，也有助于文化的新旧更替，薪火相传。然而，由于受西方思想的冲击，新文化运动兴起以后，中国知识分子渐渐把传统文化当作国家积弱的替罪羊，"孝"的观念也因此不断受到质疑和批判，如吴虞的《说孝》和施存统的《非孝》等文章，都对"孝"的观念大加挞伐，将其视为压抑个人发展的元凶，完全否定其合理性。这两篇文章均发表在《新青年》上，在社会上广泛流传，导致大众对"孝"的偏见愈来愈深。

对于有关现象，孙中山颇不以为然的。尽管他认同新文化运动提倡学习西方的科学和民主，但他同时认为，中国传统文化自有其精华，是铸造中华民族独特精神不可或缺的元素，不必也不能完全抛弃。"孝"便是中华文化的精华之一。他对"孝"特别推崇："《孝经》所讲孝字，几乎无所不包，无所不至。现在世界中最文明的国家讲到孝字，还没有像中国讲到这么完全。所以孝字更是不能不要的。"

诚然，孙中山并没有因袭古人之说。他重新赋予"孝"新的内容和意义，使之与其民族思想融合起来。首先，他认为中国的国家结构是从家庭出发，最后才扩展为国家的。因此，家庭是中国社会里最基本的单位，而维系家庭稳定的核心价值，便是"孝"；其次，他将忠与孝并举，合称"忠孝"，指出在新时代，"忠"已从古代表示对帝王的效忠，转变为今天对国家与国民的忠诚。如果中国人能够把"忠孝"发扬光大，那么国家则自然可以强盛："这种特别的好道德，便是我们民族的精神。我们以后对于这种精神不但是要保存，并且要发扬光大，然后我们民族的地位才可以恢复。"

参考文献

1. 陈钧：《论孙中山的人伦理观》，纪念辛亥革命九十周年国际学术讨论会，2001年。
2. 宋庆阳：《民国中将陆福廷》，《江南社科》2012年。